Little birds
can remember

遠まわりする雛

—

TOMAWARI SURU HINA
by Honobu YONEZAWA

이 도서의 국립중앙도서관 출판예정도서목록(CIP)은 서지정보유통지원시스템 홈페이지(http://seoji.nl.go.kr)와
국가자료종합목록 구축시스템(http://kolis-net.nl.go.kr)에서 이용하실 수 있습니다.
CIP제어번호 : CIP2014021978

요네자와 호노부 지음

권영주 옮김

멀리 돌아가는 히나

Little birds can remember

엘릭시르

Little birds
can remember

遠まわりする雛

001

간략하게 해야 할 일은

1

내가 무엇을 좋아하는지는 잘 아는데, 원하는 것을 말하라고 하면 갑자기 난감해진다.

돌이켜 생각하면 성장 과정에 별반 특이한 점은 없다. 아버지는 집에 있던 적이 별로 없었지만 가족을 잘 부양해 주었다. 누나 도모에는 극악무도에 방약무인, 대학에 들어가자마자 돈을 모아 긴 여행을 떠나는 별종이기는 해도 손이 여섯 개라든지 얼굴이 세 개인 것은 아니다. 그리고 나, 오레키 호타로 역시 딱히 강렬한 체험은 해 보지 않았다.

'이런 것을 겪어 본 사람은 나 말고 또 없겠지' 하는 파란에 말려든 적은 있다. 얼렁뚱땅하다 보니 지금까지 관계가 이어지고 있는 친구, 후쿠베 사토시를 만났다. 당시 누나는 "종종 있는 일이지. 별거 아니야"라고 했지만, 나는 이런 일이 종종 있어서 쓰겠느냐며 분개했다. 이것도 성가시게 됐다, 저것도 큰일이다 하고 눈살을 찌푸리는 사이에 어느새 중학교를 졸업했다. 나중에 와서 생각하니 그래, 어느 것이나 확실히 별것 아니었다.

학교 성적은 나쁘지 않았다. 천재라 할 정도의 걸물은 아니었지만, 공부는 도무지 자신 없다고 머리를 싸안을 정도도 아니었다. 가미야마 시 주변의 '성적은 나쁜 편이 아닌' 중학생의 대다수가 막연히 그러하듯 나도 가미야마 고등학교를 지망했다. 입시 공부는 쉽지 않았지만, 그 또한 보통으로 쉽지 않은 정도였다고 생각한다.

중학교와 고등학교의 연계는 완벽해, 지역에서 제일가는 진학 중심 학교인 가미야마 고등학교도 경쟁률은 1.1대 1을 넘지 않았다. 사립 학교의 존재를 생각하면 지망자는 거의 전원 합격했다는 뜻이다. 나도 이럭저럭 합격했다.

십중팔구……. 입학식중에 생각했다. 십중팔구 이 학교에서도 이 일 저 일 있을 것이다. 삼 년간 눈앞이 핑핑 돌 일이 벌어질 게 틀림없다.

하지만 그것은 여기 있는 전원, 아니, 나와 같은 나이인 모든 인간이 체험할 '눈앞이 핑핑 돌 일'이지, '그래, 이쯤 되면 좀 색다르군' 하고 자부심을 느낄 만한 일은 일어나지 않을 것이다. 그렇게 파란만장했던 것 같은데도 가부라야 중학교를 떠날 때 학교 건물을 올려다보며 '결국 이렇다 할 일은 없었군' 하고 중얼거렸다. 삼 년 뒤, 가미야마 고등학교를 떠날 때 똑같은 말을 중얼거리게 될 것이다.

왜냐하면 내게는 확고한 신조가 하나 있기 때문이다.

아무리 기억을 되짚어 봐도 언제부터, 왜 이런 신조를 갖게 됐는지 모르겠다. 다른 사람에게 배운 것도 아니고, 어디서 읽은 것도 아니다. 그렇지만 내가 이 신조를 굳게 지키는 것은 틀림없다.

그게 뭔가 하면…….

안 해도 되는 일은 안 한다.

해야 하는 일은 간략하게.

2

나는 내 신조가 아주 마음에 든다.

하지만 그 탓에 오늘 방과 후, 곤경에 처해 있었다. 책상 위에 놓인 것은 갱지 두 장. 첫 장에 '입학 후 한 달간 느낀 바와 향후 포부'라는 제목이 붙어 있고, 둘째 장은 백지다. 신입생에게 포부를 말해 보라고 시키면 두 장 정도는 쓰겠지 하는 진로 지도부의 따스한 배려에서다. 고마운 일이다.

이것은 숙제였던 터라 어제 집에서 썼다. 뭐라고 썼는지 전혀 기억에 없지만, 분명히 썼다. 그런데 어째서 방과 후에 학교에 남아 쓸 말이 전혀 생각나지 않는 설문에 또 답해야 하는가. 참으로 경악을 금치 못할 수수께끼라 해야겠으나,

요는 한마디로 말해서 그것이다. '선생님, 깜박하고 안 갖고 왔는데요'다.

하사받은 두 장은 고사하고 세 줄 채우기도 벅차 고생하는 나를 보고 사토시가 웃었다.

"그야 '안 해도 되는 일은 안 하는' 호타로인데 포부를 말하라면 곤란하겠지. 그런 거 아무렇게나 대충 써내면 되는 걸."

뭘 모르는 말이다. 나는 샤프를 손가락 사이에 끼우고 흔들흔들하며 반론했다.

"대충 썼다고, 어젯밤."

"그럼 왜 두 번째는 그렇게 애먹는 건데?"

"두 번째니까 그런 거다."

사토시가 의아스레 눈썹을 모았다.

손가락 사이에 끼운 샤프를 빙그르르 돌린다. 아니, 돌리려 했다. 그러나 손가락에 걸리는 바람에 샤프가 엄청난 기세로 회전하며 사토시의 얼굴을 스치고 교실 구석까지 날아가버렸다. 침착하게 일어나서 걸어가 샤프를 줍고 아무 일 없었던 것처럼 자리로 돌아왔다. 사토시 역시 무슨 일 있었느냐는 듯 태연한 표정이다.

"두 번째면 뭐 문제 있어?"

"첫 번째는 대충 쓸 수 있어. 그렇지만 두 번째는 아무래도 첫 번째 쓴 걸 베끼게 되거든. 그 결과, 두 번째는 적당히 쓸 수 없는 거지."

어제 나름대로 머리를 써서 그럭저럭 읽을 만한 '포부'를 꾸며 냈다. 그것을 통째로 버리고 처음부터 새로 쓰기는 쉽지 않다.

"아하……. 무슨 말인지 알 것도 같은걸. 그럼 어제 쓴 걸 기억해 내면 되겠네."

사토시는 뭐가 그리 기쁜지 씩 웃으며 말했다.

"그런데 아무리 그래도 대충 썼으니 생각이 안 난다는 말이지."

샤프 꽁무니로 책상을 통 치자 사토시는 그것으로 결론이 났다는 듯 어깨를 으쓱했다.

사월도 이제 곧 끝나 간다. 방과 후라도 아직 그렇게 늦은 시간은 아니다. 교실에는 나 말고 몇 명 더 남아 신 나게 잡담을 즐기는 것 같다. 바깥에는 부슬비. 이삼일 전부터 계속 온다. 일기 예보로는 저녁부터 밤까지 많은 비가 올 것이라고 했다. 그래서는 아니지만 어쨌거나 집에 가고 싶어 좀이 쑤신다.

사토시가 책상 모퉁이에 걸터앉아 종이를 들여다보았다. 늘 들고 다니는 끈 달린 주머니를 빙그르르 돌려 어깨에 멘다.

"갈 길이 먼 것 같은데. 특별 활동엔 갈 거야?"

특별 활동이라는 단어에 나도 모르게 표정이 떨떠름해졌다.

물론 나는 그런 내 신조로부터 도출되는 당연한 결론에 따라 특별 활동 동아리 따위 들어갈 마음이 없었다. 한가로운 고교 생활을 희구하는 내가 일부러 동아리 따위에 접근할 이유가 어디 있나.

그런데 한 통의 편지로 계획이 틀어졌다. 인도 바라나시에서 온 편지. '고전부에 들어가.' 그리고 작은 불운과 계산 착오로 인해 나는 지금 지시대로 고전부에 적을 두고 있다.

눈앞에 있는 후쿠베 사토시도 고전부원이다. 하지만 이 녀석은 동시에 수예부원이며 또 총무 위원이기도 하다. 취미는 사이클링. 한가한 놈 같으니.

사토시는 말했다.

"지탄다가 기다리는 눈치더라. 와 주면 좋을 텐데 하고."

나는 잠자코 진척이 없는 숙제에 몰두하는 포즈를 취했다.

지탄다도 고전부 부원이다. 풀 네임은 지탄다 에루.

중요한 것만 빼고 뭐든 다 아는 사토시 말로는 가미야마 시 북동부에 광대한 농지를 소유하는 구가舊家의 딸이라고 한다. 생김새만 보면 딱히 가문家紋이 광채를 발하는 것은 아니다.

긴 머리에 갸름한 얼굴, 청초한 분위기의 같은 학년 여학생, 지탄다. 그 이름을 듣고 나도 모르게 묵살했다. 사토시에게 들켰을까. 사실을 말하자면 아무래도 나는 녀석이 불편한 것 같다.

나 말고 들어갈 만한 사람이 전혀 없는 동아리라고 생각했기에 고전부에 들어간 건데, 지탄다도 가입한 탓에 동아리가 실체를 갖고 말았다는 것도 이유다. 하지만 그게 다는 아니다.

딱히 싫어하는 타입인 것은 아니다. 에너지 절약주의자는 강렬한 호오를 갖지 않는다. 다만 지탄다는 처음 만난 그날, 내게 이렇게 물었다.

—전 왜 갇혔을까요? ……신경 쓰여요.

그날, 지탄다는 문이 잠긴 교실에 있었다. 게다가 자신이 갇혔다는 것을 알아차리지 못했다. 문을 연 사람은 나지만, 물론 내가 가두지는 않았다. 이상하게 여기는 것은 이해할 수 있다. 그런데 지탄다는 수수께끼의 해결을 내게 요구했다. 그것도 아주 강력하게. 나는 등 떠밀리는 형태로 이렇게 저렇게 머리를 쥐어짜야 했다.

다행히 그날은 이럭저럭 체면을 차릴 수 있었다. 그런데 진상이 밝혀진 뒤, 집으로 가는 길에 어쩐지 묘한 예감이 들었다. 내 에너지 절약주의는 확고하다. 타인이 가진 하잘것

없는 신조를 구태여 뒤흔들 사람은 없기 때문이다. 그게 보통이다. 물론 지탄다도 마찬가지일 것이다. 그러나……. '신경 쓰여요'라는 말과 더불어 바싹 다가들던 지탄다의 커다란 눈. 그게 기억 밑바닥에 남아 묘한 예감이 들게 한다.

"지탄다는 지금 신청 허가 요청서를 쓰는 중이야. 나도 귀찮은 서류 수속을 부탁하고 싶진 않지만, 충실한 총무 위원으로서 다해야 할 직분이거든."

"그러냐, 힘들겠구나. 그건 그렇고 '연찬을 거듭하다'의 '찬' 자는 어떻게 쓰더라?"

"원래 아는데 잊어버린 거면 몰라도 쓸 줄도 모르는 한자를 사용하는 건 좋지 않은데. 그냥 '열심히 하겠습니다'라고 쓰지?"

사토시는 기본적으로 하고 싶은 말을 하고 싶을 때 하는 사람이지만, 결코 둔하지는 않다. 가볍게 한숨을 쉬며 말했다.

"……뭐, 가기 싫은데 억지로 갈 거야 없지, 특별 활동 같은 거."

가기 싫다는 말은 아니다. 다만 적어도 오늘 방과 후에는 고전부보다 '입학 후 한 달간 느낀 바와 향후 포부'가 중대사다. 가미야마 고등학교의 일원으로서 긍지를 가지고 앞으로 한층 '열심히 하겠습니다'를 거듭하고자 생각하는 바입니다.

사토시, '연찬'이 아니면 역시 뜻이 통하지 않는다만.

사토시는 좀처럼 메워질 줄 모르는 갱지를 내려다보며 하품을 참았다. 창밖으로 얼핏 눈길을 주고 하염없이 내리는 봄비를 바라보나 싶더니 느닷없이 웃는 얼굴로 나를 보았다.

"아, 맞다, 재미있는 이야기를 하나 들었는데. 어째 뻔한 소문이 돌더라고. 벌써 들었으려나?"

"뻔해?"

얼굴을 들었다. 이렇게 쉽게 딴 데 정신이 팔린다는 것 자체가 슬슬 '포부'에 싫증 났다는 증거다. 사토시는 득의만면해서 고개를 끄덕이더니 검지를 척 들었다.

"뻔한 것도 그냥 뻔한 게 아냐. 나 참, 얼마나 웃기는지. 가미야마 시 최대의 진학 중심 학교이자 수상쩍은 특별 활동의 본거지. 대체 어떤 마의 소굴이려나, 교문을 지날 때마다 가슴을 두근거리게 했던 가미야마 고등학교에도 이런 이야기가 있었다니."

"그 손가락은 뭐냐?"

"아, 미안. 의미는 없어."

손가락은 단박에 자취를 감추었지만 빙글빙글 웃는 얼굴은 변함없다.

"기담, 괴담. 학교에 떠도는 괴이쩍은 소문. 너도 꼭 들어

보면 좋겠는데."

목소리까지 낮추고 대체 무슨 소리를 하나 했더니만.

"……새들도 아가 양도 잠든 방과 후, 음악실에서 피아노가 저 혼자 음악을 연주하기 시작했다는 기담인데 말이지."

"알았다, 그만 됐어."

도무지 재미있을 것 같지 않다. 손바닥을 들이대 이야기를 가로막았다.

아닌 게 아니라 뻔하다. 초등학교 때도 있었고, 중학교에도 물론 있었다. 독창적인 것 같으면서 정형을 반복할 뿐인 '학교 괴담'. 지긋지긋한 것까지는 아니지만 관심은 없다. 풍류인인 사토시답지 않게 웬일로 시시한 이야기를 들고 나타났다.

그런데 사토시는 개탄스럽다는 듯 고개를 절레절레 내저었다.

"뭘 모르는군, 호타로. 내가 평범한 '학교 괴담' 같은 걸 재미있어할 것 같아?"

글쎄, 어떨까. 저번에는 간이 보험의 구조를 재미있어하더라만.

"그게 아냐. 재미있는 건 이런 소문이 퍼지기 시작했다는 사실 자체야. 당연하잖아."

"호오."

"동서남북도 가릴 수 없는 낯선 환경에서 불쌍한 새끼 양처럼 우왕좌왕하던 우리 1학년 320명. 입학하고 이 주일 만에 '실은 말이지, 이 학교엔' 같은 이야기를 할 수 있게 된 거야. 눈부신 성장이잖아?"

사토시는 두 팔을 벌려 기쁨을 표현했다.

그래, 무슨 말인지 이제 알겠다. 나는 책상 위에 오른팔 팔꿈치를 올려놓고 주먹 위에 턱을 얹었다.

"그건 그렇군. 새로운 환경을 파악하고 있을 땐 소문 같은 거 퍼뜨릴 여지가 없을지도 모르지. 여유가 생기면 그제야 괴이쩍은 이야기를 할 여지가 생긴다, 이 말인가."

"그렇지, 그렇지, 그런 이야기. 의외로 이해가 빠른걸. 다행이네."

"혈액형 성격 진단 같군."

문득 떠오른 생각을 말하자, 사토시가 기분 좋게 고개를 끄덕이려다 말고 동작을 멈추었다.

"……왜?"

"처음 만나는 사람하고 이야기할 때 꺼내는 화제가 아니야. 서로 상대방을 어느 정도 알게 됐을 때 비로소 나오는 화제지. 대부분의 경우엔 분위기를 화기애애하게 띄워 주고 대화가 순조롭게 이어지도록 해 주지만, 사실 전혀 안 믿는 녀석도 꽤 많아."

그러자 사토시는 숨을 훅 들이마시며 눈을 휘둥그렇게 떴다. 과장된 반응에 말한 내가 주춤했다.

"뭐야, 왜?"

"이거 놀라운걸!"

내 등을 퍽퍽 두들긴다.

"호타로 네가 대인 커뮤니케이션의 방법론을 논평하다니! 난 네가 인간이 사회적 동물이란 사실을 무시하는 줄 알았지 뭐야."

아니, 그런 실례되는 말을.

"난 딱히 인간이 싫은 건 아닌데. 눈도 똑바로 보면서 이야기할 수 있다고."

일부러 사토시의 눈을 빤히 쳐다보며 말했다. 물론 사토시는 싫어하며 고개를 돌려 버렸다.

"하긴 그래. 넌 그냥 에너지 절약주의인 것뿐이지. 그건 나도 알아."

글쎄, 과연 그럴까. 의심스럽다.

"그래서 어때? 우리 1학년의 여유를 상징하는 음악실 기담, 어디 들어 볼 마음 없어?"

어떤 서두를 갖다 붙이든 딱히 듣고 싶은 마음은 없다. 하지만 여기서 그런 것 듣고 싶지 않다고 거절하면 "그거 봐, 역시 호타로 넌 사회적 상황에 등을 돌리잖아. 재미없는 이야기도 재미있는 척 듣는 게 원활한 관계 형성의 첫걸음이라고"라고 할지 모른다. 뭐, 포부를 쓰는 데 방해되는 것도 아니다. 샤프를 고쳐 들고 다시 설문 조사에 의식을 집중하며 말했다.

"요는 네가 말하고 싶은 거잖냐. 들어 주마."

"좋아."

짐짓 헛기침을 한 번 한다.

"어제 있었던 일이야. 1학년 여학생이 특별동 4층에 갔어."

"설마 지탄다는 아니겠지."

대충 듣는 둥 마는 둥 할 생각이었는데, 첫마디부터 반응을 보이고 말았다.

특별동 4층에는 음악실 외에 지학 교실이 있다. 고전부 동아리실이다.

우리 1학년 교실은 일반동 4층에 있다. 특별동 4층으로 가려면 일단 3층으로 내려갔다가 연결 통로 옥상을 지나 특별동으로 건너가서 다시 4층으로 올라가야 한다. 오늘처럼 비오는 날이면 옥상을 쓸 수 없으니 2층까지 내려갔다가 도로 올라가야 한다. 넌더리가 날 만큼 먼 거리다.

특별동 4층은 정말로 가미야마 고등학교의 변방이다. 그런 곳에 일부러 갈 만큼 취향이 별난 여학생이 지탄다 말고 또 있을 것 같지 않았다.

첫머리부터 말허리를 잘린 사토시는 순간 처량한 표정을 지었다.

"……아닌데."

"그럼……."

"일단 들어."

야단맞았다. 입 다물자.

"방과 후, 여학생이 특별동 4층에 갔어. 6시 좀 전이었어. 6시에 교문이 폐쇄되기 때문에 학교 안엔 사람이 거의 없었어.

3층에서 계단을 올라가는데 피아노 선율이 들렸어. 다행인지 불행인지 그 애는 음악 감상에 조예가 깊었거든. 그래서 음색이 대단히 훌륭하고 운지 기술도, 풍부한 표현력도 압도적이라는 걸 알 수 있었어. 곡 자체도 귀에 익었어. 피아노 소나타 〈월광〉. 그 애는 두고 온 물건을 가지러 가는 길이었는데도 얼마 동안 선율에 젖어 우두커니 서 있었어.

복도도, 계단도, 그리고 여자애도 석양에 빨갛게 물들었어. 흡사 세계가 불타면서 불길 속에 허물어져 가는 듯했어. 아름다운 음색은 세계의 종언에 바치는 레퀴엠처럼 들렸어. 몸서리쳐지는 감동이 발치에서부터 치밀어 올라서 여자애는 실제로…….”

표현에 이의가 있습니다.

“어제도 비가 와서 석양이 안 보였다만.”

“그래, 추적추적 내리는 비, 그리고 닥쳐드는 어둠. 살갗에 들러붙는 축축한 불쾌감과, 음악에 잡음처럼 어렴풋이 섞이는 빗소리. 음색은 여자애의 가슴에 까닭을 알 수 없는 불안을 아로새겼어.”

엉터리다…….

신바람이 난 사토시의 기세는 수그러들 줄 모른다.

“문예계 활동으로 이름난 가미야마 고등학교. 이런 피아노의 명수가 있어도 이상할 것 없지. 여자애는 피아니스트에게 찬사를 전하고 싶은 마음에 음악실 문을 열려고 했어. 음악은 분명히 그곳에서 들려오고 있었어. 게다가 음악실 외에 어디에 피아노가 있을 수 있다는 말이지?”

체육관에 행사용 피아노가 있잖냐. 찬물을 좍좍 끼얹어 대기는 그러니 가만있자.

“그런데 문을 열려 한 순간 음색은 사라지고 말았어. 어떻게 된 걸까? 이상하게 생각하며 천천히 문을 열었어."

사토시는 일부러 문 여는 시늉까지 하며 목소리를 낮추었다. 낮게 깔린 목소리로 결말이 얼마 남지 않았음을 알았다.

"음악실 안엔 기이한 분위기가 감돌았어.

커튼이 전부 닫혀 있어서 몹시 어둑어둑했어. 여자애는 순간적으로 피아노에 눈을 주었어. 그런데 아무도 없는 거야. 피아노 뚜껑은 열려 있건만 피아니스트는 없었어. 어째서지? 여자애는 주춤해서 시선을 좌우로 움직이다가 보고 말았어. ……헝클어진 긴 머리를 얼굴에 늘어뜨리고 세일러복을 입은, 온몸에 힘이 하나도 없이 축 늘어진, 그런데 눈은 형형하게 빛나고 핏발이 선 여학생이 음악실 구석에서 자신을 물끄러미 쳐다보는 것을!"

두 손을 부르쥐고 "아아, 이런 일이 있어도 되는 것인가" 하고 분개하듯 부르르 떤다. 세심한 연기다.

"여자애는 모골이 송연해지는 공포심에 사로잡혀 달아났어. 뒤도 돌아보지 않았어. 그녀는 후에 알게 됐어. 어제는 피아노부가 음악실을 쓰는 날이었다는 것을. 피아노부 부원은 3학년 단 한 명뿐이라는 것을. 그리고 그 3학년은 불행한 사고로 손가락을 다쳐 피아노를 칠 수 없다는 것을!

아아, 그러나 호타로! 피아노가 혼자서 선율을 연주한 것이냐 하면 실제로 그렇단 말이지. 여기 가미야마 고등학교엔 과거 전국 대회를 앞두고 원통하게 사고로 목숨을 잃은 피아노부 부원이…….”

“있었냐?”

사토시가 그제야 원래 표정으로 돌아왔다. 이번 독무대는 비교적 긴 편이었다.

“글쎄. 있었을 수도 있지만, 난 모르겠는데.”

이상하게도 사토시의 바보 같은 이야기를 듣는 동안 설문조사가 더 빨리 써졌다. 아마 적당히 대충 듣는 심리 작용이 적당히 대충 쓰는 행위로 이어진 것이리라. 나는 고개도 들지 않고 말했다.

“피아노부가 음악실을 쓰는 날이라는 것과 부원이 한 명이라느니 하는 건 네가 아는 사실이군.”

사토시가 쓴웃음 짓는 게 느껴졌다.

“정답인걸, 호타로. 그래, 맞아. 다마루 준코. 피아노부 부장. 손가락을 삐어 치료중.”

목격자인 여학생이 누군지는 몰라도 그런 동아리 내부 사정까지 알기는 쉽지 않을 것이다. 하지만 사토시라면 가능하다. 이 녀석은 총무 위원으로서 이미 가미 고 특별 활동 전반을 상당히 빠삭하게 꿰고 있다.

사토시는 연극 조로 이야기하기를 그만두고 재미있어하며 말했다.

"그렇지만 세일러복에 머리가 헝클어진 귀신 같은 여학생은 정말 있었다던데. 1학년 여자애가 무서워했는지 놀랐는지는 알 수 없지만, A반에선 오늘 점심시간에 그런대로 화제가 됐나 봐."

"세일러복이야 당연하지."

가미야마 고등학교 교복은 남자는 검정 교복, 여자는 세일러복. 블레이저나 스목을 입은 여학생이었다면 나도 조금은 놀랐을 것이다.

"이제 이게 퍼질 것이냐, 아니냐. 퍼진다면 어느 정도 속도로 어떻게 퍼지느냐. 전파 과정을 기록하면 포클로어 연구의 기초 자료가 될 수 있지 않을까 싶거든. '가미야마 고등학교에도 있었던 7대 불가사의 그 둘째' 하고 말이지. 우선 우리 D반까지 도달하는 데 며칠 걸릴 것인가, 그게 흥미진진하지."

농담조로 말하지만 사토시는 실제로 상당히 관심이 있는 듯했다. 소문의 전파 경로는 아닌 게 아니라 딱 이 녀석이 흥미를 가질 것 같은 이야기다.

하지만 나는 사토시의 연구에 상관할 여유가 없었다. 그냥 들어 넘길 수 없는 한마디가 사토시의 이야기에 들어 있었기 때문이다.

"잠깐. 방금 뭐랬냐?"

"어? 포클로어. 어번 레전드라고 하는 게 나을까. 포클로어라고 하면 아무래도 민화 같은 뉘앙스가……."

"아니, 그건 아무래도 상관없고."

별안간 안색이 달라진 나를 보고 사토시도 의아한 표정을 지었다.

"왜 그러는데? '월광을 연주하는 피아노' 괴담이 그렇게 재미있었어? 이거 뜻밖인데. 네가 이렇게 관심을 보일 줄은 몰랐어."

이야기 자체는 아무래도 상관없다. 그러나 만약 방금 사토시가 한 말이 사실이라면…….

쉽지 않은 상황이다. 대책이 필요하다.

"좀 더 자세히 이야기해 봐라. 아니, 그보다 이걸 먼저."

눈앞의 설문 조사 '입학 후 한 달간 느낀 바와 향후 포부'에 집중했다. 이것만 얼른 끝내면 문제없다.

하지만 서두르면 서두를수록 샤프는 자꾸만 멈추고 쓸 말이 생각나지 않았다. 해야 하는 일은 간략하게. 하지만 세상만사 간략하게 해결되는 경우가 있는가 하면 역시 그렇게 안 되는 경우도 있다.

3

비는 그칠 줄 모른다.

사토시에게 자세한 이야기를 들으며 열심히 갱지를 메꿔 나간다.

간신히 두 번째 포부를 날조하고 어이구야, 이제 집에 갈 수 있겠구나 했을 때, 검은 머리를 나부끼며 교실로 들어온 녀석이 있었다.

“아, 아직 계셨군요, 오레키 씨.”

입과 눈언저리에 보일 듯 말 듯 미소를 띠고 있다. 고전부 부장 지탄다 에루. 화려한 미모는 아니지만 어쨌거나 미인이라 해도 틀리지 않을 여학생이 곧장 이쪽으로 다가왔다. 교실에 남아 있던 학생들 몇 명이 당장 의미심장한 시선을 돌리는 것도 무리는 아니다.

나는 칠판 쪽을 가리켰다.

"너희 교실은 저쪽인데."

나는 1학년 B반. 지탄다는 A.

"네, 그렇죠."

그러나 지탄다는 미소를 지으며 그렇게만 말했다. 그 정도만 해도 충분히 가깝다 싶은 거리에서 오십 센티미터쯤 더 다가와 멈춰 섰다. 먼저 들고 있던 클리어파일에서 프린트 한 장을 꺼냈다.

"후쿠베 씨, 다 썼어요."

"응, 고생 많았어. 아무리 봐도 쓸데없는 서류지, 이거."

그러고 보니 아까 지탄다는 동아리실에서 무슨 서류를 작성하는 중이라고 했다. 신청 허가 요청서라고 하기에 농담인 줄로만 알았더니 정말로 뭔가 쓴 모양이다. '활동비 신청 추인서'라는 제목이 얼핏 보였다.

사토시는 끈 달린 주머니에서 가죽 표지 메모장을 꺼내 반으로 접은 프린트를 끼워 넣었다. 지탄다는 그 모습을 끝까지 지켜본 뒤 고개를 틀어 내게 시선을 향했다. 청초한 전체 인상을 유일하게 배반하는 커다란 눈동자. 눈초리가 열을 띠고 동공이 확대된 것처럼 보인다.

그 눈은, 눈동자는 전에도 본 적이 있다. 에너지 절약주의자 오레키 호타로를 수수께끼 풀이로 끌어낸 것은 다름 아니라 이렇게 똑바로 쳐다보는 지탄다의 시선이었다. 방과 후 고전부 동아리실에서 지탄다와 처음 만나고 아직 얼마 되지 않았다. 친근하게 말을 주고받을 기회가 많았던 것도 아니다. 그러나 나는 직감으로 알았다. 나온다.

입술이 벌어지기 직전 나는 재빨리 앞질러 말했다.

"마침 잘 왔다."

"네?"

기세를 꺾인 지탄다는 눈을 깜박였다. 귀찮은 설문 조사를 끝낸 해방감의 여세를 몰아 나는 아주 쾌활하게 웃었다.

"방금 사토시한테 묘한 이야기를 들었거든. 특이한 소문인데."

"아, 저도 그것 때문에요."

……역시나.

"'비밀 클럽의 권유 메모' 이야기인데 너도 알고 있었냐. '가미야마 고등학교에도 있었던 7대 불가사의 그 첫째'라던데."

지탄다는 또다시 큰 눈을 깜박거렸다.

의아스레 입술을 오므린 것도 잠깐, 가슴 높이로 두 손을 깍지 끼고 미소를 되찾았다.

"어머, 그게 뭘까요? 비밀 클럽이라니 정말 있는 이야기인가요?"

"나도 처음엔 믿기지 않았는데 말이지. 뭐, 내가 이야기하는 것보다……."

사토시를 돌아보았다.

"사토시, 네가 이야기해 줘라."

"어, 아, 응."

상황이 파악되지 않는지 사토시는 얼떨떨한 듯했다. 나를 흘끔 보았지만, 나는 얼굴에 웃음을 띤 채 손짓으로 이야기를 재촉할 뿐.

역시 후쿠베 사토시, 이야기하라고 하면 싫다고는 안 한다. 걸터앉아 있던 책상에 고쳐 앉아 자못 즐거워 보이는 목소리로 이야기를 시작했다.

"자, 그럼 들어 보시라, '비밀 클럽' 이야기를. 신입생 가입 권유를 관리하는 것도 총무 위원 일이거든. 거기서 들은 이야기인데.

가미야마 고등학교엔 동아리가 워낙 많으니 말이지. 동아리 수가 많으면 가입 권유 포스터의 수도 당연히 많아져. 아마 1학기 내내 학교 안 게시판이 온통 가입 권유 포스터로 뒤덮이지 않을까. 물론 게시판을 사용하려면 허가를 받아야 해. 총무 위원회의 허가인이 있어야 포스터를 붙일 수 있어.

그렇기는 하지만 종이 한 장, 압정 한 개면 끝이니 말이지. 자주 돌아보지 않으면 해적판 가입 권유 포스터가 나붙곤 하거든. 보는 족족 떼어 내는 것도 총무 위원의 직무야. 정규 동아리가 해적판 포스터를 붙이면 벌칙이 있어. 최악의 경우 활동비가 깎이지."

"……의외로 큰일이군요."

"그래! 의외로 큰일이야."

막힘없이 늘어놓는 사토시의 이야기에 벌써 낚였는지 지탄다는 일일이 고개를 끄덕이며 듣고 있다.

"그런데 매년 딱 한 장, 어느 동아리 건지 알 수 없는 가입 권유 포스터가 나붙는 모양이야.

포스터라기보다 메모라고 해야 할까. 작년엔 정말 공책에서 찢어 낸 것 같은 종잇조각에 집합 장소하고 일시만 씌어 있었다고 해. 게시물도 무허가에, 동아리도 무허가. 다나베 총무 위원장 말로는 여기 가미야마 고등학교에 총무 위원회도 파악하지 못한 비밀 클럽이 있다나 봐. 그 녀석들이 몰래 부원을 모집하는 거지.

녀석들은 실재해. 활동 목적은 불명이고, 가입 조건도 알 수 없어. 하지만 클럽 이름만은 알고 있어."

사토시는 뜸을 들이듯 말을 중단했다. 그에 직방으로 넘어간 지탄다가 물었다.

"그 이름은?"

사토시가 씩 웃었다.

"무당거미 클럽."

"무당거미……."

지탄다는 단어를 음미하듯 몇 번씩 중얼거렸다. 그러더니 갑자기 "저희 집 마당에도 무당거미가 곧잘 거미줄을 쳐요"라고 했다. 거미줄을 보고 거미 종류를 알 수 있나?

"다나베 선배는 작년에 회수한 메모를 이용해서 무당거미 클럽이랑 접촉하려고 한 모양이야. 그런데 성공하지 못했지. 지정 장소는 빈 교실이었는데 문이 잠겨 있어서 들어갈 수 없었고, 지탄다도 알다시피 열쇠는 정당한 이유가 있어야만 빌릴 수 있으니까 말이야. 그래서 선배는 무당거미 클럽이란 단체는 이름뿐, 실체는 없다고 결론을 내렸어. 게시판에 장난 쪽지를 붙여 놓고 기뻐하는 유치한 녀석이 있는 것뿐이라고. 그런데……."

여기가 하이라이트라는 듯 사토시는 목소리에 힘을 실었

다.

"졸업식 날, 한 졸업생이 선배한테 이렇게 말한 거야.

……내가 무당거미 클럽 회장이었다. 다음 회장하고도 잘 지내라. 네가 그 녀석을 찾아낼 수 있다면 말이다만.

총무 위원장이 된 다나베 선배는 어쨌거나 무허가 게시물을 허용할 수 없는 입장이야. 올해도 분명히 어딘가에 메모를 붙여 놨겠지. 총무 위원들이 각자 주의해서 보고 있는데 아직 발견하진 못했어."

사토시는 어깨를 으쓱하며 그렇게 이야기를 맺었다.

조금 전 음악실 이야기를 할 때도 그랬지만, 억양을 과장되게 구사하는 데 비해 부자연스러운 느낌이 없다. 사토시와는 나름 오래 알고 지낸 사이인데 이야기에 재주가 있다는 것은 처음 알았다. 이 녀석의 장래 직업으로 무성 영화 변사는 어떨까.

지탄다는 훅 하고 얕게 한숨을 내쉬었다.

"아닌 게 아니라 이 학교 특별 활동의 다채로움은 조금 신기할 정도예요. 그중에 그런 수수께끼 클럽이 있을 수도 있겠죠."

확실히 평범한 주간 인문계 고등학교라 하기에 가미야마 고등학교의 문예계 동아리는 과하게 다채롭다. 아카펠라부니 마술부니 쉰 개를 넘는 동아리가 존재하며, 가을이 되면 사흘 간에 걸쳐 축제를 개최한다. 비밀 클럽 한두 개쯤 없다고 단언하는 것은 멋을 모르는 일이다.

"무당거미 클럽이라. 활동 목적이 불명이라는 점에서 고전부하고도 통하는 데가 있군."

"아니, 그런, 고전부는……."

말하다 말고 잠시 침사묵고한 끝에 지탄다도 시인하지 않을 수 없었다.

"……안 그렇다고 말할 순 없을지도 모르지만요."

그러고 보니 지탄다는 어떤 특별한 목적이 있어 고전부에 들어왔다고 했다. '개인적인 사유'라고 얼버무리기에 그 이상 캐묻지 않았다.

"무수한 가입 권유 포스터 속의 메모지 한 장인가요."

지탄다는 뺨에 손을 대고 얼마 동안 생각에 잠겼다. 그렇게 눈을 가늘게 뜨고 가만있으면 기품 있는 규방 처자로 보이지 않는 것도 아니건만.

이윽고 고개를 크게 한 번 끄덕하더니 표정이 확 밝아졌다. 지탄다는 가슴 높이로 두 손을 모으고 말했다.

"그러네요. ……저, 신경 쓰여요."

됐다.

나는 설문 용지를 들고 일어섰다.

"그럴 줄 알았다. 그래서 마침 잘 왔다고 한 거야."

"그게 무슨 말씀이세요?"

지탄다가 의아스레 고개를 갸웃했다. 나는 말했다.

"물론 찾자는 거지, 그 메모를."

먼저 사토시에게 물어보았다. 이 학교에 총무 위원회가 관리하는 게시판이 몇 개 있나.

후쿠베 사토시도 숫자까지 세지는 않았던 모양이다.

"잠깐만 기다려 봐."

손가락을 꼽기 시작했다.

"일반동 2층에서 4층까지 두 개씩. 1층은 보건실 앞이랑 교무실 앞에도 있으니까 네 개. 연결 통로에도 있었지. 통로 2층, 일반동 쪽에 하나, 특별동 쪽에 하나. 특별동은 각 층 하나씩. 합해서 열여섯 개.

그리고 계단참에는 모두 붙지. 건물 한 동에 계단 두 개, 사 층 건물이니까 열여섯 개인가."

듣고 싶었던 것은 결론이라 과정은 대충 들어 넘겼는데, 지탄다는 그러지 않았다. 손가락을 꼽다 못해 결국 몇 개인지 알 수 없게 된 주먹을 바라보는 사토시에게 온화하게 말했다.

"아니에요, 후쿠베 씨. 한 동에 계단 두 개, 사 층 건물이면 열두 개예요. 사 층 건물에 계단참은 세 개니까요."

"어? 아, 그런가."

또 손가락을 꼽는다. 어째 의심스러운 나팔수의 손동작 같다.

"그럼 합계……."

"스물여덟 개네요."

사토시가 어이없다는 표정을 지었다.

"게시판 하나에 크고 작은 것 합쳐서 열 장 이상 붙일 수 있단 말이지. 그럼 음, 이 작은 학교에 포스터가 삼백 장 이상 있다는 뜻인데."

"체육관에도 게시판 있지 않았냐?"

"그러고 보니 있는걸. 격투기 훈련장에도. ……그 말은, 다 합해서 서른 개. 일 꽤 많이 하잖아. 위대하도다, 우리 총무 위원회!"

사토시는 감격에 차 영탄하며 천장을 우러렀다.

뜻밖에도 지탄다는 감개무량해하는 사토시를 방치했다. 아무런 코멘트도 하지 않고, 냉랭하게 대하지도 않고 그저 시선을 슥 돌렸다. 아직 몇 번 만나지 않았을 텐데 벌써 사토시를 다루는 요령을 터득한 걸까. 물론 그게 정답이다.

지탄다가 시선을 돌린 곳에는 내가 있었다.

"다 합해서 서른 개라고 하는데…… 다 찾아보나요?"

아무리. 그런 짓을 했다가는 신조를 어겼다고 천벌을 받아 죽을 것이다.

"그 전에 어디 있을지 생각하는 게 낫지 않겠냐? 제일 의심 가는 곳은 어디인가. 발로 뛰는 건 그러고 나서라도 늦지 않아."

"전에 마야카가 그러더라. 호타로는 몸을 쓰기 전에 머리를 쓴다고."

정신이 든 사토시가 놀리듯 말했다.

"좋은 일 아니냐."

"그 결과, 몸을 안 쓰고 끝나는 일이 많다고."

이 말에는 찍소리도 못했다.

마야카란 이바라 마야카. 왜 그런지 초등학교 때부터 줄곧 같은 반이었다. 그러고 보니 고등학교에 들어와 처음으로 반이 갈라졌다. 나와는 별반 친하고 뭐고 할 게 없지만, 사토시와는 관계가 깊다. 제 눈에 안경이라고, 이바라는 사토시에게 마음이 있다.

"마야카 씨는 누구신가요?"

"어, 응, 앞으로 소개할 기회가 있지 않을까."

사토시는 이바라에게 벌써 여러 번 고백을 받았다고 알고 있는데, 받아들이려 하지 않는다. 이유까지는 모른다. 별로 관심 없다. 아무튼 지금은 이바라의 지적대로 머리를 써야 할 순간이다.

"의심 가는 곳……. 비밀 클럽 분들이 가입 권유 메모를 붙이기에 가장 적합한 장소는 어디인가 하는 이야기죠?"

"대충 생각할 때 어떤 조건을 갖춘 장소일 것 같냐?"

그렇게 묻자 지탄다는 잠시 생각하더니 눈을 위로 치뜨고 대답했다.

"총무 위원분에게 들키면 떼어 내는 거죠. 저라면…….

역시 되도록 눈에 띄지 않는 구석진 게시판에 붙일 것 같아요. 가령 지학 교실 옆이면 사람이 많이 다니지 않죠."

"그건 그래. 격투기 훈련장 게시판 같은 곳도 그쪽 부원이나 총무 위원이 아니면 아예 볼 일이 없겠다."

사토시가 동의했다.

그러나 그런 구석이면 곤란하다. 나는 최대한 자신 있게 단언했다.

"그건 아니지."

익숙지 않은 일은 하는 게 아니다. 태도가 너무 노골적이었는지, 시야 끄트머리에서 사토시가 입을 팔자로 일그러뜨리는 게 보였다. 하지만 사토시는 문제가 아니다. 정작 중요한 지탄다는 딱히 이상하게 생각하지 않는 듯했다.

"아닌가요?"

"틀림없어."

한 박자 쉬고.

"무당거미 클럽의 가입 권유 메모가 붙어 있다면…… 1층 계단 입구 게시판 아니면 거기서 여기 4층까지 올라오는 계단의 계단참일 거다."

지탄다가 고개를 갸웃했다.

"그 말은 계단 입구에서 교실까지 저희 1학년이 다니는 경로 어딘가라는 뜻이네요. 하지만 그래서는……."

그렇게 중얼거리더니 생각에 잠겼다. 여기서 교묘한 언변으로 설득할 수 있다면 일이 간단하겠지만, 공교롭게도 나는 사토시 같은 화술이 없다. 이다음 어떻게 말해야 하나 하고 생각하는데 사토시가 곁에서 끼어들었다.

"호타로한테 무슨 생각이 있는 것 같은데, 지탄다 생각엔 구석진 곳, 호타로는 1학년의 동선을 따라. 홀짝 딱 맞겠다, 실제로 보러 가는 게 빠르지 않겠어?"

"……그러네요."

제안이 나오니 지탄다의 행동은 신속했다. 걸음을 돌리

고…….

"자, 가시죠!"

나는 고개를 끄덕이고 학교 지정 책가방을 어깨에 멨다.

사토시에게 얼핏 눈길을 주니, 녀석은 고개를 돌리고 휘파람이라도 불 것처럼 입술을 삐죽 내밀고 있었다.

4

"너 중학교는 어디 나왔냐?"

입학 이후 이런 질문을 이루 셀 수도 없을 만큼 많이 받았다. 하지만 내가 물은 것은 처음이었다. 지탄다도 물론 여러 번 받았을 텐데, 언짢은 표정도 짓지 않고 대답했다.

"저는 인지 중학교예요. 후쿠베 씨와 오레키 씨는 같은 학교를 나오셨죠?"

"그래."

"후쿠베 사토시와 오레키 호타로라면 가부라야 중학교의 어스, 윈드 앤드 파이어라고 불렸지!"

뒤에서 사토시의 목소리가 날아왔다.

누가? 어디서? 뭔 소리냐?

말하나 마나 나는 중학교 시절에 이름 같은 것 남기지 않았다. 사토시는 남겼다. 학생회 회계였다.

나와 지탄다가 나란히 계단을 내려가고 사토시가 뒤를 따라왔다. 방과 후, 이제 곧 해가 저물기 시작할 무렵, 계단은 통행량이 많다. 옆으로 늘어서서 방해가 되지 않도록 조심했다.

4층과 3층 사이의 계단참, 게시판에서는 색색의 포스터가 미모를 다투고 있었다. 동아리들이 제각기 다른 방향으로 디자인에 공을 들였다 보니 언뜻 보면 카오스가 따로 없다. 지탄다가 그중 한 장을 가리켰다.

"저, 이게 좋아요."

원형 포스터였다. 그 이야기는 공간을 넓게 차지한다는 뜻이기도 하다. '수예부에 들어오지 않으시겠어요?'라는 심플한 권유 문구 밑에 뜨개질을 하는 판다. 그린 게 아니다. 수를 놓았다. 판다를 수놓은 천을 마분지에 붙여 가입 권유 포스터로 만들었다. 거기에 들어갔을 수고를 생각만 해도 까무러칠 것 같다. 뭐하러 이렇게까지…….

할 말을 잃고 망연히 서 있었더니 사토시가 어깨에 손을 얹었다.

"어때, 호타로. 에너지 절약주의자와는 대극에 위치하는 이 정교한 세공을 보면서 끈기와 완성도에 대한 집착을 마음의 주름으로 감지하고 뭐 할 말 없어?"

"다른 문화와의 접촉은 늘 자극적이라고 생각합니다."

"훌륭하군. 솔직한 감상이야."

사토시는 고개를 힘차게 끄덕이더니 이번에는 지탄다를 향해 어깨를 폈다.

"나도 그 점이 마음에 들어서, 그래서 들어갔다니까, 수예부."

"네?"

지탄다는 말문이 막힌 듯했다. 몰랐던 모양이다.

지탄다가 앞으로 사토시와 인간관계를 이어 간다면 이 녀석의 가벼운 풋워크를 몇 번이고 실감하게 될 것이다. 그러다 이윽고 생각하게 될 것이다.

'혹시 후쿠베 사토시는 단순히 절조가 없는 게 아닌가?'

게시판을 뒤적거리다 보니 포스터 한 장이 크게 기울었다.

"어머나, 압정이 빠졌나요?"

지탄다는 몸을 굽히고 바닥을 찾았지만 압정은 나오지 않았다.

"……어쨌거나 여기엔 없나 보다. 다음 장소로 가자."

우리는 3층에서 2층으로 가는 계단참을 조사하고, 이어서

2층에서 1층으로 가는 계단참도 조사했다.

캘리그래피, 그럴싸한 홍보 문구, 공들인 세공, 사실적인 터치부터 만화풍까지 다양한 그림체의 일러스트. 신입생의 관심을 사로잡기 위한 온갖 아이디어가 눈앞에 펼쳐졌다. 동아리의 다양성도 예사롭지 않다. 수묵화부는 수묵화를, 만화 연구회는 네 컷 만화를 그렸으며, 장기부는 장기 묘수풀이를, 바둑부는 바둑 묘수풀이를 출제했고, 고적대부는 공연 사진을 붙여 놓았다. 가미야마 고등학교에서는 다소 기를 못 펼 듯한 운동부들도 눈치 보며 구석에 박혀 있지 않았다. 농구부에 배구부, 육상부, 야구부, 고등학생이 활력을 쏟을 대상으로 적합하다 싶은 것은 전부 여기 모여 있다는 착각마저 든다.

"어휴, 이렇게 다시 보니까 엄청난데, 가미야마 고등학교."

"그러게 말이에요. 게시판의 판이 보이지 않을 지경이에요."

저 포스터가 좋다, 이 포스터가 공을 들였다, 하고 좋아하는 두 사람을 무시하며 나는 어쩐지 내가 실수했다는 느낌을 맛보고 있었다.

매일 지나다니는 계단, 이미 수십 번은 봤을 포스터. 그렇지만 그것을 정식으로 살펴보다 보니 멀리하고 살아왔던 활력에 치여 머리가 어질어질했다.

그래도 이럭저럭 1층까지 내려왔다.

1학년 계단 입구 앞. 그곳 게시판은 지금까지 본 중에서도 가장 혼돈했다.

사토시가 웃으며 말했다.

"신입생이 제일 많이 보는 게시판이지. 여기가 일등지, 격전 지구야."

정말 총무 위원회에서 관리하는 것 맞나? 제대로 된 크기의 포스터가 한 장도 없다. 엽서 크기 종이가 게시판 가득 붙어 있다. 일등지니까 여러 동아리가 사이좋게 나눠 쓰자는 뜻이리라. 매일 등하교하면서 분명히 봤을 텐데, 이랬던가?

혼란을 앞에 두고 지탄다는 뭔지 몰라도 납득한 듯했다.

"아아, 그렇군요. 그런 뜻이군요."

나를 돌아보며 미소를 짓는다.

"오레키 씨가 어째서 눈에 잘 띄는 게시판이 의심 간다고 하시는지 이해가 되지 않았는데…… 이렇게 많이 붙어 있으면 무허가 게시물도 눈에 띄지 않겠네요."

나무를 숨기려면 숲에. 그런 뜻인가.

순간 '물론 그런 이유지' 하며 가슴을 펴고 으스대고 싶었지만, 그런 것은 허영심일 뿐이다. 정직하게 말하자.

"……미안하다. 그건 생각 못 했어. 여기 게시판이 이런 상황이라는 걸 잊어버렸지 뭐냐."

"네? 그럼 어째서……."

"여기 있으면 말하마. 없으면 창피하니까."

지탄다는 입술 밑에 손가락을 대고 웃음을 머금었다. 게시판 앞에 선다.

"그럼 꼭 있어야겠네요. 아까 오레키 씨, 어째 이상하다 싶을 만큼 자신 있어 보였거든요. 꼭 듣고 싶어요."

그렇게 거창한 것은……. 그보다 지탄다는 벌써 자신만만한 태도가 내게 별로 어울리지 않는다는 것을 아는 모양이다. 아직 이렇다 할 만큼 이야기해 본 적도 없는데.

지탄다는 큰 눈을 더욱 크게 뜨고 게시판을 쳐다본다. 종이를 꿰뚫을 듯한 안광에 어쩐지 안절부절못하겠다. 이 녀석은 아마 그렇게 직감이 발달한 편은 아닐 것이다. 하지만 관찰력과 기억력은 뛰어나다. 처음 만났을 때, 나는 지탄다의 존재도 몰랐건만 지탄다는 내 풀 네임까지 알고 있었다. 관찰과 기억의 결과였다. 지탄다가 게시판을 통째로 외우면, 뭐랄까, 곤란하다.

"글로벌 액트 클럽, 토론부, 하쿠닌잇슈부도 있네요. 아, 점술 연구회! 제 친구가 여기 들어갔어요."

동아리 카탈로그 같은 게시판을 오른쪽 위에서 시작해 왼쪽으로, 왼쪽 끝까지 가면 시선을 약간 내려 다시 오른쪽으로, 지탄다는 게시판을 훑어 나간다.

"과연 있을까?"

사토시가 물었다. 눈앞에 집중하는 지탄다는 사토시의 말에 담긴 빈정거림을 깨닫는 기색이 없다.

"쟁부, 탁구부, 미술부……. 으음."

지탄다는 신음하더니 굽히고 있던 몸을 폈다.

"무당거미 클럽의 가입 권유 메모는 없는 것 같은데요."

애석하다는 듯 쓴웃음을 짓고 있다.

그 표정을 보고 나는 처음으로 죄책감 비슷한 것을 느꼈다.

"하기야 그 비밀 클럽이 현재 메모를 붙여 놓았는지 아닌지 모르는 셈이죠. 오레키 씨가 틀린 건 아니에요."

위로하는 말까지 들었다.

갑자기 지탄다에게 사과하고 싶어졌다. 자아가 약한 것도 아닐 텐데 한없이 올곧다. 나는, 그리고 사토시는, 원하든 원하지 않든 사물을 조금 모로 보는 경향이 있다. 지탄다는 그런 성향과 연이 없을까. 좀 더 의심하면 안 되냐고 묻고 싶어진다. 이면이 있는 게 아닌가, 나를 속이는 건 아닌가, 그런 생각이 들 때는 없나? 없을 리 없다. 지탄다는 십중팔구 바보가 아니니까. 그러면서 나를 의심하는 눈치를 보이지 않는 이유는 뭔가. 이래서는 내가 너무나도 어릿광대 같지 않나.

하지만 계획은 여기까지 순조롭게 진행되고 말았다. 이제 와서 물러설 수 없게 된 이상, 결말을 맺을 수밖에 없다. 다행히 지탄다의 등 뒤에서 사토시가 말해 주었다.

"글쎄, 어떨까. 난 있을 것 같은데. 하지만 그냥 알아볼 수 있게 돼 있는지 아닌지, 그건 모르겠는걸."

"그게 무슨 말씀이세요?"

지탄다가 사토시를 돌아보고 물었다.

"총무 위원의 눈을 피하기 위해 무슨 꼼수를 쓰지 않았을까 싶어서. 뭐, 됐어. 있으면 언젠가 발견되겠지."

사토시는 어깨를 약간 으쓱했다.

"그보다 나도 물어보고 싶은데. 어째서 호타로가 만약 있다면 1학년의 동선 중에 있을 거라고 생각했는지."

"……아아, 그거. 그래."

스스로 생각해도 대답하는 목소리에 기운이 없다. 아마 예상이 어긋나 낙담한 듯이 들릴 것이다.

나는 손을 늘어뜨리며 말했다.

"그러게. 사토시, 넌 이 학교에서 물건을 감춘다면 어딜 고르겠냐?"

돌연히 질문이 날아들 줄 몰랐나 보다. 사토시는 바로 대답하지 못했다.

"숨긴다고? 글쎄, 크기에 따라 다르겠지. 조건 여하에 달렸지만……. 일반동 1층, 직원용 화장실 지나서가 좋지 않을까? 빈 교실만 줄줄이 있겠다, 아무도 안 올 테니까."

"거기 말고는?"

"……다다미방이려나. 다도부만 이용하니까."

"그래. 그럼 가부라야 중학교에 감춘다면?"

사토시의 대답이 더욱 늦어졌다. 그야 물론, 하고 말하다 말고 씩 웃었다.

"아아…… 그런 뜻."

"그래, 그런 뜻."

공범자 같은 말을 주고받는다.

"무슨 말을 하고 싶은지 알았어, 호타로. 아닌 게 아니라 그렇게 되지."

"네? 무슨 말씀인가요? 가부라야 중학교엔 그렇게 물건을 감추기에 안성맞춤인 곳이 있나요?"

장외로 밀려난 지탄다가 커다란 호기심과 작은 불만이 담긴 말로 끼어들었다.

"안성맞춤이란 건 아닌데, 맨 먼저 떠오른 건 배식실이었어. 매일 꼬박꼬박 수많은 사람이 몰려들지만 아무도 주의해서 주위를 살피지 않지."

지탄다는 아직 무슨 말인지 모르는 듯했다. 다다미방과 배식실이 어떻게 다른지 이해하지 못했다.

"가미야마 고등학교에선 눈에 안 띄는 곳에 감추고 싶어. 그런데 가부라야 중학교에선 반대로 눈에 잘 띄는 곳에 감추고 싶어지는 거다. 넌 어때? 인지 중학교에서 감춘다면 '모두가 보고 있지만 맹점'일 곳을 고르지 않겠냐?"

"아……."

지탄다는 숨을 들이쉬며 손바닥을 입가에 갖다 댔다.

"과연 그러네요. 왜 그럴까요? 구석에 숨겨 놓아야겠다는 생각이 들지 않아요."

"요컨대 익숙함의 문제야."

나는 단언했다.

"우리는 아직 새로운 환경인 가미야마 고등학교에 익숙해지지 않았어. 익숙하지 않은 곳에선 눈에 띄지 않게 행동하고 싶어지지. 하지만 중학교엔 삼 년이나 있었잖냐? 학교 구석

구석까지 다 알고 있어. 그럼 어설프게 이목을 피하느니 대담하게 맹점을 찌르는 게 낫다고 생각하게 돼.

평소 인기척이 없는 다다미방이나 빈 교실에 물건을 감춰 놓으면, 우연히 들어온 사람이 신경 써서 주위를 살펴볼 거다. 인기척이 없는 곳에도 사람이 들어간다는 걸 아니까, 그런 곳은 되레 위험성이 크다고 멀리하게 돼."

"과연. 그래서 계단 입구란 말이지. 확실히 건물 안에 학생의 발이 안 닿는 곳은 없긴 해. 그러느니 차라리 여기가 아까 지탄다가 말한 것처럼 '시체를 숨기려면 전쟁터에' 효과도 기대할 수 있고 말이지."

비유가 영 흉흉하지만, 어쨌거나 그런 의미다.

"익숙하지 않은 녀석일수록 괜히 특이함을 노려. 무당거미 클럽엔 1학년이 없지. 재치 있는 비밀 클럽이라면 당당히 의표를 찌를 거라고 생각한 거다."

지탄다는 심지어 감동한 듯했다. 몹시 진지한 표정으로 깊은 한숨을 내쉬더니 방금 들은 이야기를 반추하듯 천천히 고개를 끄덕인다.

"아닌 게 아니라 그편이 자연스럽네요. 구석진 곳일 거라고 생각한 제가 너무 뭘 몰랐어요. 그런 말을 듣고 났더니 여기 게시판에 붙어 있지 않은 게 어째 부자연스럽다는 생각까지 드는걸요."

"아니, 뭐, 없는 건 없는 거니까. 호타로의 자신감도 믿을 게 못 되는데."

사토시가 그런 농을 지껄이며 게시판으로 다가갔다. 그러더니…….

"음?"

동작을 멈추었다. 갑자기 표정이 진지해지나 싶더니 붙어 있는 엽서 중 한 장에 손을 뻗었다. 크기가 죄 고만고만한 엽서들 사이에 자기주장을 하듯 조금 더 큰 한 장이 있었다.

"야구부네요."

"응, 그래. 그런데 좀 들떠 있지 않아?"

사토시는 건성으로 대답하며 엽서를 떠들었다.

그 순간, 지탄다가 앗 하고 소리쳤다.

엽서 밑에 조그맣게 찢은 갱지 조각이 붙어 있었다. 자를 대고 쓴 글자가 나열되어 있다. 검은 사인펜으로 쓴 글씨는.

무당거미 클럽 결원 2명 보충 05021722LL

"있네요. 이상하죠, 방금 그 이야기를 듣고 났더니 있는 게 오히려 당연한 것 같아서 전혀 놀랍지 않아요."

지탄다가 놀랐다기보다 오히려 어안이 벙벙하다는 듯 말했다. 한편 사토시는 별 감개가 없는 표정으로 쪽지의 내용을 빤히 보고 있다.

그러더니 갑자기 말했다.

"총무 위원회 허가인이 없는걸. 그럼 일을 해야지."

그러고는 종이를 떼어 냈다.

그러는 사이에도 1학년이 쉴 새 없이 눈앞을 지나간다. 다들 계단 입구에서 신발을 갈아 신고 빗속에 집으로 향한다.

나는 말했다.

"어째 마음이 놓이는군. 난 교무실에 프린트 제출하고 그냥 가마."

"그러게, 나도 갈까."

어리둥절한 표정이던 지탄다는 이내 미소를 지었다.

"알겠어요. 그럼 여기서 헤어져야겠네요. ……익숙지 못한 사람만이 특이함을 노린다. 기억해 둘게요."

그러고는 작별 인사로 가슴 높이에서 손을 살짝 흔들었다.

5

일기 예보와는 달리 빗발은 조금씩 약해지는 것 같다. 나와 사토시는 우산을 쓰고 집으로 돌아가는 길을 같이 걸었다. 도중에 아케이드가 있는 상가를 지난다. 우산을 접고서야 사토시는 침묵을 깼다.

"처음엔 무슨 일이 벌어진 건가 했어."

어이없음과 빈정거림과 농담, 그리고 약간의 비난이 어린 목소리였다.

"'월광을 연주하는 피아노' 이야기를 묻는가 싶더니 갑자기 '그런데 7대 불가사의 그 첫째는 뭐냐'고 하니 말이지. 에너지 절약주의자 호타로가 전향이라도 한 건가 싶었어."

"신세 졌다."

짤막하게 말했다. 실제로 요소요소에서 사토시가 내 의도를 파악해 도와주지 않았다면 이렇게 잘 풀렸을지 알 수 없는 일이다.

사토시는 우산을 빙그르르 돌렸다. 회색을 기조로 체크무늬가 들어간 세련된 우산이다. 내 비닐우산과는 꽤나 차이가 난다. 빗방울이 앞쪽 인도로 휙 날아갔다.

"불가사의로 불가사의를 제압하는 계획, 훌륭했어."

그렇다.

내가 일부러 무당거미 클럽 이야기를 꺼낸 이유는 오직 하나. 지탄다가 '월광을 연주하는 피아노' 이야기를 못 꺼내게 하기 위해서였다.

사토시에 따르면, 1학년 A반 여학생이 음악실에서 흘러나오는 피아노 소리를 들은 것은 어제다. 그게 A반에서 화제가 된 것은 오늘 점심시간이었다고 한다. 그리고 사토시의 D반까지는 아직 전해지지 않았다.

사토시의 이야기 중에서 내가 그냥 들어 넘길 수 없었던 한 마디. 그것은 '우리 D반까지 도달하는 데 며칠 걸릴 것인가'라는 말이었다. 언제 D반에서 화제가 될 것인가 궁금해한다는 말은, 즉 사토시는 소문을 반에서 들은 게 아니라는 뜻이다.

그렇다면 사토시는 언제 어디서 누구에게 소문을 들었나.

생각해 볼 것까지도 없다. 사토시는 우리 반 교실로 오기 전 고전부 동아리실인 지학 교실에 있었다. 그곳에는 신청 허가 요청서를 쓰고 있던 지탄다가 있었다. 지탄다는 1학년 A반 학생이다.

물론 사토시는 지탄다에게 들은 것이다.

또 한편으로 지탄다는 내가 동아리실에 오기를 바란다고 했다. 여기서 어떤 예감이 들었다. 좋은 예감인지 나쁜 예감인지 알 수 없었지만 나는 이렇게 생각했다.

……지탄다는 '어느새 밀실 안에 있었던 자신'에 관한 수수께끼를 해결한 내게 '월광을 연주하는 피아노'의 수수께끼를 풀어 달라고 하지 않을까?

괜한 걱정이라는 생각도 했다. 지탄다를 만난 것은 아직 손가락으로 헤아릴 수 있는 정도다. 신뢰를 살 만한 일을 했다고 생각하지는 않거니와, 지탄다가 일부러 이야기를 하러 나를 찾아올 것이라 생각한다면 착각도 유분수다.

그러나 나는 그런 생각을 하면서도 실제로 지탄다가 왔을 때를 대비하지 않을 수 없었다. 가장 좋은 것은 지탄다가 오기 전에 가 버리는 것이다. 그러나 나는 숙제를 두고 와 남아 있는 몸. 마음대로 집에 갈 수 없다. 그래서 대처법을 생각했다.

그리고 지탄다는 정말로 왔다.

주된 목적은 사토시에게 신청 허가 요청서를 주는 것이었던 듯하지만, 그래도 분명히 왔다.

나는 음악실 이야기에 관여하고 싶지 않았다. 그 때문에 지탄다의 호기심에 다른 호기심으로 맞불을 놓을 수는 없을까 생각했다. 구체적으로는 '7대 불가사의 그 첫째'. 사토시의 말대로 '불가사의를 불가사의로 제압하는' 셈이다. 계획은 성공했다. 지탄다는 원래 음악실 이야기를 할 생각이었으나 흥미가 비밀 클럽 쪽으로 옮겨 가고 말았다.

사토시는 말했다.

"다만, 뭘 하고 싶었던 건지는 알았어도 왜 그런 일을 했는지 그걸 모르겠어. '월광을 연주하는 피아노' 이야기를 하는 대신 무당거미 클럽 이야기를 하다니, 호타로 넌 대체 뭘 하고 싶었던 거지? 설마 피아노 수수께끼는 도저히 감당이 안 될 것 같아서 피하고 싶었단 말은 아니겠지."

물론 그런 게 아니다.

그리고 나는 뭘 하고 싶었던 것도 아니다. ……하고 싶지 않았다.

"피아노 이야기는 듣고 나서 바로 짐작이 갔어. 음악실에

가면 그 자리에서 검증도 할 수 있었을 거다."

"그럼……."

이유가 필요하다면 한마디로 족하다.

"음악실은 멀잖냐."

부슬비가 아케이드 비닐 지붕에 맞아 사락사락 소리가 난다. 상가의 폭 좁은 도로를 경트럭이 비좁은 듯 달려간다. 물보라가 튀어 신발이 젖을 뻔했다.

사토시는 깊디깊은 한숨을 내쉬었다.

"……그래, 그렇구나. 역시 호타로, 너네."

음악실은 특별동 4층. 비가 오는 날이면 2층까지 내려가 연결 통로를 지나 다시 4층까지 올라가야 한다. 우리 교실에서는 멀다.

일기 예보에서는 저물녘부터 빗발이 세진다고 했다. 숙제는 좀처럼 끝날 줄을 몰랐다. 그리고 나는 얼른 집에 가고 싶어 좀이 쑤셨다. 음악실처럼 먼 곳까지 갈 마음이 나지 않았다.

비밀 클럽 이야기를 꺼낸 것도 그게 가장 큰 이유다. 지탄다의 관심을 끌 재료로 써먹을 수 없을까 싶어 사토시에게 물어본 '가미야마 고등학교에도 있었던 7대 불가사의 그 첫째'는 지극히 적절했다. "그럼 메모를 찾으러 가자" 하고 제안해 계단까지 가서 그대로 집에 간다는 계획이 바로 세워졌다.

음악실의 피아노가 어쩌고 하는 이야기는 원래 관여할 필요가 없는 일이다. 안 해도 되는 일은 안 한다. 하지만 만약 지탄다가 그 큰 눈으로 '신경 쓰여요'라고 한다면…….

"'해야 하는 일은 간략하게'야."

그리고 간략하게 끝내는 데 성공했다.

그러나 사토시는 그에 이의를 달았다.

"호타로, 그건 좋지 않은데."

"……."

"좌우명을 피로하려면 가슴을 펴고 당당히 해야지. 지금 넌 그저 변명을 하는 것처럼 들렸어."

대꾸할 말이 없었다.

뿐만 아니라 사토시의 얼굴도 똑바로 볼 수 없었다. 조용한 봄비 소리 가운데, 나는 그저 젖은 땅바닥만 보고 있었다.

……나는 내 신조가 아주 마음에 든다.

그러나 오늘 그 신조에 입각해 의문에 의문으로 맞불을 놓았건만 만족감이 없다. 이래도 되는 건가 하는 께름한 느낌만 마음속에 묵직하게 남아 있다.

꼼수는 성공했다. 지탄다는 계단 입구까지 내려왔고, 역설 같은 설명에도 감탄해 주었다. 그리고 사토시가 지탄다의 관심을 다른 데로 유도한 순간, 나는 무당거미 클럽의 가입 권유 메모를 붙이는 데 성공했다.

메모는 갱지를 찢어 만들었다. 학교에서는 '입학 후 한 달간 느낀 바와 향후 포부'를 쓰라며 사기가 드높은 신입생을 위해 갱지를 두 장씩 나누어 주었다. 물론 내가 두 장씩이나 쓸 말이 있을 리 없다. 남은 두 번째 장을 유효하게 사용한 것이다.

압정은 계단참에서 조달했다. 비뚤어진 포스터를 보고 지탄다는 압정이 바닥에 떨어졌다고 생각한 모양이다. 그때 압정은 내 손 안에 들어 있었다.

모든 게 계획대로 잘 풀렸다. 피아노 이야기를 저지하고 나는 이렇게 바라던 대로 집에 가고 있다.

그런데도 내 신조는 지금 나 스스로도 알 수 있을 만큼 변명처럼 들렸다. 반론의 여지가 없다. 계획을 진행하며 나 자신도 그만두어야 하는 게 아닐까 생각했을 지경이다. 얼른 집에 가고 싶다. 먼 음악실 따위 가고 싶지 않다. 좋다, 목적은 정당하다. 하지만 수단은?

아케이드 상가가 끝나는 교차로까지 왔다. 여기서부터는 우산을 써야 한다. 사토시는 멈춰 서서 내 얼굴을 빤히 보더니 기묘한 웃음을 지었다.

"호타로, 오늘 네가 저지른 근본적인 오류가 뭔지 알아?"

아는 것도 같고, 모르는 것도 같다. 오류가 있었다고 판정을 내린다면 그랬던 것도 같지만, 전부 정답이었다는 생각도 없지는 않다. 나는 아무 말도 할 수 없었다.

사토시는 짐짓 과장되게 어깨를 으쓱했다.

"불가사의에 불가사의로 맞불을 놓는다. 응, 내 취향이야. 좋은 변화구였어."

그러더니 아까 내가 사토시에게 그랬듯, 사토시는 내 눈을 빤히 보며 말했다.

"그렇지만 말이지, 호타로. 그건 네 취향이 아니야."

나는 살짝 시선을 피했다.

"만약 네가 신조를 사수할 생각이었다면 취해야 할 행동은 하나뿐이었어. 숙제를 두고 와서 방과 후에 남게 된 건 어쩔 수 없지. 지탄다가 온 것도 네 탓이 아니었어. 그렇지만 어째서 그냥 '그런 거 내 알 바 아니고'라고 말하지 않은 거야? 그게 오류라는 거야.

지탄다가 어떤 이야기를 꺼내든 네가 그에 어울려 줄 필요는 없어. 이야기를 대충 들어 넘기면 그만이었어. 실제로 지금까지 계속 그래 왔잖아."

……아닌 게 아니라 그렇다.

나는 어째서 의문을 의문으로 막겠다는 생각을 했나. 확실히 음악실까지 가는 것보다 낫기는 해도 수고스러운 방법임에는 틀림없다. 나는 왜 그런 행동을 했을까?

말투에서 가시가 느껴지지 않는 것은 아니었지만, 사토시의 말이 옳다는 것은 인정하지 않을 수 없다. 지탄다의 습격이 진심으로 싫다면 '나도 몰라' 한마디로 끝나는 일 아닌가.

어딘가 기묘한 사토시의 웃음이 더욱 깊어졌다.

"잡학 외의 일로 너한테 뭘 가르쳐 줄 수 있다니 이거 기쁜걸. 잘 들어, 호타로. 난 네가 어째서 그런 일을 했는지 똑똑히 알 수 있어."

"……."

"그건 말이지. ……익숙지 않은 녀석일수록 특이함을 노리기 때문이야."

어디서 들어 본 말이다.

눈에 익었을 사토시의 웃음이 어째서 이상하게 느껴지는지 알 것 같다. 이 녀석은 지금 입으로만 웃고 있다.

"넌 지탄다가 있는 고전부에 소속되어 있다는 상황에 아직 익숙해지지 않았어. 그래서 그런 거야. 그래서 번거로운 수를 쓰려고 해. 넌 오늘 네가 지탄다를 거부했다고 생각할 수도 있겠지. 하지만 나한테 묻는다면 그건 거부가 아니야."

"거부하려던 건 아닌데."

아닌 게 아니라 나는 지탄다를 성가시게 생각했지만, 그렇다고 연을 끊고 두 번 다시 보고 싶지 않은 것은 아니다.

"그야 물론이지. 그건 현상에 대한 단순한 유보야."

유보.

이상하게도 그 말은 바로 납득되었다. 그렇군 싶었다. 지탄다가 와서 그 비길 데 없는 호기심을 발휘해, 그래서 시간이 색채를 띠는 것에 대해, 나는 유보했다. 아주 적절한 말이었다.

유보 앞에 무엇이 있는지는 나도 안다.

입을 떼지 않는 나를 단념했는지 사토시는 시선을 하늘로 들고 우산을 폈다. 팡 하는 파열음. 사토시는 체크무늬 우산을 어깨에 걸치고 빗속으로 나간다. 사토시의 집은 이 길을 곧장 가면 나온다. 나는 꺾어진다. 보행자용 신호등은 아직 빨간색이다.

사토시는 마지막으로 돌아보았다.

"그런데 '월광을 연주하는 피아노'는 어떻게 된 일 같아? 난 음악실까지 가란 말은 안 해."

"그래."

부슬비의 습기 속에 말랐을 리도 없건만 나는 입술을 핥았다. 눈은 사토시의 발치를 보고 있었다.

“교문이 폐쇄되는 6시 직전. 음악실에 있었던 건 손을 다친 여학생 한 명. 머리가 헝클어졌고 눈에 핏발이 섰었다며? ……자다 일어난 것처럼.”

“아, 그렇구나.”

“피아노부원은 잠이 와서 잤어. 6시 직전에 깰 수 있게 알람을 맞춰 놨겠지. CD 플레이어에 〈월광〉 CD를 넣어서.”

사토시는 쿡쿡 소리를 죽이고 웃는다.

“과연. 특별 활동이 활발한 가미야마 고등학교인데, 음악실에 CD 플레이어 정도는 있는 게 당연하지. 아닌 게 아니라 가면 알 수 있겠어. 플레이어에 설정이 남아 있을 테니까. 어이구야, 꿈이 없는 이야기인걸. 괜히 들었다.

……그렇지만 호타로.”

신호등이 파란불로 바뀌었다. 건너도 된다는 음악이 흘러나온다. 사토시가 한 발짝 내디디며 한 말은 묘하게 예언처럼 들렸다.

“길게 보면 음악실까지 가는 게 결과적으로 네 신조에 맞지 않았을까 싶은걸. 오늘 고민은 의외로 비싸게 먹힐지도 몰라. 난 이걸 빚으로 칠 마음은 없어. 그렇지만 지탄다는 어떨까? 그럼 난 이만. 내일 보자.”

002

대죄를 짓다

1

세계사 시간, 그것도 중국사였다. 공교롭게도 나는 춘추 전국 시대 쪽은 제법 아는 터라 아주 따분했다. 하지만 나는 심심하다고 공책 한구석에 멋진 낙서를 그리며 노는 취미는 없는데다, 같은 반 학생에게 유쾌한 쪽지를 돌릴 마음도 없고, 그 밖의 '딴짓'이라고 불리는 취미 일반에도 관심이 없었다. 합종연횡이 무미건조하게 해설되는 것을 대충 흘려들으며 무위를 바라는 자에게 무위가 주어지는 행복을 차분히 음미하고 있었다.

가미야마 고등학교는 어쨌거나 진학에 중점을 두는 학교라 학생 제군의 수업 태도는 전반적으로 나쁘지 않다. 정밀靜謐

함이 유지되는 교실에 나이 많은 교사의 낭랑한 목소리가 또렷이 잘 들린다. 분필이 칠판에 닿는 딱딱 소리가 울린다. 5교시라는 시간대를 생각하면 수마가 덮치는 것도 충분히 있을 수 있는 일이다. 시기는 유월, 장마철 중 잠시 반짝 갠 날. 이렇게 고교 생활이 낭비되어 간다.

샤프를 딸각딸각 눌렀다. 뭘 쓰려던 것은 아니다. 그런데 심이 나오지 않았다. 샤프심을 다 쓴 것을 몰랐다. 필통에서 예비 심을 꺼내 엄지와 검지로 집는다. 샤프 꽁무니가 아니라 앞쪽을 통해, 바늘에 실을 꿰는 유사적類似的 놀이로서 심을 집어넣는다.

그러나 평화는 언제나 돌연히 깨진다.

대나무로 단단한 물건을 후려치는, 불안을 자극하는 소리가 들려왔다. 허를 찔린 탓에 몸이 움찔하고 잠기운이 확 달아났다. HB 샤프심이 한중간에서 부러져 두 동강 났다. 아까워라. 아니, 아직 쓸 수 있나.

나만 놀란 게 아니었나 보다. 교실에 웅성거림이 번졌다. 옆자리 여학생이 뒤에 앉은 친구에게 "방금 뭐지? 깜짝 놀랐네" 하고 말을 건다. 기회만 있으면 떠들고 싶은 것이리라.

소리는 한 번으로 끝나지 않았다. 탁, 탁, 하고 이어졌다. 고함 소리가 섞였다. 목소리는 큰데, 무슨 말을 하는지는 잘 들리지 않았다. 으름장을 놓는 듯한 남자 목소리였다. 그것으로 나는, 그리고 십중팔구 우리 반 학생 제군도, 대강의 사정을 짐작할 수 있었다. 옆 반 교실에서 수학 교사 오미치 뭐시기가 또 성질을 부리고 있는 게 틀림없다.

교직에 있는 것을 흔히 교편을 잡는다고 하는데, 요새 세상에 채찍을 든 교사는 아무리 그래도 본 적이 없다. 기껏해야 늘었다 줄었다 하는 지시봉 정도다. 예전에 나는 학생 지도부 소속인 모리시타라는 교사에 관해 '죽도를 들지는 않았지만 들 수만 있다면 들고 싶어 할 것 같다'는 감상을 품은 적이 있다. 하지만 오미치는 죽도에 준할 듯한, 마디가 울퉁불퉁한 대막대기를 지시봉 대신 들고 다니며 이따금 그것을 교편처럼 사용한다. 다만 베테랑 교사인 그는 그것을 학생들에게 실제로 쓰는 짓은 절대 하지 않는다. 학생을 위압할 때 그것을 교탁이며 칠판을 향해 휘두를 뿐이다. 오미치는 칠판이란 의외로 튼튼하며 흠집이 잘 나지 않는다는 사실을 내게 가르쳐 준 은사다.

그러나 그런 인상을 갖고 있다고 해서 내가 오미치를 싫어하거나 경멸하는 것은 아니다. 그런 감정은 전혀 없다. 그런 교직원은 중학교에도 있었고, 심지어 초등학교에도 있었다. 내가 그에게 가지고 있는 감정은 예컨대 지금 옆자리에 앉아 있는 여학생에 대한 감정과 비슷하다. 얼굴도, 이름도, 성격도 안다. 하지만 아무래도 상관없다.

어쨌거나 옆 반 교실까지 소란스럽게 하는 것은 좋지 못한데. 그런 생각을 하는데 그칠 줄 모르는 고함 소리에 맑은 목소리가 끼어들었다. 들어 본 목소리다. 나는 그게 누구 목소리인지 깨닫는 동시에 나도 모르게 입속으로 중얼거렸다.

"아무리."

지탄다의 목소리로 들렸다.

입학 직후 우연한 기회에 알게 돼 나와 같은 동아리에 들어온 같은 학년 여학생. 그러고 보니 지탄다는 옆 반이었다. 칠판 난타를 시작한 오미치에게 반론하는 학생이 이 학교에 있다는 것 자체도 놀라운 일이지만, 더군다나 그게 지탄다일 줄이야. 정말 지탄다인가 싶어 귀를 기울여 봤지만, 벽 너머에서 들려오는 목소리다 보니 단정은 할 수 없었다. 그렇지만…… 억양의 느낌도 지탄다 같다.

무슨 말을 하는지는 잘 알 수 없었으나, 말 한마디 한마디를 또박또박 끊는 것은 틀림없다. 목소리는 여러 번 들었지만 저런 어조로 말하는 것은 처음 들었다. 지탄다도 언성을 높이며 화낼 때가 있나.

할 말을 다 했는지 이윽고 목소리가 그쳤다. 우리 교실에도 얼마 동안 숨죽이는 듯한 침묵이 흘렀다. 옆 반 교실은 그대로 정적을 되찾았다. 설마 지탄다가 오미치의 입을 다물게 했다는 말인가. 더 큰 트러블을 기대했던 무책임한 분위기가 순식간에 이완된다. 어쨌거나 조용해진 이상, 우리도 세계사 수업으로 돌아갈 수밖에 없다.

샤프심을 꺼냈다. 이번에는 그냥 꽁무니 쪽으로 넣은 뒤, 샤프를 손가락 사이에 끼고 빙그르르 돌렸다.

2

방과 후, 고전부 동아리실인 지학 교실. 초여름 햇살이 비스듬히 비쳐 든다.

나는 문고본을 손가락 사이에 끼워 펴 들고 있고, 지탄다는 안절부절못하고 있었다. 어째서 안절부절못하는가 하면, 교실 중앙 부근에 진을 친 두 사람, 후쿠베 사토시와 이바라 마야카의 싸움 탓이다. 말이 싸움이지, 이 두 사람 사이에 싸움이 제대로 성립될 리 없다. 이바라가 일방적으로 비난하고 사토시는 그것을 농으로 받아넘기든 쓴웃음으로 받아들이든 하는 게 이 두 사람의 싸움이다. 나는 처음부터 같이 있었지만 오늘도 두 사람이 저러는 이유를 잘 모르겠다. 어차피 전

봇대 키가 크다느니 우체통이 빨간색이라느니, 그런 게 발단일 것이다.

나와 지탄다, 사토시가 이름만 있고 부원은 없었던 고전부에 들어온 게 사월. 그리고 오월에는 이바라가 사토시를 뒤따라 들어왔다.

이바라와는 초등학교 1학년 때부터 내내 같은 반이었지만 딱히 말을 나눈 적은 없었던 것 같다. 고등학교에 들어와 처음으로 반이 갈라졌나 싶었더니 이번에는 동아리가 같다. 인연이 얕은 건지 깊은 건지 모르겠다. 이로써 이바라는 도서위원, 만화 연구회 회원, 고전부원, 이렇게 세 다리를 걸치게 됐다. 총무 위원이자 수예부원, 고전부원인 사토시와는 균형이 잘 맞는지도 모르겠다.

부원이 세 명이었을 때, 고전부는 매우 조용한 장소였다.

사토시는 이야기할 때는 자못 즐거운 듯 이야기해도 용건이 없으면 언제까지고 입 다물고 있을 수 있다. 그리고 지탄다도 호기심만 작렬하지 않으면 인상에 걸맞게 대체로 조용하다.

특별 활동 동아리이지만 아무 일도 일어나지 않는 평화로운 장소. 나는 서서히 지학 교실에 드나들게 되었다. 마음에 든 것은 아니지만 편한 곳이라고 생각했다.

그렇건만 이바라가 들어오면서 상황이 바뀌었다. 이바라도 이바라 하나만 보면 붙임성이 약간 없는 같은 학년 여학생일 뿐이다. 그런데 사토시와 같이 놓으면…….

"애초에 후쿠가 먼저 하겠다고 한 거잖아 그야 이유가 있었을지 모르지만 그게 대체 뭔데 그리고 그것도 그래 연락 정도는 하는 게 당연한 거 아냐 약속을 취소하는 건 상관없어 연락만 하면 휴대 전화 갖고 있었을 거 아냐 대체 무슨 생각을 하는 거야 나만의 문제도 아니고 그 표정은 뭐야 내 말 똑바로 들어 지금 자기 입장을 아는 거야 나한테 사과하면 그걸로 해결되는 일이 아니라고 도대체가 후쿠는."

이렇게 된다.

벌써 몇 번째일까. 처음 몇 번은 지탄다가 어쩔 줄 몰라 하며 중재하려 했다. 얼렀다가 달랬다가, 이렇게 말하면 가엾지만 헛수고를 했다. 지금도 사이에 끼어들려고 하지만 않을 뿐, 말할 타이밍을 재고 있다. 문득 고개를 들었다가 난처한 표정의 지탄다와 눈이 마주쳤다. 싸움중인 두 사람을 검지로 살그머니 가리킨다.

내가 읽던 문고본은 SF 소설이었는데, 초반은 즐겁게 읽을 수 있었으나 클라이맥스에 들어와 어째 의미를 알 수 없어졌다. 안 좋은 일이 벌어지고 있다는 것은 알겠는데 무슨 일인지 모르겠다. 한 장면을 두 번은 읽어야 이해할 수 있는 상황이다 보니 슬슬 두 사람의 목소리가 거슬렸다. 나는 한숨을 쉬고 책을 엎어 놓았다.

"세심한 주제에 근본적인 부분에서 상냥함이 2퍼센트 부족해 어떻게 될지 빤히 알면서 아무것도 안 했지 결국 그 뒤 비는 오지 바람은 불지 번개는 치지 나중엔 우박까지 떨어지지 어차피 만났어도 눈치 못 챘겠지만 나도 신경 써서 입고 나갔는데 옷이 엉망이 됐단 말이야 엉망이 그거고 이거고 따지고 보면 전부 후쿠 잘못이잖아 뭐야 할 말 있어 없지."

숨도 쉬지 않고 주워섬기는 이바라에게 딱 한마디 했다.

"안 지치냐?"

이바라는 사토시를 노려보던 시선을 내게 돌리고 짤막하고 분명하게 대답했다.

"지쳐."

"잠깐 쉬어라."

"그래야겠어."

가까운 책상에 순순히 탈싹 걸터앉았다. 저래도 화는 정말로 났으니 다루기 쉬운 건지 아니면 그 반대인지 모르겠다. 사토시는 내게 미국식으로 엄지를 치켜들어 사의를 표하고, 뻔뻔하게 말했다.

"그나저나 화 진짜 잘 낸다. 스트레스 좀 발산됐겠어?"

"후쿠가 행동 똑바로 하면 스트레스가 쌓이지도 않을걸."

"아니, 그렇지만……."

사토시는 지탄다를 돌아보았다. 얼버무리려는 기색이 뻔하다.

"조금은 지탄다를 보고 배우는 게 좋겠어. 화내는 모습을 본 적이 없다고."

지탄다는 두 사람의 휴전에 안도해 가슴을 쓸어내리던 참이었다. 정말로 가슴을 쓸어내리는 사람은 처음 봤다. 그러다 별안간 자기 이름이 나오는 바람에 놀라 말했다.

"네? 저요?"

이바라는 미간을 찌푸렸다.

"그래? 저번에 언제였나, 오레키가 지각했을 때 화내지 않았던가?"

아니, 전에 그런 일이 있었던 것은 사실이지만 이바라가 화낸다 할 때의 화내는 것과 조금 다르다. 적절한 말은 뭘까.

"나도 봤어. 하지만 그건 화를 냈다기보다 야단친 거지."

그거다, 하고 순간 생각한 나 자신이 한심하다. 같은 학년 여학생에게 '야단맞다'니 너무…….

"응, 그건 그래. 타이르는 느낌이었어."

그것도 싫다.

지탄다는 난처하게 웃는 듯한 모호한 표정으로 고개를 갸웃했다.

"화내지 않는 걸로 말하자면 전 후쿠베 씨가 화내는 모습도, 오레키 씨가 화내는 모습도 못 봤는데요."

한순간 침묵이 흘렀다가 나와 이바라가 동시에 말했다.

"사토시는 화낸다."

"후쿠는 화내."

사람은 두 방향에서 공격을 받으면 판단 능력이 현저히 저하된다고 하는데, 이때 지탄다가 딱 그런 느낌이었다. 커다란 눈동자의 초점이 나와 이바라 사이를 오락가락하더니 결국 중간에 있는 사토시에게서 멎었다.

"그러세요?"

사토시는 쓴웃음을 지으며 대답했다.

"그야 뭐. 마야카만큼 시원스럽게 화내진 못하지만 가끔은."

그런 말을 듣고 비로소 깨달았는데, 이 녀석이 지탄다 앞에서 화낸 적은 없을지도 모르겠다. 그래 봤자 아직 두 달이니 그럴 만도 하다.

"화를 내는 후쿠베 씨라니, 상상도 못 하겠어요."

지탄다의 눈에는 그렇게 보이나. 사토시는 묘한 부분에서 체면을 차리는 터라, 다른 사람 앞에서 거리낌 없이 감정을 드러내는 일이 별로 없다. 하물며 이성 앞에서라면 더 말할 것도 없다. 예외는 이바라 정도가 아닐까.

참고로 상상도 할 수 없다는 '화난 사토시'는…….

"화내도 별로 무섭진 않지만."

그래, 별로 박력이 없다. 말수가 줄어들고 시선을 맞추려 하지 않으면서 "그 이야기는 이제 그만하자" 하고 명확히 화제를 돌린다. 내가 볼 때 사토시가 그런 식으로 화내는 모습은 그렇게 드물지 않은데.

"안 무섭다고? 음, 날 너무 우습게 보는걸."

중얼거리는 사토시를 지탄다가 눈을 위로 치뜨고 보며 나지막이 말했다.

"……조금 신경 쓰이는 것도, 같아요……."

이러다 사토시를 화내게 하려고 지탄다가 계략을 꾸미는 일이 생길지도 모르겠다. 기대해 보자.

"그리고 오레키?"

이바라의 시선이 나를 향했다.

그러고 보니 나도 요새 화낸 적이 없군, 봄날처럼 온화한 경지에서 노닐고 있는걸, 하고 느긋하게 있는데, 이바라가

훗 웃었다. 웃음은 웃음이되 너무나도 명확하게 비웃음이었다. 이바라는 지탄다를 돌아보더니 정신 차리라는 투로 말했다.

"오레키가 화낼 리 없잖아."

"성품이 온후해서요?"

이바라는 "아니" 하고 고개를 흔들었다.

"화도 제대로 못 내는, 인간으로서 덜떨어진 녀석이니까."

……아무리 그래도 그건 좀 너무하지 않냐?

아니, 그렇지만 이런 말까지 듣고도 화를 내지 않는 나는 어떤가. 요새 화낸 적이 없다 싶었는데, 그러고 보니 마지막으로 화낸 게 언제였을까. 아니다, 신경 쓸 필요 없다. 이바라의 촌철은 언제나 적확…… 아니고, 진실의 일면을 짚어내지만 그것도 꼭 그렇다고는……. 그래, 나는 온후한 성품이라 화내지 않는다는 해석도 가능하다. 아니, 그게 아니라 나도 화가 나면 화를 낸다.

"하하, 호타로 동요하는 것 좀 봐."

사실을 단적으로 표현하는 사토시에게 화가 난다. 봐라, 나도 화냈다.

화가 나고 또 화가 나는 나를 아랑곳하지 않고 사토시는 계속 익살을 떨었다.

"호타로의 감정적인 결함은 그렇다 치고, 역시 지탄다가 화를 안 내는 건 격이 달라. 관용이 느껴진다고 할지, 대범하다고 할지, 아주 자연스러운 느낌이지. 마야카가 좀 더 온화해진다면 호타로식 말고 지탄다식이 좋겠어."

"그게 되겠다고 될 수 있는 게 아니잖아. 오레키 같은 건 따라 하고 싶지도 않고, 지이는 따라 하고 싶어도 따라 할 수 없는걸."

지탄다는 문득 표정이 흐려지더니 조금 떨어져 앉은 내게 잘 들리지 않는 목소리로 말했다.

"저…… 지금 제가 칭찬받는 게 아니죠?"

글쎄, 어떨까. 내가 욕먹고 있는 것은 확실하다만. 나와 사토시와 이바라가 막연히 시선을 주고받았다.

먼저 이바라.

"굳이 따지자면 칭찬하는 걸지도."

이어서 나.

"평을 하는 것뿐이지 옳고 그름을 말하는 게 아니야."

그러나 사토시는 자못 재미있다는 듯 의미심장하게 웃었다.

"웬걸, 화를 못 내는 건 그렇다 치고 화를 안 내는 건 그 자체로 미덕이야. 분노는 중대한 죄니까 말이지. 마야카도 좀 부드러워지는 게 좋겠어."

"죄? 벌금이라도 받는다는 거야? 소음 공해라고?"

사토시는 괜히 변죽을 울리며 고개를 내젓기만 했으나, 볼이 약간 붉어진 지탄다가 해설해 주었다.

"대죄 말씀이죠. 제가 아는 건 번역을 '격노'라고 했지만요."

그러더니 "칭찬받는 거라면 이제 그만하기로 해요"라고 했다. 고개를 떨어뜨린데다 조금 전보다도 더 작은 목소리였던 터라 아무도 항의를 받아들여 주지 않았다. 쑥스러워하는 지탄다를 보는 것도 처음일지 모른다. 한편, 사토시는 만족스레 고개를 끄덕였다.

"맞아. 과연 지탄다는 다른걸. 유명한 이야기니까 마야카도 들어 본 적은 있지? 일곱 가지 대죄."

"……아아, 응, 그거야 알지."

나는 모른다. 그렇기에 농을 했다.

"죄는 백팔 개 아니었냐?"

"그건 번뇌."

그러십니까.

"일곱 가지 대죄란 건 기독교의 개념인데, 어디까지나 후세에 정리한 거지, 성경엔 안 나와 있다더라. 음, '분노' 외에…….”

사토시는 엄지를 꼽고는 차례대로 손가락을 꼽으며 말했다.

“‘교만’, ‘탐식’, ‘탐욕’……. 네, 네 개밖에 모르겠는걸.”

새끼손가락만 남은 주먹을 멍청하게 바라보는 사토시를 지탄다가 도와주었다.

“‘질투’, ‘정욕’, ‘나태’요.”

마지막 하나를 말한 순간, 이바라가 나를 보며 또 웃은 것 같았는데……. 음, 피해망상은 좋지 않다. 실제로 이바라는 이미 지탄다를 돌아보고 있었다.

“일곱 가지 대죄란 게 그런 거였구나. 그럼 지이는 완벽하잖아. 얌전하겠다, 별로 먹지도 않겠다.”

“절대 탐욕스러울 것 같진 않고, 근면하고 말이지.”

“그리고 저…… 밝히지도 않고.”

“질투하는지 아닌지는 알 방법이 없지만.”

이 두 사람, 바야흐로 칭찬하는 게 아니라 놀리고 있다. 연분홍으로 물들어 있던 지탄다의 얼굴이 더욱 빨개진 듯했다. 부정하듯 두 손을 내저으며 빠른 말투로 말했다.

“저희 이제 그만해요! 게다가 저, 저기, 배고프면 많이 먹어요.”

당연하다.

"완전 성聖 에루다 싶지."

"지탄다에루, 천사 이름으로 있을 것 같잖아?"

"우리엘, 가브리엘, 지탄다엘? 아하하."

매번 그렇지만 호흡이 척척 맞는다. 발군의 연계 플레이 앞에 지탄다도 언제까지고 밀리고 있지만은 않았다. 헛기침을 해서 의연함과 위엄을 갖추더니…….

"그만하자니까요!"

날카로운 목소리로 일갈했다.

"……화냈다."

"아니, 야단맞은 거야."

풀 죽은 두 사람에게 지탄다는 미소를 지었다.

"게다가 전 화내지 않는 게 좋은 일이라고 생각하진 않아요."

사토시와 이바라가 의아한 표정을 지었다. 아마 나도 그랬을 것이다. 지탄다는 그런 우리에게 적당한 말을 찾는 기색을 눈곱만큼도 보이지 않고 거침없이 말했다.

"다른 대죄도 그렇잖아요."

"미안, 지이, 나 무슨 말인지 모르겠어."

"그런가요? 말하는 방법이 잘못됐는지도 모르겠네요."

지탄다는 미소를 띤 채 대답했다.

"보통 말하는 '교만'이니 '탐욕'은 없으면 안 되는 거란 생각 안 드세요? 물론 종교적인 이야기니까 분명 아주 다양한 해석이 있겠지만요."

사토시가 부자연스러운 각도로 짐짓 고개를 갸웃했다.

"……예를 들면?"

"예를 들면, 교만한 부분이 전혀 없는 사람은 자신이 없는 사람 아닌가요? 아무도 탐욕스럽다고 하지 않는 사람은 분명 가족을 먹여 살리는 것도 여의치 않을 거예요. 세상 사람 모두가 다른 사람을 질투하지 않으면 새로운 기술이 등장하는 일도 없을 테고요."

지탄다는 거기까지 말하더니 흠칫해서 말을 중단했다. 우리 표정을 둘러보고 한마디.

"저…… 귀 기울여 들을 정도는 아니라고 생각하는데요."

실제로 귀 기울여 듣고 있던 사토시가 팔짱을 끼고 신음했다.

"음, 그래. 재미있는걸. 응, 재미있어."

한편, 내가 변호를 받은 것 같아 기분이 좋아진 나는 가벼운 어조로 말했다.

"즉, 정도의 문제라고? 그건 거의 유교인데."

“아뇨, 전 성경 해석 같은 건 못 해요. 그저 대죄란 말만 가져와서 우리 생활에 그대로 적용시킬 수는 없다고 생각하는 것뿐이에요.”

이번에는 겸연쩍어하지도 않고 딱 잘라 말했다.

‘생각한 것뿐’이 아니라 ‘생각하는 것뿐’인가. 즉석에서 한 생각이 아닐 것이다. 지탄다가 무슨 생각을 하는지 지금까지 생각해 본 적도 없는 터라 조금 재미있었다.

“그럼 지이는 화내는 것도 나쁘지 않다고 생각해?”

“그러게요, 어떤 것에도 화를 낼 수 없다면 아무것도 좋아할 수 없지 않을까요.”

……나는 화낼 수 있다.

“그렇게 생각한다면 지이는 왜 화를 안 내는 건데?”

즉답이었다.

“피곤해서요. 피곤한 일은 하고 싶지 않아요.”

오오?

사토시가 창백해져 머리를 싸안고 엉거주춤 일어섰다.

“지, 지탄다가 호타로한테 옮았어! 이럴 수가! 그것만은 막아야 했는데. 요괴가 가미야마 고등학교를 배회하고 있어. 에너지 절약주의란 요괴가!”

“아니, 저, 농담인데요.”

침묵이 흘렀다.

지탄다는 이윽고 모깃소리로 말했다.

"…… 죄송해요. 충동적으로 그만."

뭐, 그럴 줄 알았다. 그렇게 익숙지 않은 사태가 벌어지면 내 마음이 들뜨지 않냐. 마음의 벗을 발견한 줄 알았건만.

지탄다는 방금 전 장난을 잊은 양 다시금 태연히 대답했다.

"화를 안 낼 리 없죠. 저도 화내요. 음, 예를 들어……."

세 사람의 시선이 뒷말을 재촉했다.

"음식물을 함부로 다루면 화내요."

…… 과연 농가의 딸이다. 쌀 한 톨은 땀 한 방울.

그런 생각을 하다가 불현듯 5교시에 있었던 일이 떠올랐다. 그러고 보니 그런 일도 있었지 하고 별생각 없이 말했다.

"화내는 걸로 말하자면, 5교시, 오미치 수업 시간에 화낸 거 너 아니냐?"

그렇게 말한 순간 지탄다의 분위기가 달라진 게 느껴졌다.

아뿔싸, 하는 후회에 등이 얼어붙었다. 방과 후 한가롭게 담소를 즐기는 것으로 보이던 지탄다가 갸름한 턱을 살짝 끌어당기고 입술을 꽉 다물었다. 과장된 표정을 짓지 않는 데 비해 표정 변화가 뚜렷한 녀석이다. 지탄다는 중얼거렸다.

"아아, 맞아요. 제가 왜 잊어버렸을까요? ……그 일에 대해 오레키 씨께 꼭 여쭤 보고 싶은 게 있거든요."

방심했다. 사토시와 이바라는 조금 전 장난으로 지탄다를 성자나 복자처럼 말했다. 그때 나는 조신한 행동거지로 말하자면 어울리지 않는 것도 아니라고 생각했다. 착각도 그런 착각이 없었다. 향상심이야 그렇다 치고 호기심은 성인군자와 어울리지 않는다.

뱀이 있는 덤불을 쑤시고 말았다며 누구에게도 들리지 않게 혀를 찬 나를 아랑곳하지 않고 사토시가 말했다.

"무슨 일 있었어, 지탄다?"

"네. 실은 5교시 수학 시간에 제가 화를 냈거든요."

"세상에, 지이가 화냈다고?"

지탄다는 사토시와 이바라에게 모호하게 고개를 끄덕이고는 두 사람을 건너뛰어 내게 시선을 돌렸다. 외면하고 있을 것을 그랬다고 후회했지만, 후회는 늘 나중에야 찾아든다.

지탄다가 성량을 조금 높여 말했다.

"그렇지만 전 무슨 일이 일어나서 화내지 않으면 안 됐던 건지 모르겠어요. 당연히 저는 화내지 않아도 되는 것을 무슨 일이 일어나서 화를 내게 된 건데, 일어난 일이란 게 뭔지 모르겠어요."

이것을 구두로 들은 우리는 물론 의미를 파악하느라 고생했다. 어쨌거나 요는 이런 말이리라. 지탄다는 이어서 선언했다.

"저, 신경 쓰여요."

3

오늘 5교시 수업은 수학이었어요. 오미치 선생님이 담당이신데, 오레키 씨와 후쿠베 씨는 오미치 선생님이 어떤 분이신지 잘 아시리라 생각해요.

어디서부터 이야기해야 이해하실 수 있을지 잘 모르겠으니까 처음부터 할게요.

5교시, 수업 종과 거의 동시에 교실에 오신 오미치 선생님은 기분이 조금 언짢으신 듯했어요. 하기야 제가 알기로 그 선생님은 대개 그렇게 보이시지만요. 문을 열고 교실로 들어오기 전, 오미치 선생님은 잠깐 멈춰 서서 학급명이 쓰인 표찰을 올려다보셨어요. 이건 전에도 곧잘 있었던 일이에요.

선생님은 경례도 받는 둥 마는 둥 하고 바로 수업을 시작하셨어요. 2차 방정식이었답니다. 식 자체는 아주 간단한, 네, 그래요, $y=x^2+x+1$이었어요. 다만 x의 값은 0에서 3까지라는 제한이 붙어 있었죠. 그런데 오미치 선생님은 대막대기로 선생님 어깨를 두드리면서 가와사키 씨를 호명하고 이렇게 말씀하셨어요. 이 y의 치역을 평면상에 그려 봐라. 가와사키 씨는 아시나요? 키가 훌쩍 크고 약간 말을 더듬는 남학생인데요…… 아마 별로 관계없는 일이겠죠.

가와사키 씨는 당황한 기색이 역력했어요. 실은 저도 당황했고요. 저희는 x의 범위가 제한되는 경우를 아직 배우지 않았거든요.

그렇지만 저는 오미치 선생님이 저희 상상력을 시험하시는 게 틀림없다고 생각을 고쳤어요. 수업하기에 앞서 저희가 치역을 어떻게 구할지 시험하시는 거라고 생각한 거예요. 솔직히 말씀드리면 저는 그런 데 능한 편이 아니기는 해도 그런 수업 방식을 경험한 적은 있었거든요. 그런 식으로 학생에게 스스로 생각하게 하는 방식이 오미치 선생님이 지금까지 해오신 수업 방침과 어울리지 않는다는 생각은 들었지만요.

가와사키 씨는 얼마 동안 생각하더니 모르겠다고 대답했어요.

그랬더니 오미치 선생님은 제 예상과 달리 화를 내신 거예요. 뭐야, 몰라? 하고요. 넌 지난번 수업 시간에 뭘 들은 거냐, 그런 식으로 가와사키 씨를 한참 지도하셨어요. ……아뇨, 사실 이런 말은 쓰고 싶지 않지만, 지도라기보다 오히려 욕설에 가까웠다고 생각해요.

오미치 선생님은 그런 식이면 장래가 염려된다는 의미의 말씀을 좀 더 거친 표현으로 하시고 가와사키 씨에게 앉으라고 하셨어요.

그다음 호명된 사람은 다무라 씨였어요. 가와사키 씨에 비하면 수학은 잘하시는 편이에요. 하지만 다무라 씨도 일어서기는 했어도 역시 대답하지 못했어요.

오미치 선생님은 다무라 씨에게 바보 같으니, 앉아라, 하셨어요. 그러고는 반 전체를 둘러보면서 큰 소리로 이렇게 말씀하셨어요. 제대로 된 녀석은 아무도 없냐고요.

좀 더 일찍 깨달을 수도 있었을 것 같은데, 저는 그제야 오미치 선생님이 착각하신다는 걸 알아차렸어요. 교과서를 살펴봤더니 원래는 오늘 2차 함수를 구하는 법을 마치고 나서 최대치, 최소치 단원에 들어갔어야 했던 거예요. 오미치 선생님은 한 시간을 착각하셨던 거죠.

다른 사람들도 눈치챘는지 조금 웅성거렸어요. 그게 오미치 선생님의 화를 더 돋우었는지 급기야 대막대기로 칠판을 후려치기 시작하셨어요. 그러면서 저희 반 학생들 전원의 수업 태도, 향학심, 공덕심 등을 그대로 전달하기에는 조금 꺼려지는 말씨로 비판하고, 졸업 후의 진로며 그 뒤의 미래상에 관해서도 꽤 가혹한 말씀을 하셨어요. 네, 그래요, 말씀 사이사이 칠판을 때리셨고요.

사실 저희 반에도 y의 치역을 평면으로 나타낼 수 있는 분이 적잖이 있었다고 생각해요. 저는 학원에 다니지 않지만, 학교 수업 진도를 훨씬 앞지르는 학원이 많다고 하니까요. 하지만 알 것 같은 분들도 아래만 보고 있고 손을 들려고 하지 않았어요.

오미치 선생님은 또다시 다무라 씨를 호명하셨어요. 일으켜 세우고 생각날 때까지 서 있어라, 얼른 답을 말해 봐라, 하셨어요. 제가 일어선 건 그때예요. 저는 수업 진도에 오해가 없으신지 한번 확인해 주십사 오미치 선생님께 부탁드렸어요.

네? 구체적으로 뭐라고 말했느냐고요?

……죄송해요, 비밀로 할게요. 자기가 화났을 때 어떤 말씨를 썼는지, 돌이켜 생각했을 때 그리 자랑스러운 기분이 들 일이 아니라서요.

네, 그래요, 제가 화낸 건 그때예요.

4

거기까지 이야기하고 지탄다는 조그맣게 헛기침을 한 번 했다. 내게는 그것이 노여움을 드러낸 데 대한 겸연쩍음처럼 여겨졌다.

노여움의 전문가 이바라가 뒷말을 재촉했다.

“그래서 어떻게 됐어?”

“오미치 선생님은 교과서를 집어 드셨어요. 그리고 몇 번 페이지를 넘기시더니 아아, 그렇군, 하고 중얼거리고 다무라 씨에게 앉으라고 하셨어요. 그 뒤로는 평소와 다름없이 수업했고요.”

이바라가 흥 하고 거칠게 콧바람을 불며 팔짱을 꼈다.

"오미치가 그런 선생이었어? 지이랑 너희한테는 미안하지만 그런 선생한테 안 걸려서 정말 다행이네."

"암, 그렇고말고! 하여간 그 선생님 때문에 내가 중간고사 끝나고 얼마나 고생했는지!"

연극 조로 소리치는 사토시에게 한마디 해 주었다.

"낙제는 오미치 탓이 아니지. 너, 기말 땐 어떻게 좀 해라."

그리고 그 김에 이바라에게도.

"딱히 나쁜 교사 아니다."

"네, 맞아요. 나쁜 선생님은 아니세요."

"그러게, 나쁜 건 아니야."

오히려 아무래도 상관없는 관점에서 생각하면 좋은 사람 아닌가.

지탄다는 나를 보았다.

"이렇게 된 일인데요, 어떠세요?"

'어떠세요?'라니, 이야기는 그것으로 끝인가? 나는 다리를 반대쪽으로 바꿔 꼬았다.

"어디 이상한 데가 있었냐?"

지탄다는 방금 자기가 이야기한 내용을 되감기 하듯 시선을 오른쪽 위에서 왼쪽 위로 막연히 움직였다. 그러더니 흠칫해서 말했다.

"아, 가장 중요한 부분을 말씀드리지 않았네요.

제가 이상하게 생각하는 건 오미치 선생님이 어째서 그런 착각을 하셨느냐 하는 점이에요. 오미치 선생님은 칠판 필기며 시험 채점하시는 걸 보면 실수가 많으신 분 같지 않거든요."

사토시가 끼어들었다.

"……응, 그야. 학생한테 엄격한 선생은 두 종류야. 자기한테도 엄격한 사람, 그리고 자기한테는 무른 사람."

그것은 교직원에게만 해당되는 말은 아니지 않나. 어쨌거나 오미치가 전자이리라는 것은 나도 대충 알겠다.

"그런데 어째서 그렇게 명확하게 실수를 하셨는지, 그걸 모르겠어요."

여전히 터무니없는 소리를 한다. 나는 얼굴을 찡그렸다.

"오미치가 착각한 이유를 알고 싶다고? 아무리 그래도 그건 무리 아니냐? 교무실에 가서 머릿속이라도 들여다보랴?"

지탄다는 고개를 좌우로 저었다.

"아뇨, 제 말을 잠깐 들어 주세요. 오레키 씨와 후쿠베 씨는 아실 테지만, 오미치 선생님은 수업이 끝날 때 꼭 교과서를 펴시는걸요. 수업중 교과서를 한 번도 안 썼을 때도요."

나와 사토시는 마주 보고는 동시에 어깨를 으쓱했다. 그런 것을 누가 일일이 관찰하나.

"그리고 펜으로 간단히 메모하시거든요. 이유가 뭘 것 같으세요?"

그래, 그런 이야기냐. 무슨 말을 하고 싶은 건지 대강 이해했다.

"진도가 어디까지 나갔는지 체크해 놓는군."

"네, 그런 거라고 생각해요. 실제로 오미치 선생님은 교과서를 보고 착각을 깨달으셨고, 전에도 그렇게 여겨지는 행동을 자주 하셨거든요. 게다가 저희 반이 A반이라는 것도 알고 계셨을 텐데요. 교실에 들어오기 전 표찰을 보시는 건 그 때문이 아니겠어요?

아시겠어요? 오미치 선생님은 각 반의 수업 진도를 메모하고 계셨고, 교실도 다시 확인하셨어요. 그 정도면 빈틈이 없다고 해도 되겠죠.

그런데 어디에 착각할 여지가 있었던 걸까요?"

메모란, 가령 15쪽에 'X반 6월 1일'이라고 씌어 있고 20쪽에 'X반 6월 3일'이라 씌어 있다는 뜻이리라. 아닌 게 아니라 그렇게라도 하지 않으면 몇 쪽까지 나갔는지 알 수 없다.

생각도 변변히 하기 전에 말부터 먼저 나왔다.

"다른 날 표시를 혼동했을지도 모르지."

내뱉은 말에는 책임을 져야 한다. 건성으로 말한 대가를 곧바로 치렀다. 이바라가 아주 쌀쌀맞은 눈빛으로 돌아보았다.

"……그랬으면 앞으로 돌아가는 일은 있어도 뒤로 더 가진 않을 거 아냐. 머리 좀 써. 척수 반사로 말하지 말고."

척수라고까지 하냐. 오늘 이바라는 컨디션이 아주 좋다. 과연 듣고 보니 그렇다. 과거의 메모를 참조할 수는 있어도 아직 쓰지 않은 미래의 메모를 보는 것은 불가능하다.

컨디션이 좋으신 이바라는 이번에는 지탄다를 돌아보더니 귀엽게 고개를 갸웃했다.

"지이의 버릇을 가로채려는 건 아닌데……."

"네?"

"좀 신경 쓰이는데 물어봐도 돼?"

"제게요? 네, 무슨 말씀이신데요?"

지탄다가 어쩐지 자세를 바로 한 듯 보였다. 이바라는 원조처럼 정색하지 않고 평소와 같은 어조로 물었다.

"지이 이야기에서 말이지, 거기서 화나는 건 알겠어. 어지간히 심한 말을 들었을 테고, 나도 그 자리에 있었으면 화났을 거야. 하지만 화가 나도 그런 선생한테 한마디 해 줘야겠다는 생각은 안 들었을 것 같거든. 일부러 불 속에 손을 집어넣는 것 같은 일이잖아?"

마지막 말은 나와 사토시를 차례대로 보며 했다. 아주 지당하신 말씀이다. 불 속에 손을 집어넣는다니, 이바라답지 않게 재치 있는 표현을 썼다.

이바라는 오미치를 모르겠지만, 화가 났을 때의 오미치에게 반항하는 것은 그야말로 불 속의 밤을 줍는 것 같은 일이다. 나는 당연히 그런 짓을 하지 않고, 아마 사토시도 마찬가지일 것이다. 가미야마 고등학교 학생 약 천 명 중 그런 일을 할 사람이 몇 명이나 될까. 그렇기에 나는 5교시에 놀랐던 것이다.

그런데 지탄다는 태연하게 대답했다.

"화났으니까요."

앞뒤 가리지 못할 만큼 화가 났다고? 지탄다가? 도무지 상상이 안 되는데……. 그런 생각을 하는데, 지탄다는 이렇게 말을 이었다.

"하지만 심한 말을 들어서 화가 난 건 아니라고 생각해요."

이바라는 잠시 생각했다.

"풀 수 있는 사람도 가만있어서?"

"아니에요. 그 상황에선 누구도 자진해서 대답하고 싶지 않았을 거예요. 게다가 만약 누가 대답했다면 수업은 진도가 틀린 채 그냥 나아갔겠죠."

"아무도 선생님한테 착각이라고 말 안 해서?"

"아뇨!"

이바라는 더 생각해 보았다.

"……다무라란 애가 불쌍해서?"

그것은 지탄다답다.

하지만 지탄다다운 게 지나치다. 본인은 고개를 가로저었다.

"안됐다고는 생각했어요. 하지만 그 때문에 화가 나지는 않았다고 생각해요. 오히려 자기 자신 일이니까 잘 알 순 없지만요. 그렇잖아요, 오미치 선생님 입장에선 지난번 수업 내용을 까맣게 잊어버린 학생을 야단치는 게 당연한 일 아닌가요? 말씀은 과했을지 모르지만요.

……그렇지만 어째서 화가 났느냐고 묻는다면……."

지탄다는 어중간한 웃음을 지었다.

"자기 자신의 일은 쉽지 않네요."

"응, 그러게."

이바라도 약간 겸연쩍은 표정으로 웃었다.

이바라의 의문도 이해가 안 되는 것은 아니다. 누구든 같은 상황에서 울컥 화가 났을 것이다. 나 같아도 기분이 불쾌했을 것이다. 그렇지만 누구든 화날 상황에서 지탄다도 화가 난다면, 별로 화내지 않는 녀석이라는 인상을 우리가 받는 것은 이상하다.

하지만 그 의문에 대답이 주어지는 일은 없을 것이다. 지탄다 말대로 자신의 일은 대답하는 게 쉽지 않고, 십중팔구 창피한, 그리고 무엇보다도 귀찮은 일이니까. ……지탄다는 귀찮다고는 안 했지만.

지탄다가 어떤 일에 화내고 어떤 것을 기뻐하는지 헤아리기에는 이 녀석에 관해 모르는 게 아직 너무 많다. 게다가 적어도 나는 그런 것보다 듣고 있는 문고본의 뒷이야기가 더 궁금하다.

"어떻게 생각하세요, 오레키 씨?"

"몰라."

"모르는 건 저도 마찬가지이지만……."

지탄다는 잠시 말을 멈추었다. 숨을 들이마셔 태도를 결연히 한다. 커다란 눈에 반짝임이 깃든다.

"그렇지만 오레키 씨라면, 생각만 해 보면 아실 수 있지 않을까요!"

사토시가 오오, 하고 탄성을 질렀다. 나도 어안이 벙벙했다. 이거 혹시 나를 신뢰한다는 뜻인가?

그리고 덧붙이자면, 지금까지 아무 생각도 안 했다는 게 들켰나?

이바라가 교실 반대편에서 눈살을 찌푸렸다.

"지이, 오레키한테 저번 같은 걸 기대하는 거라면, 걔 별로 믿을 게 못 돼. 걔는 전생에 베짱이였거든."

"네? 마야카 씨, 전생을 알 수 있으세요?"

좋아, 다른 쪽으로 관심이 쏠렸다.

"그렇지만 지금은 오미치 선생님 일이 신경 쓰여요."

순식간에 도로 돌아왔다. 귀찮은 녀석. 참고로 베짱이 전생이 어울리는 사람은 내가 아니라 사토시다. 베짱이가 겨울에 죽은 것은 에너지 절약주의가 아니라 향락주의의 결과니까.

"오레키 씨."

무슨 말이든 해야 수습될 모양이다.

문고본은 잠시 포기하자. 잠깐 생각해 보았다.

5

오미치가 수업 진도를 교과서에 메모했다는 말은 십중팔구 사실일 것이다. 십 년인지 이십 년인지 어쨌거나 줄기차게 고등학생에게 수학을 가르치고 있으니 말이다. 올해 담당하는 학급만 해도 하나가 아니다. 헛갈리는 것은 필연이고, 그것을 방지하기 위해 메모하는 것도 생각하면 당연한 일이다.

그런 메모를 하는데도 착오가 발생했다. 그것도 앞으로 돌아간 게 아니라 뒤로 더 가고 말았다. 아닌 게 아니라 이상한 일이다.

아니, 잠깐. 뒤로 더 갔다는 것은 무엇을 의미하나.

뒤로 더 가는 식으로 착각하려면 올바른 표시보다 뒤쪽에 다른 표시가 있어야 한다. X반 수업이 아직 거기까지 나가지 않았는데 'X반'이라는 표시가 있는 것은 어떤 경우인가.

이거 어쩌면 간단히 해결될지도 모르겠다. 다리를 꼰 채 지탄다에게 말했다.

"너희 반은 아직 치역을 배우지 않았다고 했지?"

"네."

당연한 것을 확인하자 지탄다는 약간 의아한 표정을 지었다. 나는 의아함을 더 얹어 줄 말을 했다.

"사실은 벌써 배웠다면 어떻겠냐?"

"……그게 무슨 말씀이세요?"

"오미치는 매년 수학을 가르쳐. 우리는 오미치한테 유일한 학생이 아니지. ……작년 1학년 A반은 x가 제한되는 경우의 치역을 벌써 배웠나 보지."

지탄다가 앗, 하고 중얼거렸다. 그래, 작년 메모를 금년 것으로 착각하는 일은 충분히 있을 법한 일 아닌가.

그런데 지탄다가 납득했다는 뜻을 표명하기도 전에 이의가 제기되었다. 사토시가 고개를 천천히 가로저었다.

"일 년을 착각했다는 말이지? 애석하게 됐네, 그건 있을 수 없어."

"왜지?"

사토시는 자신의 무의미한 지식을 선보일 때 늘 그러하듯 유난히 즐거워 보였다.

"간단한 일이야. 교사용 교과서도 해마다 새로 배포되거든. 미묘한 개정이 있었을 때, 학생이랑 교과서가 다르면 곤란하니까. 실제로 오미치 선생님이 쓰는 건 올해 새로 나온 제4 개정판이야."

지탄다가 '아' 하고 입을 벌린 채 눈을 내리깔았다.

사토시가 저렇게 단언하는 것을 보면 실제로 그럴 것이다. 이 녀석이 어째서 오미치가 몇 번째 개정판을 쓰는 것까지 아는지, 나는 오히려 그쪽이 신경 쓰인다만.

그렇지만 가령 오미치는 교과서에 종종 메모하는 버릇이 있어 그게 뒤섞였다면……. 있음 직한 일이라면 있음 직한 일이지만, 과연 지탄다가 납득해 줄지. 수업이 끝나고 교과서에 적는 것은 학급명과 날짜일 텐데, 그와 혼동할 듯한 낙서가 과연 있을까. 오미치가 묘한 낙서를 좋아한다고 판단할 근거라도 있다면 이야기는 별개지만.

으음.

뚱한 표정으로 입을 다물어 버린 나를 보고 기대하기 어렵겠다고 생각했는지 사토시가 발랄하게 말을 이었다.

"그나저나 치역은 도무지 모르겠단 말이지. 자랑은 아니지만, 난 그냥 (x, y) 평면을 그리는 것도 여간 고생하는 게 아니라고. 오미치 선생님한테 걸리면 꽤나 무서울 것 같아."

그렇게 생각한다면 도통 영문을 알 수 없는 잡학 지식은 그만 쌓고 조금 더 학업에 전념하지 그러냐.

……그런 말을 할 생각은 없다. 새에게 날지 말라고 한들 소용없다. 사토시는 요새 뭘 하고 있을까. 얼마 전까지는 주역周易이 어쩌고 했던 기억이 있는데.

아니, 잠깐.

퍼뜩 떠오르는 게 있어 물어보았다.

"사토시, 너희 반은 벌써 치역 단원에 들어갔냐?"

"어? 아, 응."

"너 몇 반이지?"

"잠깐, 오레키, 친구가 몇 반인지 정도는 기억 좀 해."

"그럼 넌 내가 몇 반인지 아냐?"

이바라에게 반격을 시도했다.

"나랑 넌 친구 아니잖아."

찍소리도 못한다는 것은 이런 것이다.

사토시가 웃었다.

"괜찮아, 마야카. 호타로도 아니까."

그런 말을 들으니 어째 아는 것도 같다.

사토시의 반은 치역 단원에 이미 들어갔다. 우리 반은 들어가지 않았다. 지탄다의 반도 물론.

……그래, 알 것 같다.

"실제 진도보다 더 앞서 나간 페이지에 체크가 돼 있었다는 건 틀림없다."

나는 그렇게 말을 꺼냈다.

"네, 그렇죠. 저도 그렇게 생각해요."

"게다가 그건 올해 수업 진도를 적은 메모였어. 그런데 그게 너희 반 게 아니라면 어떨까. 사토시네 반 진도 메모였다면?"

"후쿠베 씨 반이라고요?"

그렇게 되묻는 지탄다 옆에서 사토시가 의아스레 물었다.

"오미치 선생님이 담당하는 건 A, B, C, D, 이렇게 네 반이야. A도 아니고 B도 아니라고 해서 꼭 우리 D반이란 보장은 없지 않아?"

이바라가 끼어들었다.

"D라면 뭐가 어떻다는 건데?"

"D반이라면 A반으로 착각해도 이상할 것 없어. C는 어떻게 봐도 A로 잘못 볼 수 없잖냐."

이바라가 또 바보 같은 소리를 한다는 눈으로 노려보았다. 아니, 실제로 말했다.

"하여간 또 바보 같은 소리를 하지. A랑 D도 헛갈리지 않아."

이바라의 안광에 다소 압도되면서도 나는 태연함을 가장했다.

"오미치는 수학 교사야."

"그래서?"

"수학 교사는 A와 D를 혼동할 가능성이 높아져. 가타카나의 ツ와 シ처럼."

"엥?"

경멸 어린 시선이 "얘, 너 머리 괜찮니?" 하고 묻는다. 이 녀석은 어째서 사토시 상대로는 마지막 순간에 적당히 늦춰주면서 내가 상대일 때는 그렇게 못 하는 걸까.

어쨌거나 나는 말을 잇는다.

"예컨대 오미치가 10쪽에 6월 1일 A, 15쪽에 6월 1일 D라고 썼다고 생각해 봐라. 이 A와 D를 헛갈리면 이번 같은 일이 벌어져. 그리고……."

한 박자 쉬고.

"오미치는 소문자를 쓰는 게 더 익숙해."

순간, 넷 다 침묵했다.

이해하지 못했다는 뜻일까, 아니면 이해하고 '무슨 바보 같은 소리를'이라고 생각하는 걸까. 나로서도 다소 긴장되는 순간이다.

"아아, 그런 뜻이군!"

이윽고 침묵을 깬 사람은 사토시였다.

"소문자 a랑 d란 말이지!"

나는 굳은 표정으로 고개를 끄덕였다. 오미치가 교실 표찰을 확인했다고 지탄다가 주장한다면, 교실을 혼동했다고 말해 봤자 소용없을 것이다. 그렇다면 가능성은 메모를 잘못 봤다는 것뿐인데, A는 잘못 보려야 잘못 볼 수 없다. 하지만 a라면 이야기는 별개다.

"d하고라면 헛갈릴 수 있지."

이바라가 조용해졌다.

입을 꽉 다물고 어쩐지 원망스러운 눈초리로 나를 노려본다. 하지만 뜻밖에도 입에서 나온 것은 찬동의 말이었다.

"……응, 그거 말 되는 것 같아."

"뭐냐, 어째 섬뜩하다."

"응, 나, 전에 영어 시험에서 a랑 d가 구별 안 된다고 감점당한 적 있거든."

"저런, 마야카도? 내 경우엔 n이랑 h였지만."

고맙게도 그런 경험은 나만 있는 게 아니었던 모양이다. 참고로 내 경우는 영어가 아니라 수학, 아니 산수였다. 1과 7이 구별되지 않는다고 감점된 적이 있다. 돌이켜 생각하면 내가 아직 홍안의 미소년일 무렵, 초등학교 1학년 때다. 올바른 답을 도출했건만 어째서, 하고 원통해했다가 뭐, 아무래도 상관없어, 하고 체념했던 기억이 있다.

자, 지탄다는 어떨까?

글씨가 깨끗한 지탄다는 그런 실수담은 없는 듯했다. 하지만 녀석은 잠시 생각하는 듯하더니 고개를 두 번, 작게 끄덕였다.

"그러네요, 네, 있음 직한 일 같아요."

됐다. 이제 문고본으로 돌아갈 수 있다.

지탄다가 문득 미소를 지었다.

"a와 d……. 착각은 탓할 수 없죠. 역시 제가 오미치 선생님께 너무 심한 말씀을 드렸을지도 모르겠네요. 제 행동이 좋지 못했어요."

나는 그 말을 듣고 살짝 놀랐다.

지탄다는 그렇게 생각하지 않을까 하고 내가 어렴풋이 예상했던 것과 똑같았기 때문이다.

"엥? 왜 그게 그렇게 되는 건데?"

잘못은 오미치가 했으니 심한 말을 한 게 아니라는 이바라의 주장을 무시하고 나는 지탄다의 옆얼굴을 훔쳐보았다. 자책하는 말과 달리 온화한 표정이다. 심지어 어딘지 모르게 안도한 것처럼 보인다.

나는 내심 이렇게 생각하고 있었다.

……화내지 않는 지탄다가 화를 내고 그 이유를 알고 싶어 했다. 화내는 것은 나쁜 일이 아니라고 말하지만 사실은 언제든 화내고 싶지 않은 게 아닐까. 그렇기에 지탄다는 오미치에게도 이유가 있다고 생각하고 싶어 했다. 그리고 화낸 것은 자신의 실수였다고 생각하고 싶어서 자신이 화낸 이유를 알려 한 게 아닐까.

지탄다 에루는 그런 녀석이 아닌가?

아니다.

나는 고개를 내저었다. 방금 한 생각을 머릿속에서 몰아내기 위해. 내가 뭐라고, 존재를 안 지 겨우 두 달 된 지탄다에 대해 '그런 녀석이 아닌가'라니? 중학교 때부터 알고 지내 온 후쿠베 사토시라면 모르지 않는다. 관계는 희박했을지언정 구 년간 같은 반이었던 이바라도 조금은 안다. 하지만 지탄다에 관해 내가 뭘 안다는 말인가.

그래. 지탄다의 행동은 목적이 분명한 만큼 이따금 예측 가능할 때가 있다. 하지만 그렇다고 속마음까지 읽을 수 있다고 생각한다면 그거다, 대죄를 짓는 것이다. '교만'이다. 삼갈 일이다, 삼갈 일. 내가 언제부터 그렇게 잘난 사람이 됐다고. 도대체가 오늘 하루만 해도 몇 번이나 지탄다에 대해 뜻밖이라는 생각을 했나.

쓴웃음을 지으며 문득 보니, 어느새 이바라와 사토시, 둘이서 이야기를 하고 있고 화제는 오미치에서 벗어난 것 같다. 이제 내게 발언을 요구하는 일은 없을 것이다. 손목시계를 보니 5시가 거의 다 됐다. 날이 저물기 시작한 창밖에 시선을 주었다. 슬슬 집에 가 볼까?

"지이 말도 이해는 되지만, 글쎄, 나라면……."

"그야 마야카는 그렇겠지. 그렇지만 생각해 보라고. 지탄다가 저번에……."

아직 괜찮겠지. 나는 엎어 놓았던 문고본을 집어 그 페이지를 처음부터 다시 읽기 시작했다. 오늘도 이렇게 고교 생활은 낭비되어 간다. 내가 짓는 대죄는 '나태'만으로 충분하고도 남는다.

003

정체 알고 보니

1

'유령의 정체 알고 보니 마른 참억새'라는 표현을 자주 듣지만, 사전을 찾아도 '낭만적'의 의미가 잘 와 닿지 않는 현대에 유령만 마른 참억새는 아닐 것이다. 세상의 유령들은 차례차례 마른 억새풀임이 간파되고 있다. 현대를 사는 우리에게는 오히려 유령을 유령으로 그냥 두는 일이 더 어려울지도 모른다.

늦더위가 한창인 팔월, 고갯길을 올라가는 버스 안에서 그런 이야기를 했다. 그러자 옆에 앉은 후쿠베 사토시가 생각에 잠겨 고개를 끄덕였다.

"재미있는걸. 형이상학적 가치의 부정이란 말이지. 호타로

너치곤 제법 그럴싸한데."

앞좌석에 앉은 이바라가 부른 것도 아니건만 몸을 돌려 눈살을 찌푸렸다.

"그런 사고방식은 정말 싫지. 난 별로 뭐든 무턱대고 믿는 편은 아니지만."

두 사람의 말을 듣고 나서 의미를 이해하는 데 조금 시간이 걸렸다. 나는 서둘러 부정했다.

"아니, 그런 말이 아닌데."

나는 UFO며 네시 같은 것의 신비에 대해, 즉, 대단히 속된 화제로 한 말이다. 구체적으로는 어제 텔레비전에서 본 〈취재팀은 보았다! 하마나 호湖 거대 장어 '하시' 경악의 정체〉가 염두에 있었다. 표현이 다소 명확하지 않았을 수도 있지만, 멋대로 고상하게 해석하면 곤란하다. 그런데 내가 그런 것을 설명하기 전에 이바라 옆에 앉은 원피스 차림의 지탄다가 돌아보며 미소를 지었다.

"하지만 마른 억새풀의 정체도 신경 쓰이죠."

아무래도 완전히 오해하는 것 같다. 뭐, 억지로 이해시킬 일도 아니다 싶어 입을 다물었다.

가미야마 고등학교 고전부, 모두 네 명.

고전부 일동이 왜 같은 버스를 타고 고갯길을 올라가고 있는가. 그것은 당연히 버스의 행선지와 상관있다. 종점은 자이젠 촌, 등산로 입구와 온천으로 알려진 산간 마을. 그리고 나는 등산 따위 하지 않는다. 소거법에 의해 우리가 가는 곳은 온천이라는 뜻이 된다.

고개가 더욱 가팔라졌다. 버스 엔진이 끙끙거렸다.

2

팔월은 여름 방학이고, 방학에는 쉬는 게 내 좌우명에 걸맞은 행동이다. 그런데 어째서 온천에 가게 됐느냐 하면, 발단은 고전부 부장인 지탄다 에루의 발언이었다.

여름 방학중, 고전부원 전원이 관여했던 사건, 사토시가 '빙과' 사건으로 명명한 문제가 해결되었다. 이 사건은 지탄다와 깊은 관계가 있었다. 해결 뒤, 지탄다는 우리에게 감사를 표하고 노고를 위로하기 위해 온천 합숙을 계획했다. 천성적으로 외출을 싫어하는 나는 결코 계획에 찬성하지 않았으나, 압력에 떠밀려 어느새 참가하는 것으로 되었다.

자이젠 촌은 가미야마 시에서 버스로 한 시간 반 걸리는 곳에 있다. 뜻밖에 숙박비는 필요 없다고 한다. 이바라의 친척이 자이젠 촌에서 민박을 하는데, 마침 개장 공사중이라 손님을 받지 않으니 무료로 숙소를 빌려 준다고 했다.

평소 딱히 차멀미를 하지 않는데도 고갯길이 워낙 험해서인지 도착 직전 약간 멀미가 났다. 그래도 이럭저럭 이바라의 친척이 버스 정거장까지 몰고 마중 나온 밴으로 갈아타고 민박 세이잔소에 도착했다. 우리에게 주어진 방 창가에 걸터앉자, 멋진 경치에 속이 울렁거리던 게 가셨다.

우리가 쓸 방은 33제곱미터도 더 될 것 같다. 나와 사토시 둘이서 쓰기에는 너무 넓다. 창문을 활짝 열었더니 나무들로 뒤덮인 산비탈이 어찌나 가까운지 놀랐다. 여기저기서 안개처럼 허옇게 피어오르는 것은 온천의 수증기이리라. 건물은 구불구불한 현도縣道를 따라 여관 몇 채, 민가 몇 채. 조금 떨어진 곳에 학교가 보인다. 학생 수가 워낙 적어 초등학교와 중학교가 한 건물을 쓴다고 한다. 나는 결코 감수성이 풍부한 인간은 아니라고 생각하는데, 여정을 느끼지 못할 만큼 둔감한 것도 아닌 모양이다.

"전망이 제법 좋은 방인데."

뒤에서 사토시가 말했다. 나는 돌아보지 않고 대꾸했다.

"가끔은 이런 것도 나쁘지 않군. 뭐, 사치스러운 소리를 하자면 이런 곳엔 혼자 오는 게 더 정취가 있겠다만.”

숨죽인 웃음소리가 들려왔다.

“호타로 네가 혼자 여행을 한다고? 농담하면 못 써. 넌 온천 여행처럼 우아한 걸 자발적으로 떠올릴 사람이 아니야. 지탄다가 기획, 입안하고 마야카가 연출을 동원한 덕에 네가 여기 있다는 사실을 잊지 말아 줘.”

나는 사토시가 의도한 대로 울컥했다. 고전부에서 독설의 일인자는 이바라이지만, 사토시의 설봉도 만만히 볼 게 아니다. 틀리지 않은 말이라는 게 더 열 받는다. 실제로 내가 자발적으로 자이젠에 올 생각을 할 리 없다.

그러니 실제로 이렇게 자이젠 촌까지 와서 경치가 좋다는 생각을 한 것에 대해서는 지탄다에게 고마워해야 할 것이다.

복도에서 발소리가 들리나 싶더니 누가 문을 쾅쾅 거칠게 두들겼다.

“저녁 먹어!”

이바라 목소리다.

이바라를 흉내 내는 건지 지탄다 목소리가 이어졌다.

“저녁 드세요!”

“……저녁 먹으라는데. 가자.”

사토시의 말에 나는 말없이 창가를 떠났다. 온천 자체는 아닌 게 아니라 나쁘지 않지만, 하루 온종일 이 녀석들과 붙어 있을 생각을 하니 영 불편하다. 복도에서 치즈 냄새가 풍겼다. 저녁 식사 메뉴는 스튜 내지는 그라탱, 다크호스로는 치즈 퐁뒤, 대충 그럴 것이다. 나는 심호흡을 한 번 했다.

민박 세이잔소는 건물 두 동으로 이루어져 있다. 우리가 쓰는 별관과 현재 개장 공사중인 본관이다.

말이 본관, 별관이지 크기는 거의 똑같다. 두 건물은 연결 통로로 이어져 있다. 건물 전체를 조감하면 디근 자로 보일 것이다.

두 동 모두 이 층 목조 건물이라, 마루를 깐 복도를 걸으면 삐걱삐걱 소리가 난다. 계단은 각각 하나씩. 지탄다와 이바라가 쓰는 방은 2층 막다른 곳, 나와 사토시가 그 옆방이다. 네 명은 물론이고 그 두 배인 여덟 명이 써도 남아돌 듯한 넓은 객실이지만 어쩔 수 없다.

계단이 워낙 가팔라 내려갈 때 다소 주의해야 한다.

원래 식당은 본관 1층에 있다는데, 바로 그곳이 개장 공사중인 터라 우리는 별관 1층 다다미방에서 식사했다. 후지산을 그린 샛장지를 열자, 갈색을 기조로 한 방에 지탄다와 이바라, 그리고 민박집 두 딸이 모여 정좌하고 있었다.

상석과 말석은 비어 있고, 민박집 자매와 지탄다, 이바라가 마주 보고 앉았다. 아직 식사를 시작하지 않은 것은 우리를 기다리느라 그런 것 같다. 참 예의도 바르다. 가까운 방석에 내가 앉자 사토시가 상석으로 갔다. 그 말은, 여기 있는 누구도 자리 순서 같은 것을 신경 안 쓴다는 뜻일지도 모르겠다.

여섯 사람이 둘러싸고 앉으니 다소 비좁은 상에는 예상과 달리 야채샐러드와 빙어구이, 찬 돼지고기, 그리고 무와 유부를 넣은 된장국이 차려져 있었다. 나무 밥그릇에 이미 밥을 퍼 놓았다. 하지만 분명히 치즈 냄새가 난다. 그럼? 나는 방안을 한 바퀴 둘러보고 중얼거렸다.

"치즈케이크라도 굽나?"

"아, 아시겠어요?"

중간 길이의 머리를 한 여자애가 생긋 웃었다. 앉은키가 작은데, 키도 작다. 큼직한 무테안경과 커다란 눈, 뭐가 그렇게 기쁜지 행복하게 웃는 얼굴, 어딘지 모르게 아담한 인상. 얇은 티셔츠에 무릎 위 길이로 자른 청바지 차림. 역시 친척이다. 이바라와 나란히 서면 자매로 보인다. 이바라도 셔츠와 청바지 차림이니 복장이 비슷한 것도 이유일 것이다.

다만 이바라는 내가 알기로 초등학생 시절과 별로 외모가 다르지 않다. 나란히 있는 두 사람이 자매라면 이바라가 동생으로 보인다. 말할 생각은 없지만.

유난히 붙임성이 있는 이 여자애가 민박 세이잔소의 자매 중 한 명, 젠나 리에다.

"굉장하다. 마야 언니 말이 맞네!"

뭔 소리를 한 거냐, 이바라.

참고로 리에 옆에는 포니테일을 한 여자애가 예의 바르게 앉아 있다. 아니, 굳어 있다. 아직 우리라는 손님에게 익숙해지지 못했나 보다. 접객업을 하는 집에서 저래도 괜찮을까 공연한 걱정이 든다.

낯을 가리는 것도 그렇고, 웃는 얼굴을 상상하기 힘든 힘없는 모습도 그렇고, 언니를 닮지 않았다. 아까 서 있는 모습을 봤는데, 키는 리에와 별 차이 없었다. 얇기는 해도 한여름에 긴팔 옷을 입은 게 더워 보인다. 내년이면 중학교에 들어간다고 했는데, 그 나이에 중2인 리에와 체격이 비슷하다면 동급생들 중 발육이 좋은 편일지도 모른다. 이름은 젠나 가요다.

"자, 먹자."

굳이 가리자면 손님이라기보다 주인 측처럼 행동하는 이바라의 말에 다들 젓가락을 쪼개고 식사를 시작했다. 공손히 손을 모으는 게 지탄다답다. 자매의 부모님이 없는데, 아마 본관에서 식사할 것이다. 이 방에 두 명 더 앉을 자리는 없다.

일단은 된장국. 후루룩 마신다. ……과연 장사할 만한 맛이다. 이어서 빙어. 아마 진짜 빙어는 아니겠지만, 나는 이 톡톡 터지는 느낌만 있으면 된다.

리에는 이바라의 고교 생활에 관심을 보이며 이야기를 조르고, 가요는 머뭇머뭇 지탄다에게 이름을 묻고 있다. 사토시는 빙글빙글 웃으며 이따금 대화에 추임새를 넣는다. 나는 오랜만에 먹는 빙어의 톡톡 터지는 맛이 마음에 들어 묵묵히 젓가락을 놀렸다.

"……그래서 말이지, 이런 식으로……."

흥이 났는지 리에가 젓가락으로 허공에 그림을 그렸다. 식사 예절로서는 좋지 않지만, 다른 집 가정 교육에 내가 신경 쓸 필요는 없다.

샐러드 볼의 국자에 리에가 손을 뻗고, 가요가 돼지고기 접시에 젓가락을 가져갔다. 거의 같은 타이밍이었는데, 리에가 팔을 빼려다가 가요를 쳤다. 돼지고기를 집은 가요의 젓가락이 밀리면서 된장국 그릇이 크게 출렁였다. 나는 처음부터 그 모습을 보고 있었지만, 위험하다고 생각했을 때는 이미 늦었다.

된장국이 튀었다. 가요가 나직이 소리쳤다.

"앗!"

"아휴, 너 대체 뭐 하는 거야?"

리에가 눈살을 찌푸리며 말했다. 내 눈에는 누구 잘못 같지도 않았는데.

"미, 미안, 언니."

가요는 사과하고 행주로 손을 뻗었다. 조금 멀었던 터라 지탄다가 집어 건네주었다.

"자요."

"고, 고맙습니다."

리에가 조심하라느니 뭐라느니 했다. 가요가 쏟아진 된장국을 다 닦기를 기다려 나는 빙어에 젓가락을 뻗었다. 생각해 보니 기왕이면 산에서 나는 것을 맛보면 좋았을 것 같지만, 그런 것은 사치라 해야 할 것이다.

3

디저트로 리에가 직접 구운 치즈케이크를 맛있게 먹은 뒤, 우리는 각자 자유 시간을 가졌다. 나는 일단 방으로 돌아왔는데 먼저 돌아왔을 사토시가 없었다. 벌써 목욕하러 갔나.

혼자뿐인 방, 평소 사용하는 가방에서 만화책을 한 권 꺼냈다. "요새 나오는 전국 시대 만화 중에선 발군이야"라며 사토시가 빌려 주었다. 아닌 게 아니라 생활감이라고 할지, 흙내 나는 묘사가 매우 세세해서 제법 읽을 맛이 난다. 사토시 취향이다.

이야기는 노부나가의 아사쿠라 침공이 가경에 접어든 참이다. 오다의 승리로 승부가 났을 때, 노부나가의 누이동생이 오다 진영에 위문품을 보낸다. 팥을 넣어 위아래를 꿰맨 자루. 그것을 보고 노부나가가 소리친다. "자루 안의 쥐•라는 뜻인가! 배후의 아사이가 배신했구나!" 아사이가로 시집간 노부나가의 누이동생이 오빠에게 궁지에 빠졌음을 넌지시 알렸다는 에피소드다.

자루 하나로 어떻게 그런 것을 아느냐고 한마디 하고 싶어지지만, 기본적으로는 좋은 이야기다 싶다. 우리 누나는 내가 위기에 처했다는 것을 알면 다 내팽개치고 부랴부랴 달려올 것이다. 구경하러.

반쯤 읽었는데 눈이 피곤한 것 같아 일시 중단. 이 방은 어째 조명이 어두운 것 같다. 호텔이라면 조명이 어두운 게 보통이지만, 그래서 그런 것도 아닐 텐데.

만화를 읽지 않는다면 뭘 할까. 방에 텔레비전도 있지만, 눈의 피로로 말하자면 텔레비전을 보는 편이 훨씬 심하다.

그런 까닭에 시간이 남았다. 뭐, 아무것도 안 해도 되는 시간에는 아무것도 하지 말아야 한다고 드러누웠다가 이윽고 온천에 왔으니 온천에 가면 된다는 것을 깨달았다. 방에 비치된 타월과 바스타월을 가지고 복도로 나섰다가 지탄다와 마

• '독 안의 쥐'와 같은 표현.

주쳤다.

"아, 어디 가세요?"

지탄다도 타월을 들고 있다.

"너랑 같아."

"여기 혼욕 아닌데요."

"욕조까지 같다곤 안 했다."

나란히 걸었다. 슬리퍼의 탈싹탈싹 소리, 바닥의 삐걱삐걱 소리가 번갈아 들린다. 지탄다가 불현듯 생각난 것처럼 말했다.

"그런데 갑작스럽지만 오레키 씨 누님은 어떤 분이세요?"

정말 갑작스럽다.

그러고 보니 지탄다는 외동이라고 했던가. 나는 잠시 생각하다가 적당한 표현을 골라 대답했다.

"누나라. 여러 가지 의미에서 별종이고, 여러 가지 의미에서 우수해. 누나한테는 분야를 막론하고 도저히 못 이길 것 같다."

"예에."

"이기겠다고 생각한 적도 없지만. ……누나는 갑자기 왜? 젠나 자매를 보고?"

지탄다는 조그맣게 고개를 끄덕했다. 그러더니 수줍게 웃고 작은 목소리로 대답했다.

"실은 말이죠, 저도 형제가 있었으면 했거든요. 언니 아니면 남동생으로요. 허물없는 상대가 늘 곁에 있다는 게 참 멋지다고 생각하지 않으세요?"

나는 눈을 살짝 크게 뜨고 대답 대신 어깨를 으쓱했다. 이 아가씨는 아무래도 사람이 너무 좋은 것 같다. 유령이라도 본 게 아닐까.

온천물이 나오는 욕탕은 별관에도 있지만, 그쪽은 보통 욕탕과 다를 바 없는 좁은 곳이라고 한다. 근처에 노천 온천이 있다고 해서 그쪽으로 갔다. 내 신조는 에너지 절약이지만, 고작 이삼 분 걷는 것을 아끼겠다고 넓은 욕조를 포기할 만큼 멋을 모르지는 않는다.

세이잔소에서 나와 비탈을 내려갔다. 커브를 돌 때 보인 노천 온천은 부근 민박 및 여관 몇 곳이 공동으로 관리하는 모양이다. 대나무 카운터에 있던 중년 여자가 이용료를 요구했으나, 세이잔소 손님이라고 했더니 들여보내 주었다.

지탄다와는 여기서 헤어졌다. 헤어지지 않으면 큰일 난다.

탈의실은 의외로 좁았다. 보이는 사람은 없는데 옷 한 벌이 발치 바구니에 든 것을 보면 먼저 온 사람이 있나 보다. 좀 더 주의 깊게 관찰하니 카고 팬츠가 눈에 익었다. 먼저 온 사람이란 아무래도 사토시 같다.

옷을 벗고 욕탕으로 들어갔다. 모조 암석을 이용해 천연 온천임을 강조하여 만들어진 욕조는 예상했던 것보다 넓다. 물은 희부연 것이 그야말로 온천물이다, 보통 물과 다르다 하는 느낌이다. 사방을 높다란 대울타리로 둘러놓은 터라 자이젠 촌이 자랑하는 전망은 거의 살지 않는다. 하기야 울타리가 낮으면 엿보는 것도 가능하니 문제 있겠다. 바가지로 물을 떠서 가볍게 몸에 끼얹고 얼른 욕조에 발을 넣었다.

물 온도는 딱 좋다. 넓은 욕조를 조금 안쪽까지 들어가 보았다. 욕조 안에 커다란 바위가 놓여 있는데, 만져 보니 이쪽은 진짜 같다.

수증기 너머로 누가 있는 게 보였다. 사토시일 것이다. 한 손을 들자 저쪽도 나른하게 손을 들어 응했다. 평영으로 헤엄치듯 물을 가르며 이쪽으로 다가온다. 그사이 나는 천연 암석에 몸을 기대고 턱 밑까지 물에 몸을 푹 담갔다.

이윽고 여기까지 온 사토시는 씩 웃더니 나와 마찬가지로 턱 밑까지 잠겼다.

"오, 호타로, 왔구나. 여기 물 좋은걸. 몸속까지 스며들어."

"혈액에 수분이 섞이면 위험한데."

"삼투압이 있잖아. 참 시시한 소리를 다 하네. 뭐, 편안하다는 증거라면 좋은 일이지만."

나는 그 뒤 입을 열지 않고, 사토시 역시 얼마 동안 조용히 온천물을 즐겼다. 대울타리 저편에서 좍좍 물을 끼얹는 소리가 들려왔다. 누가, 아마도 지탄다가 몸을 씻는 것이리라.

저물녘. 부드러운 붉은 햇빛이 차츰 엷어지고 어스름의 면적이 눈에 띄게 늘어난다. 별이 반짝이기 시작하고, 시간의 경과에 따라 물의 열기가 몸속에 두루두루 퍼진다. 익숙지 않은 버스 여행의 피로 때문인지 잠이 왔다.

사토시는 어느새 욕조에서 나가 몸을 씻는 것 같다. 나는 아직 욕조 안.

시야가 어두워진다.

우.

몸이 안 움직이는데?

4

무사히 방으로 돌아올 수 있었던 데 대해서는 사토시에게 고맙다고 해야 할 것이다. 만약 나 혼자였다면 목숨에 지장까지는 없다 해도 병원으로 실려 가는 사태가 벌어졌을 수 있다. 사토시에게 부축을 받으며 세이잔소에 다다른 나를 보고 이바라가 날카롭게 소리쳤다.

"너 왜 그래, 오레키!"

나는 도저히 대답할 수 있는 상태가 아니었다. 사토시가 대신 설명했다.

"뜨거운 물에 너무 오래 있어서 그래."

"……."

"하여간 한심하기가 말도 못 해. 내 반만큼도 안 있었는데 봤더니 빈혈을 일으켰지 뭐야."

이바라가 미간을 눌렀다.

"오레키, 넌 진짜……."

걱정해 줘서 고맙다. 나는 곧장 방으로 실려 갔다. 먼저 올라간 이바라가 재빨리 자리를 펴고 창문을 열어 주었다. 대자로 누워 심호흡.

"……둘 다 고맙다."

"천만의 말씀."

"지, 진짜 너무 한심해……. 결국 넌 이벤트를 즐길 수 없는 숙명이구나."

그런 말을 남기고 두 사람은 방에서 나갔다. 이바라가 말하지 않아도 안다, 하여간 정말 한심하게 됐다. 나는 강건하지는 않을지 몰라도 체력에 그렇게 자신 없는 편은 아니건만. 어쩌면 차멀미가 남아 있었는지도 모르겠다.

대자로 누운 채 눈을 감고 있으려니 누가 들어왔다. 샴푸 냄새로 지탄다라는 것은 금세 알 수 있었다. 지탄다는 머리맡에서 몸을 굽히고 조그맣게 불렀다.

"오레키 씨…… 괜찮으세요?"

"별로."

"타월이라도 적셔 올까요?"

차가운 타월은 아닌 게 아니라 기분 좋을 것 같다. 하지만 부탁할 마음도 들지 않았다.

"아니, 됐어. 모처럼 합숙 왔는데 찬물을 끼얹어서 미안하다."

"아니, 그런 건……. 저희 이제 괴담을 이야기할 건데, 오레키 씨는요?"

나는 힘없이 웃었다. 괴담이라니, 참 고풍스럽게 여름밤을 보낸다. 흥미는 다소 있었지만 이 상태로는 무리다.

그렇게 생각하며 눈을 뜨니 지탄다의 얼굴이 상상했던 것보다 훨씬 가까이 있었다. 이 아가씨는 일반 사람보다 개체 공간이 좁다. 그 때문에 움찔했던 게 한두 번이 아니다. 방금 목욕하고 나온 연분홍 뺨, 촉촉하게 반짝이는 검은 머리. 나도 모르게 시선을 다른 데로 돌렸다.

"어, 나는 잠이나 자련다."

"할 수 없네요. 그럼 몸조리 잘하시고요."

문 닫히는 소리. 남은 것은 샴푸 냄새뿐.

시계를 보니 아직 8시도 안 됐다.

열어 놓은 창문으로 기묘한 소리가 들린다. 뭘까 생각하다가 이내 개구리 울음소리임을 깨달았다. 어디선가 큰북의 리

듬도 들리는 것 같다. 고지라서 그럴까, 아직 팔월인데도 심지어 벌레 울음소리 같은 것마저 들렸다.

그런데.

얼마 뒤 리에의 낮게 깔린 목소리가 들렸다. 옆방도 창문을 열어 놓았을까. 목소리는 의식하지 않아도 나름대로 선명히 들렸다…….

우리 집, 본관이랑 별관으로 나뉘어 있잖아요? 원래는 구태여 별관을 짓지 않아도 충분했거든요. 그런데 왜 지었느냐 하면요, 비밀이 있어요.

옛날에 할머니가 민박을 꾸리던 때, 어떤 음침한 손님이 숙박하러 왔어요. 본관 7호실로 안내했는데, 식사는 필요 없다, 자리도 안 깔아도 된다, 좌우지간 자길 혼자 두라고 했다는 거예요. 이상하다 싶긴 했지만, 돈은 선불로 냈겠다, 마침 바쁜 시기여서 잘됐다고 오케이 했대요.

그런데 그날 밤, 밖에서 엄청난 비명이 들려온 거예요. 할머니가 깜짝 놀라서 뛰쳐나갔더니, 산책하던 손님이 7호실을 가리키고 있었어요. 목매단 사람 그림자가 흐릿하게 흔들흔들하고 있더래요. ……그 손님, 회사 돈을 써 버리고 여기까지 도망쳐 온 거였대요.

그런 일이 있은 뒤로 7호실에 묵은 손님들이 그러더래요. 이 방엔 뭐가 있다, 밤중에 뭐가 나타난다고. 그런데 아홉 번째로 묵은 손님이 밤에 갑자기 병이 나서 죽고 말았지 뭐예요.

그래서 할머니는 정화를 부탁하고, 그것만으론 안심할 수 없어서 별관을 지었어요. 나쁜 소문이 날까 봐요. 7호실은 저기, 창 너머 정면에 보이는 저 방이에요. 2층 맨 안쪽 방요. 우리는 1층에서 살고 2층엔 잘 안 올라가요…….

이거 꼭 비밀이에요! 다른 손님들 앞에선 말하면 안 돼요.

나는 이불 속에서 실소했다. 고풍스럽다. 참으로 고풍스럽다.

조용히 자고 싶었으므로 창문을 닫으려고 말을 듣지 않는 사지를 이럭저럭 움직여 이불 속에서 기어 나왔다. 더위는 참을 수 있는 범위 내다.

창가에 이르렀을 때, 안마당에 누가 보인 듯했다. 그러나 확인하지는 않았다. 창문을 닫고 바로 자리로 돌아와 아침까지 푹 잤다.

5

잠이 깼다. 시계를 보니 8시였다. 수면 시간 열두 시간 이상. 머리가 약간 띵하지만, 어제 탈 났던 게 남아 있는 것은 아니다. 단순히 너무 많이 자서 그럴 것이다.

옆에서 사토시가 자고 있었다. 깨우지 않도록 조심하며 적당히 몸단장을 하고 멍한 머리를 톡톡 때리며 1층으로 내려왔다.

거실에는 리에와 가요 자매가 먼저 와 있었다. 아침상은 아직 차려지지 않았다. 지탄다와 이바라는, 하고 물으려 한 순간, 마침 두 사람이 같이 들어왔다.

그런데 이바라의 거동이 묘했다. 지탄다의 원피스 소매를 붙들듯 하며 들어오나 싶더니 우리에게 이렇게 말했다.

"나, 나왔어……."

나는 지극히 냉담하게 그 광경을 보고 있었다. 나왔다니, 뭐가?

이바라는 리에에게 바짝 다가가 단숨에 주워섬겼다.

"밤중에 미적지근한 바람이 느껴져서 깼거든. 그래서 무심코 돌아누웠더니 맞은편 방에 목매단 사람 그림자가 흐릿하게 떠서 흔들거리는 거야! 이렇게 흔들, 흔들!"

하하, 하여간 끝까지 고풍스럽군. 허둥대는 이바라라는 진품珍品을 놓치다니, 사토시도 운 없는 녀석이다.

가요가 우리 모두에게 차를 내 주었다. 뜨거운 차였다. 내가 집으려 했던 찻종에 리에 이름이 씌어 있기에 다른 것으로 골랐다. 가요의 이름이 적힌 찻종도 있나 싶어 주의했는데, 가요 것은 보이지 않았다.

리에는 이바라의 이야기를 웃으며 들었다.

"마야 언니, 그런 이야기 싫어했던가? 몰랐네."

"유령은 안 무서워. 내가 원한을 살 이유도 없고. 그렇지만 그런 거랑 딱 마주치면 보통 오싹한 게 아니란 말이야!"

찻주전자를 든 가요의 얼굴이 굳어 있었다.

"마야 언니, 본 거야……?"

"봤어. 틀림없이 봤어, 진짜야."

"언니, 그 이야기 한 거야? 아버지가 하지 말라고 그랬잖아."

"시끄러워. 마야 언니인데 뭐 어때?"

유령 이야기로 시끌시끌한 이바라 등과 조금 떨어진 곳에 정좌한 지탄다와 문득 눈이 마주쳤다.

지탄다는 난처한 듯한, 고민이 있는 듯한 표정이었다. 지금까지 봐 온 바에 따르면 뭔가 할 말이 있다는 뜻이다. 작은 목소리로 물었다.

"왜?"

지탄다가 되레 물었다.

"저…… 마야카 씨 이야기, 어떻게 생각하세요?"

"목매단 사람 그림자?"

나는 웃었다.

"글쎄다, 기본이나 관행은 원래 빠뜨릴 수 없는 거라 살아남았겠지. 전에도……."

"전에도?"

"아, 아니."

아슬아슬했다. 하마터면 "전에도 사토시가 7대 불가사의 이야기를 들고 왔잖냐?"라고 할 뻔했다. 그것도 아닌 게 아니라 기본이고, 관행이고, 고풍스러웠다. 연상되는 것도 당연하다. ……하지만 그 이야기는 다시 꺼내고 싶지 않다. 특히 지탄다를 상대로는 다시 꺼내면 안 된다.

지탄다는 별안간 말을 얼버무리는 나를 이상하다는 듯 빤히 보았다. 곤란한데 싶었으나, 다행히 지금 지탄다의 관심을 끌고 있는 것은 목매단 사람의 그림자였다.

"……그럼 오레키 씨는 마야카 씨 말이 사실이라고 생각하세요?"

"아니."

몰래 안도의 한숨을 쉬며 그렇게 말하자, 지탄다는 더욱 난처한 듯 고개를 갸웃했다.

"그럼 역시 착각했을까요."

"어? 뭔 말이냐?"

지탄다는 어째선지 목소리를 낮추고 내 귓가에 입술을 갖다 대어 말했다.

"저도 봤거든요. 마야카 씨가 말한 목매단 사람의 그림자를……."

시각은 확실치 않다고 한다. 이바라가 벌떡 일어나는 바람에 지탄다도 깼다. 눈을 살짝 떴더니 목매단 사람 그림자가 어둠 속에 떠 있더라고 했다.

"하지만 전 자고 일어나면 얼마 동안 머리가 멍하거든요. 그러니까 착각했나 싶었던 건데, 마야카 씨도 같은 걸 봤다고 해서……."

"호오."

이바라만, 혹은 지탄다만이라면 잠이 덜 깨서 그랬을 것이라는 말로 끝난다. 하지만 두 사람 다, 그것도 같은 시간에, 십중팔구 같은 것을 봤다는데, '없었다'로 넘어가지는 못할 것이다. 나는 자신의 잘못된 생각을 수정하고 말했다.

"뭔가를 잘못 봤겠지. 어제 이야기했던 그거다, 유령의 정체 알고 보니."

"마른 참억새라고요?"

그러나 지탄다의 의문은 그 말로 얼버무려지지 않았다. 대각선 위쪽의 허공을 헤매던 시선이 나를 똑바로 향했다. 힘이 서린 눈동자는 아가씨가 이 일에 강한 호기심을 품었다는 것을 나타냈다.

"그럼 뭘 잘못 봤을까요?"

어느새 이바라가 바로 옆에 와 있었다.

"그러게, 잘못 본 거라면 뭘 잘못 봤다는 건지 어디 한번 말해 보시지? 나도 지이도 똑똑히 본 걸 자기는 안 봤다고 부정하다니 비겁하잖아."

……어째서 비겁하다는 말까지 들어야 하나.

지탄다와 이바라가 잠자코 나를 바라본다. 나는 경험상 알고 있다. 상황이 이렇게 되면 이미 늦었다는 것을.

"물론 오레키 씨께만 맡기지는 않을 거예요. 저희 같이 조사해 봐요."

지탄다는 시선을 떼려 하지 않고 힘차게 단언했다.

나는 이의를 제기하지 않았다. 나는 쓸모없는 일은 좋아하지 않는다. 이의는 제기하지 않았지만, 한숨을 쉬는 것쯤은 당연한 권리로 인정되지 않을까. 지탄다가 쐐기를 박듯 덧붙였다.

"저, 신경 쓰이거든요."

베이컨 에그와 인스턴트 수프, 콩소메에 끓인 야채로 간단한 식사를 마치고 우리는 2층으로 돌아왔다. 그와 엇갈려 사토시가 내려갔다. 녀석은 '사건'이 발생한 것조차 모르는 셈인데, 뭐, 상관없으리라. 사토시는 동서고금의 쓸데없는 지식에 정통하지만, 이번 일에 그게 도움이 될 것 같지는 않다.

이바라는 리에의 여름 방학 숙제를 봐주기로 약속했다고 했다.

"도와주지 못해서 미안하지만 잘해 봐."

"맡겨 주세요. 꼭 진상을 밝혀낼게요. 그렇죠?"

나더러 어쩌라고.

아무튼 '해야 하는 일은 간략하게'다. 우리 방에서 지탄다에게 자세한 이야기를 듣기로 했다. 창가에 의자 두 개와 작은 테이블이 있어서 거기 앉았다. 자, 그럼.

"그림자란 게 너희 방 바로 맞은편에 보였냐?"

창문을 열고 본관을 보며 물었다.

"네, 그랬어요."

"크기하고 형태는?"

"……몽롱한 상태였던 터라 확실하게는 모르겠어요. 사람 사이즈로는 크지도 작지도 않았던 것 같아요. 형태는……죄송해요, 잘 기억나지 않아요. 마야카 씨가 목매단 사람 그림자라고 하는 말을 듣고 보니 그런 형태였다는 생각이 든 것뿐이거든요."

이야기가 기억에 이르자 지탄다의 목소리가 작아졌다. 심정을 이해 못 할 것도 없다. 지탄다는 강한 호기심을 뒷받침하듯 기억력과 관찰력이 발군인데, 그런 만큼 그 부분이 모호하면 찜찜한 것이리라. 하지만 나는 그림자란 것을 보지 못한 이상, 아무리 모호해도 지탄다의 기억에 의지하는 수밖에 없다. 이어서 물었다.

"색깔은 어땠고?"

"모르겠어요. 아니, 기억나지 않는 게 아니라 그림자였기 때문에 모르는 거예요."

두 사람이 본 것을 상상해 보려 했지만 불가능했다. '그림자'라는 게 잘 이해되지 않았다.

"그림자라. 그러니까 그거냐, 광원이 있고 역광이라서 사람의 모습이 그림자로 보였다는 뜻이냐?"

"저희가 본 게 초자연 현상이 아니라면 그럴 거예요."

"광원이란 말이지."

또다시 본관으로 시선을 돌렸다.

"밤에 광원이라면 달이겠다만……."

그렇게 말하는 내 목소리는 스스로 생각해도 의심에 차 있었다.

"저도 그렇게 생각해요. 어젯밤엔 달이 꽤 찼던 것 같은데요. 그게 왜…… 앗!"

내 시선을 좇아 본관을 본 지탄다가 소리쳤다. 그래, 달이든 탐조등이든 그림자를 만들어 낼 수 있을 리 없다. 본관의 창문은 모두 목제 덧문이 닫혀 있었다.

"지탄다, 너희가 잔 게 몇 시냐?"

"음, 10시였어요. 저희도 피곤했고, 아침에 마야카 씨와 목욕하러 가기로 약속했기 때문에 일찍 잤거든요."

"그때 덧문은?"

지탄다는 잠시 생각한 뒤 대답했다.

"닫혀 있었다고 생각해요. 거기 있는 것도 알아볼 수 없을 만큼 본관 전체가 캄캄했어요."

"흠."

덧문이 닫혀 있는 한 그림자는 생길 수 없다. 일이 성가시게 됐다. 나는 머리를 긁적였다. 귀찮지만 본관을, 그림자가 있었다는 7호실을 보러 가야 하게 생겼다.

지탄다가 생긋 웃으며 말했다.

"수수께끼 같고 좋네요. 이런 즐거움도 있고, 역시 합숙을 하길 잘했어요."

너야 즐겁겠지.

연결 통로를 이용하면 간단히 본관으로 갈 수 있다. 그러나 그 연결 통로 끝에 로프를 치고 '공사중 관계자 외 출입 금지'라는 표찰을 매달아 놓았다. 지탄다는 로프 밑을 지나는 것을 무척 주저했다. 아닌 게 아니라 나중에 말썽이 생기면 귀찮을 것이다. 민박 측에 허가를 구하기로 했다.

하지만 민박 주인 부부에게 목매단 사람에 관해 조사하고 있다는 말을 하면, 하지 말라는 이야기를 한 리에의 입장이 난처해진다. 허가를 구하려면 자매 중 어느 한쪽에게 해야 할 것이다.

때마침 가요가 지나가기에 불러 세우자, 가요는 소스라치게 놀라 긴장했다. 그러나 내 옆에 지탄다가 있는 것을 보고 안심했는지 우리에게 다가왔다.

"왜요?"

나는 지탄다에게 눈짓을 보냈다.

"네?"

"네가 부탁해라."

나는 순진한 어린애는 불편하다.

"아, 네. 가요 양, 본관에 들어가고 싶은데 괜찮을까요?"

"본관에요? 왜요?"

"가요 양도 아침 식사 때 들었겠지만, 마야카 씨랑 제가 본 목매단 사람 그림자에 관해 조사하고 있거든요. 잠깐 7호실을 보고 싶은데요."

정직은 미덕이고 정공법은 상쾌하고 기분 좋다만, 표현이 너무 직설적이군, 지탄다. 아니나 다를까, 가요는 고개를 흔들었다.

"죄송해요, 지금은 안 돼요. 언니가…… 화낼 거예요."

하는 수 없다. 하기야 흥미 위주로 남의 집에 들어가는 것도 좋은 일은 아니다. 나는 선뜻 7호실 조사를 단념하고 대신 질문했다.

"그럼 하나 물어보자. 그 방, 7호실이라고 했던가, 거기 지금도 객실이냐?"

나쁜 뜻은 없건만 내 말투가 고압적이었는지, 가요는 뒤로 주춤 물러나 눈살을 찌푸렸다. 그래도 질문에는 답해 주었다.

"아니에요. 본관에서 손님용으로 쓰는 건 욕탕이랑 식당밖에 없어요."

"그럼……."

"2층은 전부 창고로 써요. ……이제 됐나요?"

나는 고개를 끄덕였다.

"고맙다. 도움이 됐어."

가요는 내 말이 끝나기도 전에 발길을 돌려 어디론가 뛰어가 버렸다. 어쩐지 슬픈 기분으로 팔짱을 꼈다.

"날 싫어하는데."

그러나 지탄다는 미소 띤 얼굴로 그런 우리를 지켜보고 있었다.

"뭐, 어때요? 몸집 큰 남자가 무서운가 보죠. 귀엽네요. ……아아, 여동생도 좋겠는데요."

황홀한 목소리로 말했다. 흠, 귀엽냐.

슬슬 해가 높이 떠 더워졌다. 땀이 솟기 시작한 이마를 손등으로 훔쳤다. 더위에 대해 비인간적인 내성을 갖춘 지탄다는 여느 때처럼 아무렇지도 않아 보인다.

"7호실에 들어가지 못하면 곤란한가요?"

"곤란하다기보다 귀찮지."

지탄다를 데리고 현관으로 갔다. 현장을 안에서 볼 수 없게 된 이상, 밖에서라도 보자는 심산에서다. 손님들과 젠나 가족의 공용 현관에서 신발을 신으려고 몸을 굽히는데, 지탄다가 큰 소리로 말했다.

"어머나, 오랜만에 보는 게 있네요."

지탄다가 발견한 것은 신발장 곁에 놓인 라디오 체조 출석 카드였다. 매직으로 큼직하게 이름을 쓴 리에 것, 그리고 이름은 없지만 십중팔구 가요 것, 이렇게 두 개 있다. 자세히 보자, 리에 것은 여름 방학 초반에는 참가 도장이 띄엄띄엄 찍혀 있지만 그 뒤 공백이 이어지고 있다. 가요 것인 듯한 카드로 보면 이쪽은 매일 빠짐없이 출석하는 듯하다.

지탄다는 두 장의 카드를 집어 들어 어루만졌다.

"아침 라디오 체조. 저도 재작년까지 다녔어요."

재작년이라면 중학교 2학년까지 다녔다는 뜻이다. ……정말이냐?

한편 나는 아주 어렸을 때를 제외하면 간 적이 없다. 언제부터 에너지 절약주의를 지향했을까.

마당으로 나왔다. 강한 습기와 나무 냄새가 몸을 감싼다.

본관 7호실이 있는 곳을 올려다보았다. 덧문은 아직 닫혀 있었다. 건물 뒤쪽에서도 보자고 하기에 위를 올려다본 채 걷는데, 발치에서 물이 튀었다.

"어이쿠."

흙탕물이 지탄다의 발치에까지 날아가 신발에 묻었다.

"미안하다."

"괜찮아요."

땅이 질척해져 흙탕물이 튄 것이었다. 별관에 가로막혀 오전 중에는 볕이 잘 들지 않는 곳이다. 나무에 물이라도 주었나 했는데 그것도 아닌 것 같다. 볕이 드는 부분은 거의 마른 것을 보면, 땅이 젖은 뒤로 시간이 어느 정도 지났을 것이다. 나는 물었다.

"지탄다, 어젯밤에 비가 왔던가?"

"네, 시간까지는 모르겠지만 한바탕 왔어요."

본관 뒤로 갔다. 7호실을 반대편에서 보는 셈인데, 그곳도 덧문이 닫혀 있었다. 그림자가 나타나게 하려면 서쪽과 동쪽, 양쪽 덧문을 모두 열어야 한다.

팔짱을 낀 내 옆에서 지탄다가 무슨 생각인지 나를 따라 팔짱을 끼었다. 뭐 하는 거냐고 말하려는데, 눈앞의 창문이 열리고 가요가 말했다.

"저…… 점심 드세요."

손목시계를 보았다. 이제 곧 정오다. 잠시 쉬자.

점심은 중국 냉면. 맛있었다. 고지대라 못 견딜 만큼 덥지는 않지만, 그래도 시원하니 좋다. 여섯 명이 상을 둘러쌌다. 이바라가 젓가락을 놀리며 물었다.

"그래서 뭐 좀 알아냈어?"

"아뇨, 아직……."

지탄다의 말을 내가 이었다.

"아직 조사중이다. 가설은 있다만."

"그래? 어디 들어 보자, 가설."

그런 것을 물으면 곤란하다. 아직 막연하고 모호한 생각에 불과한데. 대답을 못 하고 있으려니 사토시가 조금 심통 나서 말했다.

"셋 다 대체 무슨 이야기인데? 한솥밥을 먹은 날 따돌리다니 좀 너무하지 않아?"

과장된 항의가 대단히 사토시답다. 설명할 생각을 하니 귀찮아서 가볍게 넘기려고 반문했다.

"따돌리고 뭐고 넌 대체 어디 가 있었던 거냐? 코빼기도 안 보이더라."

"온천에선 모름지기 마음 내킬 때 몇 번이고 몸을 담그러 가는 거야."

그러냐. 나는 어제 그런 일을 겪고 학을 뗐다.

나는 아직 반도 못 먹었는데, 두 명이 잇따라 손을 모으고 말했다.

"잘 먹었습니다."

"잘 먹었습니다."

리에와 가요 자매다. 리에가 자기 식기를 들고 본관으로 가고, 얼마 뒤 가요가 그 뒤를 따랐다. 지탄다가 눈을 가늘게 떴다. 참 보기 좋은 모습이라고 생각하는 것이리라.

"역시 좋네요, 자매는. 보고 있자니 부러운데요."

"저런, 지탄다는 형제자매를 동경이라도 하는 거야?"

"음, 동경이라고 할 정도는 아닌데요. 후쿠베 씨는 형제분이 있으세요?"

사토시는 자기 누이동생에 관해 한바탕 이야기를 늘어놓았다. 사토시의 누이동생은 나도 본 적이 있는데, 오빠 이상으로 방약무인하고 자기 길을 걷는 별종이다. 분명 우리 누나와 말이 아주 잘 통할 것이다.

그런 이야기를 하는 사이에 점심 식사가 끝났다. 조금 전 본관으로 갔던 리에가 돌아왔다.

짠 하고 직접 효과음을 곁들이며 나타난 리에는 유카타 차림이었다. 목욕하고 나올 때 입는 멋대가리고 뭐고 없는 유카타가 아니라, 전국 각지의 불꽃놀이 대회에서 흔히 보는 나들이옷 유카타다. 물빛이라 해도 될 듯한 옅은 파랑 바탕에 물결 사이사이 새가 있는 무늬가 시원해 보인다.

"내 유카타 어때?"

지탄다가 와아 하고 환성을 질렀다.

"근사해요!"

"그러게, 잘 어울리는걸. 이젠 그런 어른스러운 것도 입는구나."

칭찬을 받고 리에는 방긋 웃었다.

"여름 방학 초에 산 거야. 성적이 오르면 사 준다고 약속했거든. 우리 이따 밤에 불꽃놀이 하자! 벌써 준비 다 해 놨어."

세 사람이 신 나게 유카타 이야기를 하는 옆에서, 사토시는 내 귀에만 들리게 작은 목소리로 말했다.

"취향은 괜찮네."

사토시의 평소 말투를 알고 있으면 녀석이 무슨 말을 하고 싶은 건지 빤하다. 나는 즉각 반문했다.

"뭐가 안 괜찮은데?"

"저 허리띠 말이야. 일본 기모노는 허리띠가 생명인데, 저건 이미테이션이잖아."

사토시의 말을 듣고 다시 보았다. 그러고 보니 기모노 허리띠의 매듭이 묘하게 떠 있는 듯 보인다. 말 그대로 갖다 붙인 것 같다.

"뭐가 돌연변이냐?"

"뮤테이션 말고 이미테이션. ……매듭만 따로 준비해서 붙인 거야. 저러면 입기는 간편할 수 있겠지만, 내 철학이 저걸 유카타로 인정하지 않아."

사토시의 철학은 아무래도 상관없다. 아닌 게 아니라 볼품은 약간 떨어지지만, 그냥 그뿐 아닌가. 실없는 소리 말라며 하품했다.

그때였다.

"……어?"

기척. 활짝 열어 놓은 샛장지를 돌아보았다.

그런데 아무도 없었다. 이상하다, 분명히 사람 그림자 같은 게 어른거렸는데. 이런, 나도 목매단 사람 그림자의 저주를 받았나.

"왜?"

사토시의 물음에 대답하지 않았다.

사람 그림자라.

나는 거실에서 나왔다. 차분하게 생각할 수 있는 곳이 있으면 좋겠는데. 지탄다가 뒤쫓아 오는 것을 알 수 있었다. 오지 말라고 하려다가 아이디어가 떠올랐다. 어제 그 온천으로 가자. 돌아보고 제안하자 지탄다는 미소를 지으며 고개를 끄덕였다.

온천으로 가는 길, 나는 잠자코 생각을 정리하려 했다. 눈치를 챘는지 지탄다도 입을 다물어 주었다.

목매단 사람 그림자. 그것은 이바라와 지탄다의 착각의 산물, 마른 참억새다. 귀찮기는 해도 그렇게 단언해도 될 것 같다. ……하지만 결정적인 뭔가가 부족하다.

노천 온천에 이르렀다. 헤어질 때, 지탄다가 말했다.

"저희 이따 같이 나와요."

대답이 나오지 않았다.

카운터를 통과해 탈의실로 들어가니 기시감이 느껴졌다. 이유는 바로 알았다. 물건의 배치가 어제와 흡사하기 때문이다. 카고 팬츠를 비롯해 눈에 익은 옷 한 벌이 발치 바구니에 들어 있다. 사토시다. 이 녀석은 목매단 사람 그림자보다도 수수께끼다. 방금 전까지 식사 자리에 있었던 녀석이. 텔레포트 능력자냐.

욕탕에 들어가니 역시 사토시가 물에 몸을 담그고 있었다. 내가 욕조에 들어가지도 않고 노려보자, 뚜렷이 보이지는 않아도 기척을 챘는지 사토시가 돌아보았다. 그러고는 묻지도 않았는데 변명했다.

"아니, 저, 세이잔소 뒤쪽 벼랑을 미끄러져 내려오면 여기 뒤쪽이거든."

그 말을 듣고도 기막히지 않았다. 지름길로 오겠다고 벼랑을 미끄러져 내려오기에 사토시는 사토시인 것이다.

욕조에 몸을 담갔다. 일단 타월로 얼굴을 닦아 활동하는 데 익숙지 않은 두뇌의 안개를 걷는다. 고전부가 마주치는 성가신 일, 바꿔 말하면 지탄다가 들고 오는 문제의 경우, 지탄다가 납득하는 게 곧 해결이다. 잘 생각해 보면 이번 목매단 사람 그림자에 관해 아직 지탄다를 납득시킬 만한 설명을 찾지 못했다.

빠진 것은 요컨대 '왜'다. 그림자의 정체는 어렵지 않게 알 수 있었지만, 왜 그랬는지를 모르면 지탄다에게 충분한 설명을 할 수 없다. 짚이는 데가 없는 것은 아닌데.

얼마 동안 말없이 기억을 더듬었다. 내가 꼼짝도 하지 않으니 어제 그런 일이 있었던 터라 걱정되는지 사토시가 불렀다.

"호타로? 설마 또 빈혈은 아니겠지?"

사토시라. 어쩌면 뭔가 아는 게 있을지도 모른다. 물어보자.

"야, 어젯밤에 무슨 이벤트 없었냐?"

사토시는 갑작스러운 질문에 어안이 벙벙한 듯했으나 곧 본래의 미소를 되찾았다.

"어젯밤 이벤트로 말하자면, 역시 호타로, 네 실태지."

"은혜는 잊지 않겠다만 고맙다는 말은 더 안 하련다. 그거 말고는?"

"글쎄, 너도 알다시피 괴담을 이야기했는데. 양손에 꽃 하고도 한 송이 남았지."

꽃이냐. 지탄다가 연꽃, 이바라가 엉겅퀴쯤 되려나.

"아니, 그런 사적인 게 아니라 공식적인 걸로 혹시 모르냐?"

"공식적? 나한테 물은들, 난 이 마을 사람도 아니고. …… 아니, 잠깐. 그러고 보니 여름 축제가 있었다고 한 것 같은데. 북소리가 들렸어."

여름 축제.

그래, 그런 게 있었나. ……아니, 아니다. 나는 역시 그랬나, 하고 생각하고 있었다.

여느 때의 사토시라면 내가 뭔가를 알아차린 것을 깨닫고 놀리는 말 한마디쯤 던졌을지 모른다. 그러나 얼굴 절반을 물에 담그고 흐리멍덩하게 눈을 뜬 사토시는 아무것도 알아차리지 못했다. 물어보면 뭐든 대답하겠지만, 먼저 나서서 이야기할 필요도 없으리라. 욕조에서 나왔다.

유카타로 갈아입고 밖으로 나왔다. 지탄다는 아직 나오지 않았다. 마침 잘됐다. 달아오른 몸을 식히고 머리를 정리하며 기다렸다. 이윽고 나온 지탄다에게 나는 가자, 라고만 했다.

돌아오는 길, 나는 이렇게 말을 꺼냈다.

"목매단 사람 그림자 말이다……. 그거 옷걸이에 걸어 놓은 유카타였을 거다."

"네?"

갑작스러운 해답에 지탄다가 눈을 크게 떴다. 지탄다가 말의 의미를 이해하기를 기다렸다가 뒷말을 이었다.

"유카타 실루엣이 사람 그림자로 보이는 건 잠에 취했을 때가 아니라도 충분히 가능하지. 정말 유령이 나온 게 아닌 한, 늘어져 있는 사람 그림자 하면 원래 원피스형 옷밖에 생각할 수 없잖냐."

얼마 동안 입을 열지 않던 지탄다는 납득되지 않는지 고개를 갸웃했다.

"그렇지만 어째서 그런 데 유카타가 있죠? 게다가 덧문까지 열어서 저희에게 유카타 그림자를 보여 주다니 이상해요."

"너희한테 보이려고 한 게 아냐."

얼핏 하늘을 우러렀다.

"말리고 있었던 거야. 젖은 유카타를. 덧문을 연 건 얼른 마르도록 바람이 잘 통하게 하기 위한 거고."

"어째서요?"

"젖은 건, 비가 와서."

"그게 아니라, 어째서 본관 7호실인 거죠?"

"말리는 걸 못 보게 하려고."

"저희는 봤는데요."

"그런 게 아니야. 가족한테 숨기고 싶었던 거야."

답이 나지 않는다. 머리를 긁적였다.

한 박자 쉬었다가 나는 가설을 처음부터 설명하기로 했다.

"유카타를 말린 사람은 가요야.

가요는 언니 리에의 유카타가 부러웠겠지. 자기도 입어 보고 싶었어. 하지만 아무리 체격이 비슷해도 유카타는 리에 거란 말이지. 그리고 리에는 그걸 동생한테 빌려 주지 않을 테고. 눈치 못 챘냐? 리에는 찻종도, 라디오 체조 카드도 자기 걸 확실하게 구분해. 그런 성격인 거야. 그리고 가요는 리에를 무서워하고. 유카타를 빌려 달란 말은 못 할 거다.

그렇지만 가요는 유카타가 입고 싶었어. 그래서 암말 않고 유카타를 꺼냈어. 다행히 허리띠를 부착하는 식이라 혼자서도 입을 수 있고, 입고 나서 뒷정리도 민박집 딸이라면 식은 죽 먹기겠지. 가요는 어젯밤 열린 여름 축제에 그걸 입고 갔어. 시각은 대략 8시. 기뻤겠지."

"가요 양이 여름 축제에? 그걸 어떻게 알 수 있는 건가요?"

"여름 축제가 열렸다는 건 아까 사토시한테 들었다. 가요가 간 걸 어떻게 아느냐 하면, 봤거든, 누가 나가는 걸. 어젯밤 8시 전에. 게다가 보아하니 가요는 괴담을 이야기하는 자리에 없었던 것 같더라만."

아침에 가요는 목매단 사람 이야기를 한 리에를 비난했다. 같이 괴담을 이야기했다면 오늘 아침에 와서 그런 말을 할 리 없다. 게다가 사토시도 그 자리에 여자가 셋 있었다고 말했다. 사토시다운 표현으로 양손에 꽃 하고도 한 송이 남는다고.

"그런데 가요가 축제를 즐기는 사이에 불행한 사태가 벌어진 거야."

지탄다가 숨을 삼켰다.

"비가 왔군요."

"그래. 땅이 젖은 정도로 보건대 비는 금세 그친 것 같다만, 유카타는 젖었어. 그런데 그때 다음 날 계획이 생각났는지도 모르지. 불꽃놀이를 한다는 계획이. 리에는 틀림없이 유카타를 입고 불꽃놀이를 하고 싶어 할 테지. 어떻게든 내일까지 유카타를 말려야 해. 핏기가 가셨을 거다.

그렇지만 가족들이 생활하는 본관 1층에 널면 언제 누구한테 들킬지 몰라. 별관은 논외고. 건조기가 설사 있다 해도 밤중엔 쓸 수 없지. 그래서 가요는 다들 잠들길 기다려 본관 2층에 널었어. 그것도 제일 안쪽 방에.

그런데 가요의 불행은 그걸로 끝이 아니었어. 열린 창문으로 달빛이 비쳐 들어 너희한테 목매단 사람 그림자를 보여 줬어. 서쪽에서 달빛이 비쳤으니 시각은 자정 이후. 아마 3시나 4시쯤.

그리고 마지막 불행은 우리가 목매단 사람 그림자에 관해 조사했다는 거야. 아까 점심 식사 때, 그 애들은 금세 방에서 나갔지. 리에는 유카타를 자랑하려고 그런 거지만, 가요는…… 바늘방석에 앉은 기분 아니었을까."

거기까지 단숨에 이야기하고 다시 걸음을 뗐다. 가요가 나를 보고 주춤한 것도 그게 원인일지 모른다. 정말로 무서워했을 수도 있지만.

"유카타는 아침에 있던 자리에 돌려놨어. 아침 일찍…… 정확한 시각은 라디오 방송 예정을 보면 알 수 있을 거다. 가요는 라디오 체조에 꼬박꼬박 나가니까. 그 전에 돌려놓을 수 있었겠지."

"……."

"이바라한테는 비밀로 할 생각이다. 만에 하나 리에에게 이야기가 새어 나갔다간 가요한테 미안하니 말이지. 이것저것 사정도 있을 테고."

지탄다는 아무 말도 하지 않고 그저 고개를 수그린 채 따라왔다.

완만한 비탈길에서 이윽고 지탄다는 얼굴을 들지 않은 채 나지막이 중얼거렸다.

"그럼…… 그 애들은 사이가 좋지 않다는 뜻이 돼요."

생각도 해 보지 않은 말이었다. 지탄다는 당혹하는 나를 아랑곳하지 않았다.

"유카타도 빌리지 못하는 자매간이라니, 도저히 허물없는 관계라곤 할 수 없죠."

그렇게 말하고는 내게 미소를 지었다. 입가는 누그러져 있는데도 어쩐지 표정이 슬퍼 보인다는 생각이 들었다. 지탄다에게 그런 인상을 받는 것은 그때가 처음이 아니었다.

가까스로 말했다.

"형제란 게 원래 그런 거 아니겠냐. 나도 누나한테……."

"전……."

지탄다의 귀에는 내 말이 들리지 않는 듯했다. 완전한 독백이었다.

"형제가 갖고 싶었어요. 존경할 수 있는 언니 아니면 귀여운 남동생이."

우리는 유카타 차림으로 걸어갔다. 여름은 아직 끝나지 않았다. 눈앞의 푸른 하늘에는 뭉게뭉게 떠 있는 적란운. 그게 갑자기 뻔하게 느껴져 싫었다.

세이잔소가 보이는 데에 이르러 비로소 지탄다가 뒷말을 이었다.

"그렇지만 저도 분명히 알고 있었을 거예요. 목매단 사람 그림자는 유령이 아니에요. 그리고 세상 모든 형제자매가 진심으로 서로 즐겁게 지낼 수 있느냐고 하면……."

그다음 말은 듣고 싶지 않았다. 다행히 지탄다도 말하지 않았다.

짙은 녹음 속, 완만한 비탈길을 천천히 올라간다. 나는 처음부터 알고 있었다. 지탄다가 말하는 형제자매가 유령 같다는 것을. 가까이 다가갔다간 마른 참억새임을 알게 된다는 것을 알고 있었건만.

더위가 스며들어 갓 목욕한 몸에 순식간에 땀이 솟는다. 비탈 위에 누가 있다. 가까이 다가가는 우리를 향해 리에가 비탈 위에서 있는 힘껏 손을 흔들고 있었다.

004

있는 자는 기억이

1

어느 날 내가 마이크를 들고 오늘은 날씨가 청명하다고 말했다 치자. 그것을 들은 상대방은 이렇게 생각할 것이다. 오레키 호타로 군은 마이크 테스트를 하는구나, 하고. 하지만 또 다른 사람은 이렇게 생각할지 모른다. 오레키 호타로 군은 오늘은 날씨가 맑다고 널리 주장하는구나, 하고. 어느 쪽이나 참으로 사리에 맞는 타당한 지론이나, 추론과 사실이 일치하는지 아닌지는 순전히 재수에 달렸다. 양자가 일치할 확률을 높이려면 최대한 상세한 데이터를 얻어야 하는데, 그런 데이터가 항상 눈앞에 뒹굴고 있기를 기대할 수는 없으리라. 게다가 세밀한 데이터를 입수해 봤자 확률이 높아지는 것뿐이라는 말도 가능하다.

십일월 첫날. 동아리실에는 나와 지탄다, 이렇게 둘밖에 없었다. 세간은 방화, 절도, 가짜 만 엔짜리 지폐, 청탁 살인 등 흉흉한 사건들이 줄을 짓는데, 그런 것과는 관계없이 게으르게 흘러가는 가을 방과 후다. 에너지 절약주의를 지향하는 내가 어울리지 않게 그런 말을 분연히 주워섬긴 것은, 지탄다 에루가 '빙과' 사건에서 내가 한 역할을 이제 와서 묘하게 칭찬했기 때문이다.

지탄다는 당치 않게도 내게 일종의 영감이라도 있는 것처럼 말했다. 업신여김은 웃으며 넘길 수 있지만, 높이 평가하는 것은 가만히 들어 넘길 수 없다. 나는 한마디 더 덧붙였다.

"그러니까 날 운 좋은 녀석이라고 하는 건 상관없지만, 대단한 녀석이라고 하는 건 안 했으면 좋겠다."

온후독실하기 그지없는 내가 웬일로 목소리 톤을 높였으니 지탄다는 얼떨떨한 듯 눈이 둥그레졌다. 그런데 이 녀석은 이윽고 납득한 것처럼 고개를 끄덕이고 미소를 짓지 뭔가.

"겸손하시네요, 오레키 씨."

아이구야, 남의 말을 전혀 못 알아듣는다.

가미야마 고등학교에 입학한 지 대략 반년. 지탄다의 호기심은 언뜻 보면 전혀 이상할 것 없는 광경에서 예리하게 이상을 발견하곤 했다. 이상의 이유를 지탄다가 알아내는 과정에 내가 관여한 적이 있었다는 것은 사실이다. '빙과' 사건에서도 '여제' 사건에서도 내가 한 일이 없다고 말한다면 그건 거짓말이다. 그 점은 나도 인정한다. 지탄다는 모르지만, '십문자' 사건에서도 나는 은밀히 꼼수를 썼다.

하지만 이 기회에 확실하게 박아 두는 게 좋을 것 같다.

"지탄다, 옛날 사람들이 제법 좋은 말을 했는데 말이다."

"……뭔데요?"

"'억지 논리와 고약은 안 갖다 붙는 데가 없다'. 고약이 어쩌다가 딱 좋게 붙었어도 그런 건 내 알 바 아니야."

나는 진지하게 한 말이건만 지탄다는 어째선지 기품 있게 손으로 입을 가리고 후후 웃었다. 울컥한 내게 이렇게 말한다.

"오레키 씨는 가끔 잘 안 쓰는 말을 하시더라고요."

……그런가. 자각은 없다만.

아니, 문제는 그게 아니라, 하고 반론하기 전에 지탄다가 아직 웃음기가 남은 얼굴로 말을 이었다.

"오레키 씨가 어째서 그렇게까지 말씀하시는지 잘 모르겠지만……. 알겠어요. 오레키 씨가 사실을 맞힐 때가 많은 건 유능해서가 아니라 운이 좋았기 때문이라고 쳐요.

하지만 추론…… 고약을 붙이는 건가요, 그게 가능하다는 건 그것만으로 하나의 재능이라고 생각하지 않으세요? 뿌린 씨가 열매를 맺는지 아닌지는 운이라 해도 씨 뿌리는 걸 못 한다면 아예 말이 안 되니까요."

나는 팔짱을 끼고 신음했다. 과연 일리 있는 말이다.

아니, 잠깐, 그렇게 간단히 지탄다의 주장을 인정할 수는 없는 노릇이다.

"내가 고약 붙이기의 달인이라고?"

"아닌가요?"

부드럽게 웃는 지탄다에게 나도 최대한 여유 있는 웃음을 지어 보였다.

"아니지. 도통 논리를 알 수 없는 일투성이인데."

즉각 반격이 돌아왔다.

"그건 평소 오레키 씨가 이유를 생각하지 않으셔서 그렇죠."

맞는 말이다만…… 타인에게 새삼스레 지적을 받으니 조금 슬프지 않은 것도 아니다.

그래도 나는 단호히 가슴을 폈다.

"그럼 지탄다, 상황을 하나 제시해 봐라. 그렇게 간단히 논리를 갖다 붙일 수 없다는 걸 증명해 주마."

상대가 누가 됐건 내 쪽에서 먼저 승부를 제안하다니 평소 절대로 없는 일이다. 하지만 이것만은 물러설 수 없다. 인생 설계가 걸린 문제다.

지탄다의 커다란 눈동자가 더 커진 듯 보였다. 이제까지 형성되어 온 지탄다관觀에 따르면, 상황을 즐긴다기보다 호기심이 자극되어 내가 제안한 게임에 마음이 동한 것이리라. 그럴 줄 알았다.

"재미있네요. 그럼…… 어떻게 할까요."

눈동자가 적당한 문제를 찾듯 허공을 헤맸다. 그때.

교실 칠판 위에 붙은 교내 방송 스피커에서 지지직 잡음이 나왔다. 나와 지탄다의 시선이 동시에 그쪽을 향했다.

아무런 서두도 없이 방송이 나왔다.

'10월 31일, 역 앞 고분도에서 물건을 산 기억이 있는 자는 지금 즉시 교무실 시바자키한테 와라.'

다소 빠른 말투로 그 말만 하고는 미련 없이 뚝 끊어졌다.

스피커에서 시선을 되돌리는 것도 둘 다 동시였다.

"뭐였을까요?"

"글쎄다."

지탄다가 입가를 누그러뜨리고 고개를 살짝 갸웃하는 것을 알아차렸다. 어째 기뻐 보인다는 생각이 들면서 문득 녀석이 그다음 할 말이 짐작되었다. 예상은 어긋나지 않았다. 지탄다는 들뜬 목소리로 말했다.

"방금 나온 방송으로 해요. 방금 방송이 어떤 의미였는지 추론해 주세요."

흠.

배 내밀고 버티고 앉아 고개를 끄덕인다.

"그래, 도전을 받아들여 주지."

어디 본때를 보여 주마!

2

“잊어버리기 전에 방송 내용을 메모해 놓자.”

내가 그렇게 말했을 때, 지탄다는 이미 자신의 손가방에서 노트를 꺼내고 있었다. 만년필 같은 디자인의 볼펜을 꺼내고 새 페이지를 편다.

10월 31일, 역 앞 고분도에서 물건을 산 기억이 있는 자는 지금 즉시 교무실 시바자키한테 와라.

지탄다의 기억력은 엄청나다. 십중팔구 토씨 하나 틀리지 않을 것이다. 펜글씨 교본 같은 유려한 글씨체로 끝까지 쓰고

펜을 내려놓는다. 나는 노트를 내려다보며 팔짱을 끼었다.

"일단 용어 확인부터 할까. 고분도라는 곳, 너는 아냐?"

지탄다는 고개를 끄덕했다.

"방송에선 역 앞이라고 하셨지만 역에서 좀 떨어져 있죠. 옛날부터 있던 작은 문방구예요. 연세가 많으신 부부가 경영하세요."

"들어가 본 적이 있어?"

"네, 한 번."

나는 어떤가 싶어 기억을 되살려 보는데, 그러고 보니 최근 문방구라는 곳에 간 기억이 없다. 문구 용품은 요즘 세상에 서점이나 편의점에서 간단히 살 수 있기 때문이다. 그런데도 문방구로 영업을 한다는 말은…….

"뭐 특별한 상품이라도 취급하냐? 비싼 연필이라든지, 이바라가 만화 그릴 때 쓰는 묘한 시트라든지."

"스크린 톤 말씀이죠? ……아뇨, 정말 작은 점포고, 그렇게 특이한 건 없었다고 생각해요. 근처에 기타 초등학교가 있으니까, 초등학생이 평소 사용하는 물건들을 구비한 곳이겠죠."

그래, 그렇다는 말이지.

노트에 적힌 말을 다시 한번 보았다.

"시바자키는 교원이고?"

지탄다가 웃으며 말했다.

"오레키 씨, 사람 이름 잘 기억 못 하시던가요? 시바자키 선생님은 교감 선생님 중 한 분이에요."

그러고 보니 개학식 같은 때 이름을 들은 것도 같다. 교감은 머리숱이 적은 쪽과 백발이 풍성한 쪽, 이렇게 둘인데, 그중 어느 쪽이 시바자키인지는 이 경우 상관없으리라.

자, 이제 뜻이 명확지 않은 단어는 없을 것이다. 나는 '안 해도 되는 일은 안 한다. 해야 하는 일은 간략하게'가 부동의 좌우명인 사람이지만, 이것은 중대한 승부다. 조금은 성의를 보여야 할 것이다.

대략 십 초쯤 노트를 쳐다보고 있었을까. 나는 천천히 말문을 뗐다.

"먼저……."

"먼저?"

"시바자키 교감은 학생을 호출하려 한다는 걸 알 수 있어."

지탄다가 억지웃음을 지었다. 시시한 농담에 하는 수 없이 웃어 주는 것처럼.

"네, 그건 저도 알겠어요."

어째 인내심이 엿보이는 말투였던지라 변명해 두었다.

"어쨌거나 승부니 말이다. 신중하게 해야지."

이어서.

"호출당한 학생을 편의상 X라 부르자."

"……본격적이네요."

"X가 복수인지, 아니면 단수인지는 현 시점에선 알 수 없다."

복수라면 '기억이 있는 자는 전원'이라든지 '기억이 있는 자들은'이라고 했을지도 모르지만, 그것만으로 판단하기는 다소 약하다.

하지만 다음 추측은 의심할 여지가 없다.

"시바자키는 X에 대해 교육적 지도를 하려고 해. 쉽게 말하면 야단치려고 해."

그 말을 듣고 지탄다는 고개를 갸웃하며 노트를 찬찬히 보더니 얼굴을 들고 또다시 고개를 갸웃했다.

"그걸 어떻게 알 수 있는 거죠?"

나는 자신 있게 대답했다.

"학생이 교무실로 불려 가면 좋은 일 없더라 하는 귀납적 추리에 의해."

"오레키 씨…… 진지하게 하시는 거 맞아요?"

"이렇게 진지한 건 입학 이후 처음이다. 어쩌면 내 평생 최고로 진지한 걸 수도 있어."

지탄다가 조용해졌기에 한마디 덧붙였다.

"게다가 칭찬할 일이라면 '고분도에서 물건을 산 기억이 있는 자'라고 좋다는 건지 나쁘다는 건지 알 수 없는 식으로 말하지 말고 똑똑히 말하면 될 거 아니냐. 내가 아니라도 교무실에서 오라는데 기분 좋을 학생은 별로 없을 거다. 저런 식으로 호출하면 짚이는 데가 있는 녀석은 불안해서 나서지 않아."

"그건 그럴 수도 있겠네요."

납득했냐. 방금 한 말은 반 이상 농담이었다만.

다음으로 넘어가자.

첫머리부터 차례대로 말을 따라가 본다.

"……굳이 '역 앞 고분도'라고 말했다는 건 고분도가 잘 안 알려진 가게라는 걸 가리켜."

"오레키 씨는 실제로 모르셨죠."

"하지만 X는 고분도를 알고 있을 텐데. 일부러 '역 앞'을 붙일 필요는 없지."

그런데 지탄다가 바로 말했다.

"아뇨, 가미야마 시에 고분도는 제가 아는 것만 해도 세 곳

있어요. 역 앞에 있는 공교할 교巧 분도文堂 외에, 가미야마 상업 고등학교 근처에 널리 듣는 당廣聞堂이라고 쓰는 불교 용품점이, 국도 변에 빛나는 책 당光文堂이라고 쓰는 서점이 있어요."

그렇습니까.

또 뭐가 있을까 생각하며 팔짱 낀 품에 턱을 파묻듯 하고 노트에 쓴 말을 유심히 바라보았다. 목구멍에 으으음, 하는 신음 소리가 걸렸다.

평소 교내 방송은 어땠던가? 호출하는 상대방의 이름을 명언하는 것은 당연하다 치고, 그 밖에 다른 점은? 거기까지 생각했을 때 번득 스친 게 있었다.

"이 호출은 시급을 다투는 용건이야. 그 때문에 시바자키가 허둥대고 있어."

지탄다는 볼펜으로 '지금 즉시'라는 부분을 가리켰다.

"'지금 즉시'라고 하니까요."

"아니, 호출은 대부분 '지금 즉시'이게 마련이지. 그게 아니야."

어리둥절한 얼굴을 향해 말했다.

"교내 방송에 표준적인 방식이란 게 있을 거 아니냐. 그런데 이 방송은 그런 방식에서 벗어났어. 그래서 허둥댔다는 걸 알 수 있는 거다."

"예에."

"가령 네가 나한테 1학년 A반 교실로 오라고 방송한다면 뭐라고 말하겠냐?"

지탄다는 잠깐 생각했다가 입에 손을 갖다 대고 헛기침을 한 번 했다.

"글쎄요, 아마 이렇겠죠. '1학년 B반 오레키 호타로 씨, 1학년 A반 교실에 있는 지탄다 에루에게 와 주세요'."

"그게 다냐? 오늘은 아까 그거 말고 다른 방송은 없었냐? 있었으면 그걸 떠올려 봐라."

지탄다는 입술을 꾹 다물고 생각했다. 연신 고개를 갸웃하는 것을 보면 바로 알아차려 줄 것 같지 않다. 굳이 애태울 필요도 없나 싶어 밝혔다.

"나 같으면 이렇게 말할 거다. '1학년 A반 지탄다 에루, 1학년 B반 교실의 오레키 호타로한테 와라……'."

"뭐가 다른 건가요?"

"'반복한다. 1학년 A반 지탄다 에루, 1학년 B반 교실의 오레키 호타로한테 와라'."

지탄다의 입에서 "아" 소리가 흘러 나왔다.

"교내 방송만이 아니야. 보통 이런 고지 방송은 두 번 반복

한다. 한 번만 하면 못 듣고 놓치는 경우가 많아서겠지. 그런데 이 방송은 한 번밖에 안 했어. 평소 방식에서 벗어난 건 그만큼 허둥댔기 때문이라고 생각할 수 있어."

지탄다는 납득했다는 듯 고개를 크게 끄덕였다.

방송한 사람이 허둥대고 있었다는 관점을 얻은 나는 도미노처럼 잇따라 기묘한 점을 깨달았다. 그것이 의미하는 바를 검토하지도 않고 여세를 몰아 말을 이었다.

"그것도 여간 허둥댄 게 아니야. 이 방송은 긴급을 요했을 거다."

"그건 왜요?"

문득 보니 나와 지탄다는 노트를 사이에 두고 둘 다 상체를 너무 많이 내밀고 있었다. 커다란 눈동자가 가까운 거리에 있는 것을 깨닫고 몸을 뒤로 뺐다. 마음을 진정시켰다.

"방송을 한 게 방과 후였으니까."

지탄다는 몸을 앞으로 내민 채 불만스레 입술을 삐죽했다.

"중간 과정을 생략하지 마세요."

"생략! 이 얼마나 감미로운 말인가……."

"오레키 씨."

우, 안 되겠다. 지탄다가 눈을 위로 떴다.

중간 과정을 생략한 게 아니라, 결론을 먼저 말해 놓지 않으면 떠오른 생각을 잊어버릴 것 같아서 그렇게 말한 건데. 해명하기보다 그냥 설명하는 게 나을 것 같다. 조금 전 지탄다를 흉내 내 헛기침했다.

"그렇지 않겠냐? 방과 후에 호출 방송을 하면 아무래도 효율이 좋을 수 없어. 아닌 게 아니라 가미야마 고등학교는 특별 활동이 활발하다만, 그렇다고 학생 전원이 방과 후에도 남아서 열심히 특별 활동을 하는 건 아니지. 꾸물대지 않고 집에 가는 녀석들도 많을 거다. 원래 호출 방송은 학생이 전원 있으리라고 여겨지는 시간, 예컨대 쉬는 시간이나 홈룸 전후에 해야 하는 게 아니겠냐? 그런데도 방과 후에 했다는 건……."

나는 거기서 말을 중단하고 잠시 생각했다.

"……먼저 호출 이유가 방과 후에 발생했기 때문에. 그리고 그 이유란 게 내일 아침까지 기다릴 수 없을 만큼 시급을 다투는 문제였기 때문에. 부풀려서 말하자면 시바자키는, X가 하교했을 수도 있지만 혹시 안 했을 가능성에 걸고 방송했다는 뜻이야."

표정이 굳는 것을 스스로 알 수 있었다. 지탄다도 게임을 즐기는 미소는 어느새 사라지고 진지한 눈빛이었다.

지탄다는 목소리를 약간 낮추었다.

"오레키 씨…… 어쩐지 연초 냄새가 나지 않으세요?"

연초?

"……지탄다, 그럴 땐 화약 냄새가 난다고 하는 거다."

"네? 연초는 안 되나요?"

"맘대로 바꾸면 국어 심의회에 야단맞는다."

사토시풍으로 농담하며 웃지만, 실은 나도 지탄다와 같은 생각을 하고 있었다. 이야기가 심상치 않은 방향으로 가고 있다.

그것을 알아차리고 나면 이상한 점이 또 하나 보인다.

"다음 추측. 시바자키가 X에게 할 이야기는 공공연히 할 게 못 돼. 현 시점에서 그렇다는 건지, 영구적으로 그런 건지는 알 수 없고."

"무슨 용건으로 호출하는지 X씨에게 말하지 않았기 때문인가요?"

그래, 그런 식으로 생각할 수도 있나.

그렇지만 그 점은 못 알아차렸다는 말은 하지 않고 허세를 부린다.

"그것도 있다만, 더 명확하게 드러나는 게 있어."

지탄다는 그렇게 하면 모든 의문이 풀릴 것이라는 양 날카로운 눈빛으로 노트를 노려보았다. 이바라와 달리 원래 표정이 온화한 터라 박력은 별로 없지만 종이를 꿰뚫을 듯한 기세다. 나는 거기에 찬물을 끼얹었다.

"그 말을 보고 알아낸 게 아니야. 아니, 그런 것도 같고, 아닌 것도 같고."

"무슨 말씀인지 모르겠어요."

지탄다가 얼굴을 들었다. 나는 고개를 끄덕였다.

"시바자키는 교감 아니냐. ……전국 방방곡곡 어느 고등학교에서나 그럴 거라고 생각한다만, 학생을 야단치는 건 가미야마 고등학교에서도 학생 지도부의 역할이야."

"그렇죠. 모리시타 선생님이 종종 학생을 호출하세요."

"학생 지도부엔 학생 지도실이 있었던 것 같다만……."

"일반동 2층에 있어요."

대답이 바로바로 돌아오는 것은 이야기를 재촉하는 것이리라. 그에 휘말려 말이 빨라졌다.

"그런데 X를 불러낸 사람은 교감인 시바자키고, 교무실로 호출했어. 월권행위 아니냐. 학생 지도부가 아니라 학교의 관리직이라 할 교감이 직접 나서서 학생을 호출한다. 이건 사태가 중대하다는 걸 가리키고, 또 관리직 차원에서 정보를 비밀로 하고 있다는 걸 의미해."

그렇게 말 못 할 것도 없다. 속으로 그렇게 덧붙였다. 학생

지도부 교원이 전부 식중독으로 쓰러졌을 가능성도 있지만, 그런 특수한 사례까지 일일이 챙길 수 없다. 이야기에 관련된 모든 사람이 보통 생각할 수 없는 우연 혹은 유별난 충동의 포로가 될 가능성을 배제하지 않으면, 실은 우주인 운운하는 설마저 성립된다. 전원이 그럭저럭 보통이었다고 생각하는 게 타당할 것이다.

여기서 일단 입을 다물었다.

침묵이 흐르는 동안, 지탄다는 지금까지 한 이야기를 되새기듯 몇 차례 고개를 끄덕였다. 그러고는 그것이 끝나자 내게 시선을 똑바로 맞추었다.

지탄다는 조금 낮은 목소리로 중얼거렸다.

"지금까지의 오레키 씨 추론을 정리하면 제 생각엔 X씨가 별로 좋지 못한 일에 연루된 것 같은데요……."

"연루된 것 같기는. 명확히 그렇게 말하는 거나 다름없잖냐."

"그럼……."

나는 고개를 끄덕였다.

"지금까지의 추론으로 도출되는 결론. ……X는 범죄에 연루됐다."

3

X는 범죄에 연루됐다.

내가 한 말이지만 하도 현실감이 희박해 실소가 나왔다. 덕분에 냉정함을 되찾았다.

그래, 나는 지금 지탄다와 게임을 하는 것뿐이다. 꼭 사실일 필요는 없거니와, 도대체가 나는 내 추론이 그렇게 간단히 사실과 일치할 리 없다고 생각하지 않았나. 편하게 하자.

내 표정이 누그러진 것을 봤는지 지탄다도 어깨에서 힘이 빠진 듯했다. 어쩐지 긴장이 풀린 목소리로 말한다.

"그럼 그 범죄란 게 뭘까요?"

나는 그런 지탄다를 손으로 가로막았다.

"그 전에 추가할 추론이 있어. 만약 지금까지의 추론이 타당하다면 지금 이 학교엔 경찰 내지 그에 준하는 기관의 인간이 와 있을 가능성이 높아."

"경찰에 준하는 기관이라고요?"

"이거저거 있잖냐. 지검 특수부라든지 국세 조사관이라든지. 그런 인간이 지금 와 있을 가능성은 아까 잠깐 언급한 점에서 알 수 있다 싶은데…… 무슨 말인지 알겠냐?"

잠시 시선을 떨어뜨리고 꼼짝하지 않던 지탄다는 이윽고 포기한 것처럼 고개를 좌우로 흔들었다. 나는 그 모습을 보고 가볍게 고개를 끄덕였다.

"방과 후에 방송으로 호출했다는 문제 말이야. 귀가한 학생도 적지 않은 방과 후에 방송으로 호출한다는 건 매우 불합리한 일이지. 그런데도 방송했다는 건, 아까도 말했지만 그 이유가 방과 후에 발생했기 때문이거든."

팔짱을 풀고 노트에 적힌 글귀를 손가락으로 가리켰다.

"그렇지만 범죄가 발생했다면 그건 여기 있는 10월 31일이었을 거다. 그런데 방송은 방금 전, 돌발적으로, 그것도 허둥지둥했단 말이지. 그건 그 직전에 수사 당국의 의뢰가 있었기 때문이라고 볼 수 있어."

"전화 의뢰였을 수도 있잖아요."

"그럴 수도 있지만, 필요할 경우 수사 당국에서 X의 신병을 확보할 테지. 그러려면 수사 당국 인간이 직접 와 있는 편이 나아."

"확보……."

그렇게 중얼거리는 지탄다의 표정은 어딘지 모르게 염려스러워 보였다. 바로 조금 전 흥분을 가라앉히고 얼마 되지도 않았는데, 벌써 사태에 감정 이입하는 건가. 이 녀석 같으면 무리도 아니지만.

그 표정 그대로 지탄다가 물었다.

"그럼 오레키 씨는 X씨가 범죄에 주체적으로 관여했다고 생각하시나요?"

순간적으로 질문의 의도를 이해하지 못했다.

"주체적으로?"

"X씨는 범죄의 목격자나 피해자의 입장에서가 아니라 범인 쪽 인간으로 호출됐다고 생각하시느냐는 의미예요."

그렇군.

바로 대답했다.

"그래, 그렇게 생각한다."

"……."

"아니면 시바자키가 허둥댈 필요가 없지. 여유 있게 방송

할 수 있었을 거다. 안 그러냐?"

지탄다는 마지못해 고개를 끄덕였다.

자, 이다음부터가 핵심이다. 나와 지탄다의 시선이 조금 전 스피커를 올려다봤을 때처럼 동시에 노트를 향했다.

"그럼 그 범죄란 무엇인가."

"네."

"'10월 31일, 역 앞 고분도에서 물건을 산 기억이 있는' X는 대체 어떤 죄를 지을 수 있을까. 지탄다, 어때, 뭐 생각나는 거 없냐?"

지탄다는 입술에 검지를 갖다 대고 바로 대답했다.

"우선 생각나는 건, 조금 유감스러운 일이지만, 들치기죠."

누구에 대해 뭐가 유감스럽다는 건지 모르겠다.

"또…… 가능성이 있다는 의미에선, 전혀 다른 곳에서 일어난 범죄를 수사하던 중에 용의자분이 고분도에서 뭘 샀다는 증언을 얻었을 수도 있지 않을까요? 그 경우 범죄 내용은…… 어떤 것이든 다 가능하겠네요."

흠. 즉석에서 나온 대답치고는 재미있다.

그렇지만 나는 고개를 내저었다.

"들치기야 그렇다 치고 후자는 아니지, 지탄다."

"왜요?"

"그 경우, 수사 당국은 X의 인상착의를 알고 있다는 뜻이 돼. 그런데 시바자키가 '고분도에서 물건을 산 기억이 있는 자'라고 하는 건 이상하지. 사건은 고분도에서 발생했고, X가 표면적으로 취한 행동은 물건을 사는 거였다고 생각해야 해……."

그렇게 말하는데 문득 께름한 기분이 들었다.

께름함의 정체를 밝혀내려고 별안간 입을 다물었다. 그것을 눈치챘는지 지탄다도 잠자코 기다려 주었다.

그렇다면 그 방송은 일종의 자수 권고였나? 아니, 그건 이상하다.

"추론. 수사 당국은 X가 어떤 인간인지 몰라."

"네, 방금 오레키 씨가 하신 말씀은 그런 의미죠."

"하지만 방송을 하면 바로 올 거라고 생각하고 있어."

그래. 그 부분이 이상하다.

내가 죄를 지었다면 그런 방송이 나올 경우 이렇게 생각할 것이다. '수사 당국은 아직 내가 한 짓이라는 걸 모르는구나. 이거 잘하면 끝까지 안 붙들릴 수도 있겠는걸.' 순순히 시바자키에게 갈 리 없다.

방송을 듣고 올 것이 왔다며 순순히 출두한다면 대체 어떤 상황일까.

가볍게 머리를 긁적이고, 턱을 괴고, 노트를 내려다본다.

죄를 인정한다면 이미 출두도 했을 것이다. 하지만 그 경우 X는 그 시점에서 체포된다. 오늘 이렇게 방송이 나올 리 없다. 그렇다면?

"……우."

신음이 흘러나왔다.

"어때요, 오레키 씨?"

그 말에는 대답하지 않고 손목시계를 보았다. 내 손목시계는 아날로그 표시와 디지털 표시를 겸하고 달력 기능도 갖춘, 요즘 세상에 드물 것도 없는 성능 좋은 시계다.

"흠."

"……왜요?"

"X가 지은 죄의 종류는 일단 넘어가자. 그렇지만 X는 자기가 한 일을 후회하고 있어. 그리고 고분도에 사죄했어. 서면으로."

갑작스러운 비약에 지탄다의 눈이 동그래졌다. 목소리가 높아졌다.

"그, 그건 어째서죠? 정말로 아까 그 방송에서 알 수 있는 건가요?"

질문에 질문으로 답했다.

"지탄다, 오늘은 몇 월 며칠이지?"

뜻하지 않은 말에 당황한 듯했으나 지탄다는 주저하지 않았다.

"11월 1일이에요."

그렇다. 오늘이 11월 첫날이라는 의식은 내게도 있었다. 손목시계를 본 것은 단순한 확인이다.

나는 노트에 적힌 어떤 단어를 가리켰다.

"'10월 31일'은 어제 아니냐."

그런데 지탄다는 고개를 갸웃했다.

"네, 그런데요……?"

"알고 있었냐? 솔직히 난 지금까지 몰랐거든. 하지만 알고 있었다면 이상하지 않았어? 왜 시바자키는 '어제 역 앞 고분도에서'라고 안 한 거지?"

지탄다는 흠칫해서 숨을 들이마셨다.

"그러고 보니 그러네요. 확실히 부자연스러워요."

"어떤 때 '어제'가 아니라 '10월 31일'이라고 하겠냐? 나라면 눈앞에 원고가 있을 때라고 대답할 거다. 준비된 글에 '10월 31일'이라고 씌어 있어서 그대로 읽었을 때야.

그럼 원고란? 어째서 수사 당국은 X가 범죄에 연루된 걸 알면서 인상착의를 모르는 거지? 또 어째서 호출하면 X가 나타날 거라고 생각하는 거지? 바꿔 말하면, 어째서 X가 죄를 뉘우치고 있다고 생각했지?"

잠시 숨을 돌린다. 충분히 뜸을 들였다가…….

"X가 고분도에 사죄문을 보냈기 때문이야. 대충 이런 식 아니었겠냐? '이것 참 미안하게 됐다. 10월 31일에 물건을 산 사람인데 내가 불법 행위를 했지 뭐냐.' 아니, 사과만 하면 된다고 생각하면 고등학생으로서 미흡하지. 이어서 이렇게 썼을지도 몰라. '따라서 손해를 배상하겠으니 이걸 받아 달라.'

고분도는 사죄문을 경찰로 들고 가. 경찰은, 또는 해당되는 수사 당국은 사죄문을 보고 가미야마 고등학교로 와. 이게 방금 전 있었던 일. 사죄문을 읽은 시바자키는 화들짝 놀라 허둥지둥 교내 방송을 해. 사죄문을 보면서. '10월 31일, 역 앞 고분도에서 물건을 산 기억이 있는 자는'……."

"잠깐만요."

날카로운 목소리가 날아들었다.

"그렇게 되면 X씨는 고분도에 사과할 마음은 있어도 되도록 경찰 신세는 지고 싶지 않은 게 아닌가요?"

사죄문을 보내는 것은 반성의 뜻을 전달할 뿐 아니라 사건을 원만하게 처리하려는 뜻도 있을 것이다. 나는 고개를 끄덕였다.

"그럼 자신이 가미야마 고등학교 학생이란 말은 쓰지 않았을 거예요. 그런데 경찰분이 가미야마 고등학교라고 단정할 수 있었단 건 이상해요. 반면, 만약 어느 학교인지 몰라서 시내 모든 고등학교에 같은 요청을 했다면 시바자키 선생님은 당황하지 않으셨을 테죠. X씨가 다른 학교 학생일 가능성이 있다면 마음이 훨씬 편하지 않으시겠어요?"

그래, 말 된다. 잠시 생각해 보았다.

"그럼 사죄문을 받은 고분도 주인이, 경찰한테 짚이는 데가 없느냐는 질문을 받고 대답했나 보지. 사죄문을 보낸 사람은 십중팔구 가미야마 고등학교 학생이라고."

"……그런 게 가능할까요?"

"X가 교복을 입고 있었다면 학교는 알 수 있어. 편의점에서 대부분의 문구를 살 수 있는 세상에 문방구에 손님이 들끓을 것 같진 않지. 게다가 X가 눈에 띄는 행동이라도 했다면 기억에 남았어도 이상할 것 없다."

"눈에 띄는 행동이라니요?"

나는 힘주어 입을 다물었다.

분명 바로 그것이 X가 지은 죄가 무엇인지 추론하는 열쇠가 될 것이다. 정리하는 의미에서도 머릿속에 떠오르는 생각을 일일이 입 밖에 냈다.

"X는 눈에 띄는 행동을 했다. 그렇지만 그 자체는 범죄가 아니다. X는 죄를 지었다. 그렇지만 사죄문이 없었으면 바로 발각되지 않았을 종류의 범죄였다. X는 죄를 뉘우쳤다. 뉘우칠 만한 범죄였다. X의 범죄는 수사 기관이 바로 행동에 나설 정도의 것이다. X가 한 일은……."

지탄다를 얼핏 보았다. 하얀 목이 움직인 것은 지탄다가 침을 꿀꺽 삼켰기 때문인가.

나는 말했다.

"……적어도 들치기 수준은 아니지."

"네. 그럼?"

뒷말을 재촉한다.

시선을 지탄다의 목에서 노트로 옮겼다. '10월 31일, 역 앞 고분도에서 물건을 산 기억이 있는 자는'.

X는 물건을 샀다. 매매가 성립됐다는 뜻이다.

물건을 사는데 눈에 띈다. 물건을 사는데 법을 어긴다.

고분도는 초등학생이 대상인 문방구라고 했다. 값나가는 물건이 있을 것 같지 않다.

그러고 보니 신문에 여전히 흉흉한 기사가 줄을 짓고 있었다. 방화, 절도, 청탁 살인, 그리고?

나는 한숨을 쉬었다.

"하여간."

"하여간?"

초등학생이 대상인 문방구에 한산한 시간에 고등학생 한 명이 들어온다. 묘하게 주뼛거리며 값싼 상품을 적당히 골라 카운터에 놓고 만 엔 지폐를 내놓으면 눈에 띌 것이다.

"X는 만 엔짜리 위조지폐로 물건을 산 거다."

4

"그렇지만……."

내 말을 듣고 말없이 꼼짝도 하지 않던 지탄다가 느닷없이 중얼거렸다. 그 한마디로 봇물이 터진 듯 단숨에 늘어놓는다.

"그렇지만, 아니, 그렇지만 말이죠. 그런 일은 있을 수 없어요. 현실적이지 않아요. 논리적이지 않아요. 파탄이에요. 카타스트로프예요!"

당장에라도 자리를 박차고 일어나 내 목을 조를 듯한 기세에 나도 모르게 의자까지 움직여 뒤로 물러났다. 날뛰는 말을 달래는 게 이런 느낌이겠지, 그런 바보 같은 생각을 하며 손짓으로 지탄다를 막았다.

"지, 지탄다, 진정해라. 아, 그래, 잊어버렸냐? 이건 게임이라고. 뭘 그렇게 정색하고……."

"그렇지만 있을 수 없는 일이라고요, 오레키 씨!"

우. '믿을 수 없다'가 아니라 '있을 수 없다'냐?

나는 눈을 가늘게 뜨고 물었다.

"있을 수 없다니?"

팔을 한껏 벌린 자세로 두 손으로 책상을 짚고 지탄다는, 팔을 내리고 자신의 몸짓을 창피하게 여기듯 고개를 돌려 나지막이 헛기침했다. 평소의 태도를 되찾고 말했다.

"최근 사용되고 있는 건 만 엔짜리 위조지폐예요. 오레키 씨도 그걸 아시니까 X씨가 만 엔짜리 위조지폐를 썼다고 하신 거죠?"

고개를 끄덕였다.

"그렇지만 고등학생인 X씨는 그런 걸 손에 넣을 수 없어요. 아니, 만약 손에 들어왔다 쳐도 교환할 기회를 얻을 수 있었을 거예요."

"……그게 무슨 말이냐?"

평소보다 다소 이해가 더뎠는지도 모른다. 나는 지탄다가 무엇을 문제시하는지 도통 알 수 없었다. 지탄다는 약간의 답

답함이 담긴 목소리로 이렇게 말했다.

"X씨가 학생 신분으로 직접 뭔가를 판매한 게 아니라면 어떻게 가짜 만 엔 지폐를 손에 넣을 수 있었을까요?"

별로 깊이 생각해 보지도 않고 대답했다.

"보통은 현금 인출기 아니겠냐."

"현금 인출기나 은행을 속일 수 있는 위조지폐는 그렇게 많지 않아요! 만약 그렇게까지 정교한 위조지폐라면 X씨가 알아차리는 게 이상하죠."

"그럼 거스름돈……."

말하다 말고 흠칫해서 입을 다물었다. 이 자리에 이바라가 없어서 다행이다. 있었다면 무슨 소리를 들었을지 모를 일이다. 지탄다는 이바라가 아닌 터라 내게 독설을 퍼붓는 대신 미소를 지었다.

"네, 그래요. 이제 이해하신 모양이네요. ……만 엔짜리 지폐는 거스름돈이 될 수 없어요. 기념주화를 제외하면 만 엔 지폐가 일본에서 가장 가치가 높은 돈이니까요."

그제야 나도 지탄다가 무엇을 문제시하는 건지 이해했다.

X가 위조 통화 행사 죄를 지었다 치자. 그 경우, X는 그 위조지폐를 어떻게 손에 넣었나. 위조지폐는 위조자에 의해 발생해 상점에서 사용된다. 상점으로 들어간 위조지폐는, 그게

만 엔짜리일 경우 손님의 손으로 넘어가지 않고, 혹여 상점들 사이를 도는 일이 있더라도 최종적으로는 은행으로 간다. 거기서 끝이다.

나는 미간에 주름을 잡고 몇 번 고개를 가볍게 끄덕였다.

"그래, 네가 무슨 말을 하려는 건지 알았다. 그러니까 가령 X의 아버지가 자영업자고 그쪽 경로로 위조지폐를 받아서 그걸 X한테 용돈으로 줬다 해도……."

지탄다는 만족스레 고개를 한 번 크게 끄덕했다.

"X씨는 아버지께 말씀드릴 수 있었을 거예요. 위조지폐니까 바꿔 달라고."

가미야마 고등학교는 아르바이트를 금지하고 있지만, 만약 아르바이트를 하고 받은 돈이라 해도 사정은 크게 다르지 않다. 급료가 은행으로 입금된다면 X에게 위조지폐가 넘어올 가능성은 없다. 현찰 지급이라면 교환을 요구할 수 있을 터다. 어지간히 악독한 고용주만 아니면 그런 요구를 묵살하지 않을 것이다. 상식을 뛰어넘는 악독 고용주 혹은 악독 아버지일 경우까지 챙길 수 없는 것은 조금 전 학생 지도부의 식중독과 마찬가지다.

그렇다면…….

"주웠다든지."

"주워요? 위조지폐가 길에 떨어져 있었다고요?"

"위조단이 처치 곤란해서 버렸다든지."

황당한 이야기다. 그것도 토대부터가 황당하다. 아무렴 어떠냐.

그러나 지탄다는 고개를 흔들었다.

"그것도 이상해요."

왜냐고 물으려다가 나도 이상하다는 것을 깨달았다.

X가 사죄문을 고분도에 가져간 것은, X가 정상적으로 등교했을 경우 어제 방과 후부터 오늘 학교가 시작되기 전까지다. 만약 등교하지 않았다면 어제 아침부터 오늘 방송이 나오기까지 X는 위조지폐를 쓰고 사죄문을 썼다는 뜻이 된다. 양자의 간격은 매우 짧다.

X는 처음부터 죄책감을 느끼면서 위조지폐를 사용했다. 아니면 그렇게 금방 자신의 행동을 뉘우치고 사과하지 않았을 것이다. 길에서 주운 위조지폐를 노부부가 경영하는 가게에서 사용해 용돈을 벌려 하는 인간이 할 법한 행동은 아니다.

"흐음, 위조지폐가 어디서 났느냐……."

"그걸 밝히지 않으면 오레키 씨의 추론도 사상누각이에요."

뭐냐, 남더러 잘 쓰지 않는 말을 쓴다고 하더니 자기도 마찬가지 아닌가.

그런 생각이 들어 히죽거리면서도 지탄다의 주장이 정당함을 인정하지 않을 수 없었다. 사소한 문제 같지만, 개미구멍 하나가 큰 제방을 무너뜨리는 법. X는 가짜 만 엔짜리를 어떤 경로로 손에 넣었는가, 또 그것을 사용한 이유는 무엇인가.

아니면 지탄다 말대로 지금까지 쌓아 올린 추론은 전부 파탄 나나?

막연히 중얼거렸다.

"만 엔이라."

결코 꿈 같은 거액은 아니다. 하지만 그냥 버리기에는 아까운 액수라는 것도 사실이다. ……그래, 선뜻 포기하기에는 미련이 남는 금액이다. 나는 팔짱을 끼었다.

"지탄다, 너 돈 좋아하냐?"

지탄다는 당혹해하면서 대답했다.

"……그렇죠, 싫어한다기보다는 좋아한다고 해야 될 거예요."

"만 엔을 시궁창에 버려도 아깝지 않다는 생각은……."

"안 하겠죠."

지탄다는 이 점이 중요하다는 듯 바짝 다가들어 조심스레 덧붙였다.

"……다만 그 만 엔이 부정한 돈이 아닐 경우에만요."

역시 부잣집 아가씨구나, 지탄다. 만 엔보다 더 적은 돈 때문에 살인이 벌어진 예도, 심지어 일본 국내로 한정해도 결코 드물지 않은데.

그렇지만 나도 말은 그렇게 해도 지탄다의 말을 모르는 것은 아니었다. '자기 돈'이라면 만 엔은 분명히 아깝다. 실수로 시궁창에 빠뜨렸다면 시궁창을 헤집을지도 모르는 일이다. 하지만 그게 '부정한 돈'이라면, 가령 주운 돈 내지 훔친 돈, 내기로 딴 돈이라면 어쩌면 어차피 쉽게 번 돈이라며 포기할지도 모른다. 악전은 오래가지 않는다는 말에는 그런 의미도 있을 것이다.

X가 강한 죄책감을 느끼면서도 위조지폐를 썼다면 이유는 하나밖에 없다. X는 '자신의' 만 엔을 날리고 싶지 않았다. 그렇다면 그 만 엔은 부정한 돈이 아니다. 하물며 X가 지폐를 위조한 범인이거나 위조단의 일원일 가능성은 없다. 그렇다면…….

흠, 하고 짤막하게 신음하고 말했다.

"그래도 역시 X는 위조지폐를 다른 사람한테 받았어."

노트를 보고 있던 지탄다가 얼굴을 들었다.

"게다가 정당한 돈으로 받았어. 급료도, 용돈도 아니라면 남은 가능성은 하나 아니겠냐. ……빌려 준 돈을 돌려받았을 경우. 빌려 줬던 만 엔을 돌려받았는데 그게 위조지폐면 X도 기운 빠지지. 내 피 같은 돈이, 싶기도 할 거다. 그래서 미안하게 생각하면서도 할아버지 할머니가 하는 가게에서 써 버릴 생각을 한들 그렇게 뭐라 할 순 없지 않겠냐."

거기까지 말하자, 지탄다는 주먹을 입 근처에 대고 잠시 생각하는 듯했다. 이윽고 주먹을 내리고 고개를 끄덕이려다가 갑자기 무슨 생각을 했는지 좌우로 흔들었다.

"아뇨, 그래도 역시 마찬가지예요. X씨는 위조지폐니까 다른 지폐로 바꿔 달라고 말할 수 있었을 거예요."

그 말에는 여유 있게 대답할 수 있었다.

"과연 그럴까? 위조지폐는 카드 뽑기 게임의 조커야. 다들 갖기 싫어하지. 그래, 이런 일이라면 충분히 가능하지 않겠냐?

'야, X, 저번에 빌렸던 돈 갚으마.'

'아, Y 선배, 안녕하세요. 죄송합니다. 나중에 주셔도 되는데요.'

'만 엔이었지? 자, 받아라.'

'고맙습니다. 또 이용해 주세요.'

그런데 받고 봤더니 아니, 이럴 수가, 위조지폐인 거지."

내 일인극에도 지탄다는 웃지 않았다. 멋쩍기 그지없지만 이야기를 계속했다.

"돈을 빌려 갔던 Y는 X보다 입장이 위인 인간인 거야. Y가 위조지폐로 돈을 갚아도 X는 이의를 제기할 수 없었다. 또는 X가 돈을 받고 나서 위조지폐란 사실을 알아차렸는데도 Y가 잡아뗐다. 이런 상황이라면 X는 위조지폐를 손에 넣을 수 있지 않겠냐?"

다리를 반대로 바꿔 꼬았다.

"X가 단수냐 복수냐 하는 문제가 남아 있었다만, 여기까지 오면 X는 십중팔구 단수라는 추론이 가능해. 값싼 물건을 파는 문방구인 고분도에, 만 엔짜리로 돈을 내는 고등학생이 두세 명 있으면 부자연스러울 테니 말이지."

지탄다는 입을 열려 하지 않았다. 내 이야기를 듣는지 아닌지도 의심스러울 지경이다.

이제 검토해야 할 점은 하나뿐인 듯했다.

"……그럼 Y는?

Y도 위조지폐를 갖고 있었어. 어쩌면 윗사람인 Z한테서 돌려받은 돈일지도 모르지. 하지만 위조지폐는 어느 지점에선가 위조한 인간, 상점, 은행이라는 본래의 유통 경로로 돌아가게 돼. Y 이후의 사람을 뭉뚱그려 Y라고 생각하면 Y는

누군가. 양심 없는 상점 주인, 아니면 위조한 본인.

그래, 위조지폐 사건이 벌어졌는데, 충동적으로 그런 짓을 한 고등학생 한 명 잡아가 봤자 소용없지. 경찰이 나선 건 X한테서 위조지폐의 출처를 알아낼 수 있을지 모른다, 그렇게 예상하는 거 아니겠냐."

숨을 크게 내쉬었다. 장난스럽게 어깨를 으쓱해 보였다.

"이상으로 추론을 마친다."

어느새 지탄다는 바른 자세로 의자 깊숙이 걸터앉아 있었다. 손바닥은 무릎 위에 가지런히 모으고, 허리는 똑바로 펴고, 그리고 표정은 어쩐지 멍하다. 결론에 놀란 건가, 아니면 단순히 게임을 하느라 지쳤나.

그렇지만 남이 기껏 장광설을 늘어놓았는데 아무 말도 안 하다니 너무한다. 지탄다에게 울컥하며 가을색으로 물들기 시작한 가미야마 시의 풍경을 창 너머로 바라보았다. 저기가 가미야마 역이니 고분도는 저기 어디쯤에 있을 것이다.

지탄다가 중얼거린 말이 옆얼굴에 다다랐다.

"'10월 31일, 역 앞 고분도에서 물건을 산 기억이 있는 자는 지금 즉시 교무실 시바자키한테 와라'."

지탄다는 고개를 돌려 돌아본 내 앞에서 실감을 담아 말했다.

"참 멀리 왔네요."

"……그러게."

나는 웃었다. 웃으며 크게 기지개를 켰다.

"게임 종료다."

'게임'이라는 말에 지탄다의 눈썹이 꿈틀했다. 시선에 초점이 돌아왔다.

지탄다가 고개를 살짝 갸웃했다.

"오레키 씨."

"왜? 이건 게임이야, 진짜로 받아들이지 마라."

"아뇨, 그게 아니라요. 오레키 씨는 뭔가를 증명하겠다고 이 게임을 시작하셨던 것 같은데…… 그게 뭐였죠?"

그랬군.

그러고 보니 처음에는 그런 생각을 했던 것도 같은데.

나도 고개를 갸웃했다. 지탄다와 비슷한 각도로. 방과 후 지학 교실, 둘이 마주 보고 고개를 외로 꼬고 있다.

"뭐였냐?"

"뭐였죠?"

"네가 기억 못 하는 걸 내가 기억할 리 없지."

"……그럼 오레키 씨, 추리해 보지 않으시겠어요?"

자세히 보니 지탄다의 입가가 누그러져 있다. 진지한 척해도 그 커다란 눈이 웃고 있는 것을 뻔히 알겠다. 이거야 원. 나는 한껏 억지웃음을 지으며 이렇게 말했다.

"좀 살려 줘라."

이튿날.

신문 3면을 펼쳤다가 이런 기사 제목을 발견했다.

'위조 통화 소지로 체포'

작은 제목은 이렇다.

'23세 폭력단 조직원 일련의 사건으로 첫 체포 가미야마 경찰서'

어제 지탄다와 했던 게임의 출발점에 뭔가 금언金言 같은 게 있었다. 그게 어떤 말이었는지 게임에 열중하는 사이 나도 지탄다도 까맣게 잊어버렸는데, 지금 생각났다.

'표주박에서 망아지가 나왔다'•였다.

……아마도. 분명히.

뭐, 기억과 사실이 일치하는지 아닌지도 운이라고 말할 수밖에 없으니…… 운운.

•'농담으로 한 말이 생각지 않게 현실로 나타났다'는 의미.

005

많이 열려라
새해 문

1

해를 넘기는 순간 한 일을 일 년간 하게 된다는 말이 있다. 어린 시절, 고교 입시를 눈앞에 두고 있던 나는 이 말에 크게 겁먹어 섣달그믐만은 공부를 쉬었다. 먼 옛날의 기억…… 아니, 그렇지도 않나. 재작년 일이다.

지금 어둠 속에서 내가 신경 쓰이는 것은, 그 말의 변형으로 '정월 초하루에 한 일을 일 년간 하게 된다'라는 게 없나 하는 것이다. '일년지계는 정월 초하루에'라고도 하는데, 그 정월 초하루부터 엄청난 재난이 발생했다. 이런 일은 일 년에 한 번은 고사하고 일생에 한 번으로 족하다. 나는 나 자신이 특별히 미신가라고 생각하지 않지만, 만약 '부정을 씻지 않으면 똑같은 일을 또 당할걸'이라는 말을 들으면 순순히 그 말을 따를 마음이 들지도 모른다.

전승에 관해 물어보자 지탄다가 생각하는 기척이 전해졌다.

"글쎄요……. 그런 미신은 없을 것 같은데요. 아니면 '정초에 쉬었으면 일 년간 쉬게 된다'는 뜻이 되니 아주 불합리하지 않을까요."

나는 그 말에 납득하고 가슴을 쓸어내렸다. 이제 걱정은 사라졌다. 마음이 가뿐하다.

하지만 어둑어둑해서 표정도 잘 알 수 없는 지탄다는 진지하기 그지없는 목소리로 이렇게 덧붙였다.

"그렇지만 오레키 씨, 저는 굳이 말하자면 남은 삼백육십사 일보다 현재 처한 상황이 더 마음에 걸리는데요."

나도 안다.

아주 잘 안다. 그러나 지탄다여, 조금쯤은 현실 도피시켜 주면 안 되냐.

뺨을 에는 듯한 웃풍이 불어 든다. 바람이 새어 드는 틈새기는 동시에 이 어둠에 얼마 안 되는 빛도 가져다준다. 어둠에도 이제 겨우 눈이 익었다.

보이는 것은 대 빗자루에 철제 삽, 그을음을 청소할 때 쓰는 긴 막대기, 뭐가 들었는지 알 수 없는 상자. 기모노 차림에 약간 난처한 표정의 지탄다.

그리고 우리를 둘러싼 사방의 벽.

가미야마 시에서도 굴지의 규모를 자랑하는 아레쿠스 신사. 우리는 그곳 경내에 있었다. 정확히는 경내 구석, 전등 불빛도 별로 닿지 않아 눈에 잘 띄지 않는 장소. 그곳에 선 다 쓰러져 가는 헛간 안에 있었다.

문제는 이곳이 헛간이라든지 다 쓰러져 간다는 사실에 있지 않았다.

외짝 문이 헛간의 유일한 출입구다. 그런데 지금 그 문은 꽉 닫혀 있다. 빗장이 걸려 있는 것이다. ……바깥쪽에서.

나와 지탄다는 1월 1일 밤, 신사 구석의 헛간에 갇혀 있다.

벽도 지붕도 내용 연수耐用年數를 이미 오래전에 지났을 듯한 헛간인데, 새것이고 튼튼한 부분이 딱 하나 있었다. 문은, 문만은, 광택 나는 알루미늄제의 견고한 문이다. 방범 면에서는 훌륭하다. 밀건 당기건 기껏해야 덜컹거리는 정도다.

새삼스레 푸념이 나왔다.

"어쩌다 이렇게 된 거냐."

"그러게요, 아마……."

어둠 속에서 지탄다가 웃은 듯했다.

"제비 점 결과가 나빠서 그런 게 아닐까요?"

나는 한숨을 쉬었다.

역시 그런가?

2

사건의 발단은 섣달그믐이 얼마 남지 않은 어느 날, 지탄다에게서 온 전화였다.

"오레키 씨, 정월 초하루에 무슨 일 있으신가요?"

잠시 생각해 보았다.

초등학생 때는 거의 매년 새해 첫 참배를 가곤 했다. 다름 아니라 누나가 이런 종류의 연중행사를 좋아했기 때문이다. 좋아하면 혼자 가면 되는 것을 어째선지 녀석은 나까지 끌고 다녔다. 그나마 근처 하치만 신사는 같이 못 가 줄 것도 없었으나 누나가 대학 입시를 칠 때가 괴로웠다. "너도 내 합격을 같이 빌어" 하고 명령하며 몇 시간 걸려 가야 하는 덴만 궁까지 끌고 갔다. 남에게는 빌라고 해 놓고 본인은 부적 하나 사지 않으면서 '몇 번 연속으로 대길이 나오나' 게임을 했던 기억이 있다.

누나가 대학에 가면서 활동 범위가 부쩍 넓어져 그 탓에 나를 끌고 다닐 수 없게 되자, 나는 연중행사에 참가할 필요성을 잃었다. 안 해도 되는 일은 안 한다. 해야 하는 일은 간략하게. 정월이라고 딱히 계획은 없었다.

"아니, 별로."

그러자 지탄다의 목소리가 생기를 띠었다.

"그래요, 그럼 새해 첫 참배에 가지 않으시겠어요?"

"……설마 덴만 궁에 가자는 건 아니겠지."

"네? 덴만 궁이 좋으세요? 먼데요……. 상당히."

그래, 상당히.

내가 스가와라 미치자네• 팬이라고 착각한 건지 지탄다는 눈치 보듯 목소리를 낮추었다.

"저, 혹시 괜찮으시면 아레쿠스 신사에 가지 않으시겠어요?"

아레쿠스 신사라면 멀지는 않다. 눈만 오지 않으면 자전거

• 헤이안 시대의 학자, 정치가. 덴만 궁은 그를 제신으로 모시는 신사로, 일본 각지에 있다.

로 금방 간다. 그러나 어째 마음이 내키지 않았다. 아레쿠스 신사는 가미야마 시에서 가장 큰 신사다. 정월 초하루라면 보통 혼잡한 게 아닐 것이다. 추운 날씨에 인파 속으로 뛰어드는 것은 에너지 절약주의에 위배된다. 수화기를 반대편 손으로 바꿔 들었다.

"뭐 있냐?"

"뭐가 있다 할 정도는 아닌데요."

대답은 그렇게 하지만 목소리가 들떠 있다.

"마야카 씨가 아르바이트를 한대요."

이바라가? 정월 초하루, 인파로 들끓는 아레쿠스 신사에서 아르바이트를 하는 이바라를 상상해 본다.

"……."

"아, 웃으셨죠?"

웃었다. 정월 초하루 신사에서 아르바이트를 한다면 흰옷을 입고 연지를 바를 것이다. 이바라는 나이보다 훨씬 어려 보인다. 까놓고 말해서 여태 초등학생으로 오해받곤 한다. 꽤나…….

"안 어울리겠군."

"너무하세요, 오레키 씨."

비난하는 지탄다의 목소리도 웃음기를 머금고 있다. 내 무례에 대해 지탄다가 웃는 것을 보면, 아마 이바라 본인도 웃으면서 그렇게 말했을 것이다.

"그래서 후쿠베 씨도 간다고 하셨거든요. 기왕이면 오레키 씨도 같이 가시면 어떨까 해서요."

하기야 사토시가 이바라의 그런 모습을 보러 가지 않을 리 없다.

이바라를 놀리면 나름대로 재미있을 것 같다. 그렇지만 그 때문에 새해 첫 참배에 가는 것은 취미가 고약하지 않나. 뭐, 한 해의 평온과 건강을 빌러 간다고 생각하면 본전은 뽑을 수 있겠다만…….

그런 생각을 하고 있었는데, 이야기는 그것으로 끝이 아니었다.

"그리고……."

"또 뭐가 있냐?"

"뭐가 있다고 할 정도는 아닌데요."

이번에는 수줍어하는 것 같다. 지탄다의 목소리가 작아졌다.

"……저도 약간 기모노를 자랑하고 싶거든요."

지탄다의 제안을 거절해야 할 적극적인 이유는 '춥다' 말고는 없었다. 겨울에 추운 것은 당연한 일이다. 그렇다면 그 정도는 참고 견뎌도 천벌을 받지는 않을 것이다.

그러나 정월 초하루, 심기일전에 안성맞춤인 날. 일본 열도에 한파가 휘몰아쳤다. 날이 저물자 가미야마 시의 추위는 가히 흉악한 수준이었다.

늘 입고 다니는 흰 트렌치코트를 걸치고, 베이지색 머플러와 장갑으로 무장하고, 주머니에는 휴대용 손난로를 넣었다. 그런데도 이가 딱딱 맞부딪혔다. 길이 좋지 않을지도 모른다 싶어 신발은 장화처럼 생긴 끈 없는 부츠로 골랐다. 나오기 전에 본 텔레비전에서는 올겨울 최저 기온을 기록했다고 했다. 하늘을 보니 구름 한 점 없는 맑은 밤하늘에 얄미울 정도로 별이 총총했다. 맑은 공기가 심리적으로 추위를 조장했다.

약속 장소는 석조 도리이 밑이었다. 아레쿠스 신사는 이런 시간에도 제법 혼잡했다. 뭐, 이 정도라면 남들과 어깨를 부딪히지 않고 걸을 수 있을 테고, 사람들 틈으로 들어가면 추위도 견딜 수 있을 것이다. 싸늘한 하늘에 비하면 화톳불을 피우고 석등에 불을 밝혀 놓은 참배길은 그나마 따뜻해 보였다.

점퍼며 코트를 입고 오가는 사람들은 몸을 움츠리고 있다. 그렇지만 이렇게 추운데도 표정이 험악한 사람은 많지 않았다. 아는 사람을 발견하고 삼삼오오 모여 "새해 복 많이 받으세요" 하고 새해 인사를 주고받는 모습이 참배길 곳곳에서 눈에 띈다. 지탄다는 보이지 않았다.

"너무 빨리 왔나……?"

이런 기온에 기다리고 서 있을 생각을 하니 싫군. 그런 생각을 하며 손목시계를 보는데, 도리이 앞에 시커먼 택시가 와서 섰다. 뒷좌석 문이 열리고 "감사합니다" 하며 여자가 내렸다. 별빛과 화톳불 불빛에 돋보이는 기모노는 빨강이라 하기에는 차분한 색조다. 검은 코트 같은 것을 그 위에 걸치고, 손에는 연보랏빛 끈 달린 주머니를 들었다. 금실로 장식하고 국화 문양을 수놓은 주머니다. 뒤로 바짝 잡아당긴 머리에 꽂은 비녀가 흔들거린다. 흰 종이에 싼 되들이 병은 선물일까.

과연 정월은 정월이군, 참 화려하게도 차려입었다.

……하고 생각했더니 지탄다였다.

택시 타고 올 줄은 몰랐다. 정월 초하루에도 택시가 다니는군. 그런 얼빠진 생각을 하는 나를 지탄다가 발견하고 생긋 미소를 지었다.

"오래 기다리셨어요?"

"아니."

"새해 복 많이 받으세요."

"아, 너도 새해 복 많이 받아라."

"올 한 해도 변함없이 잘 부탁드립니다."

"아, 나야말로 잘 부탁한다."

이거야 원. 심리적으로 허를 찔리는 바람에 멍청하게 대답이나 하는 게 고작이다. 지탄다는 내가 당황한 것을 알아차렸는지 두 팔을 살짝 들어 올렸다. 소매를 가볍게 흔든다.

"자랑하러 왔어요."

기모노는 빨간색이 기조이니 분명 화려한 부류에 속할 것이다. 그런데도 전혀 야단스럽게 느껴지지 않았다. 정월다운 밝은 의상이다. 지탄다가 입으니 상스러운 느낌이 들지 않는 게 신기하다. 화사하면서도 참하다. 전에 누나가 기모노를 입었을 때는 '뭐냐, 이 말괄량이 아가씨는' 하는 생각만 들었다.

검은 코트를 입었으니 무늬는 몸 앞면만 보인다. 주홍색을 배경으로 나비가 난다, 나비가. 아랫자락에는 흐르는 냇물을 수놓았다. 아니, 바람인가?

아무런 코멘트도 하지 못했지만, 지탄다는 보여 준 것만으로 만족한 모양이다. 내 반응을 기다리는 기색은 없었다. 왼손에 끈 달린 주머니를, 오른손에 되들이 술병을 고쳐 들고 참배길 저편을 바라보며 말했다.

"그럼 갈까요."

지탄다의 발밑에서 게다 굽이 딸각 울렸다. 걸음을 뗀 지탄다의 뒷모습을 바라보며 내 성격에 맞지 않아도 잘 어울린다는 말 한마디쯤은 할 수 있지 않았나, 그런 생각을 했다.

나지막이 웅성거리는 소음 속에 딸각, 딸각, 하는 소리와 함께 걷는다.

참배길을 메운 인파 속에 휩쓸리니 기대했던 대로 바람이 꽤 덜 차게 느껴졌다. 포석 길은 똑바로 뻗어 있고, 밤하늘 밑 석등 불빛 속에 사람의 실루엣이 떠올라 있다. 문득 보니 지탄다가 든 되들이 술병이 무거워 보였다. 혼잡한 곳을 걷는데 두 손 모두 물건을 들고 있으면 위험하다. 들어 주겠다고 하자, 지탄다는 공연한 사양은 하지 않았다.

"감사합니다. 부탁드려요."

"이건 뭐냐?"

"술이에요."

그건 나도 안다. 간장이라고 생각하지는 않는다.

"이곳 신관분과 친교가 있거든요. 새해 인사 같은 거예요."

"정초부터 심부름이냐. 힘들겠구나."

그러자 지탄다는 쿡 웃었다.

"힘든 건 오히려 낮에 그랬죠. 친척분들의 인사가 끝도 없이, 끝도 없이 이어졌거든요. 착한 아이 노릇을 했어요."

착한 아이 노릇을 하는 지탄다가 뇌리에 떠올랐다. 예쁘게 치장하고 분과 연지를 바르고, 상석의 주인 옆에 정좌한 채 꼼짝도 하지 않는다.

착한 아이인지 아닌지는 알 수 없지만, 지탄다의 집은 상당히 크고 오래됐다. 건물 이야기가 아니다. 그리고 이 녀석은 지탄다가의 무남독녀다. 나로서는 짐작도 되지 않는 사교 관계가 있다는 이야기는 전에도 가끔 들었다.

하긴 이상했다. 새해 첫 참배를 가자면서 왜 밤에 만나자고 하는지. 그렇지 않아도 추운데. 이바라의 아르바이트 시간이 밤이라 그런 줄로만 알았더니 지탄다가 본가의 딸 노릇을 해야 하는 탓도 있었던 모양이다.

"떡국 떡 한 조각 먹은 게 다라 배가 약간 고파요."

지탄다는 자기 배에 손을 갖다 댔다. 끈 달린 주머니 색깔과 맞췄는지 기품 있는 연보랏빛 허리띠를 맸다.

"오레키 씨는 어떻게 하셨어요?"

"나는…… 소라게의 생태 모방."

"네?"

오늘은 추웠다.

하도 추워서 아침부터 소라게를 본받기로 결심했다.

즉, 고타쓰에서 머리만 내놓고 귤을 둘도 없는 벗 삼아 시간을 보냈다. 소라게보다 달팽이였는지도 모른다. 아버지는 직장 일로 인사하러 나가고 누나는 알 수 없는 이유로 집에 없었던 터라, 나는 마음껏 생물학 연구에 힘쓸 수 있었다.

문고본을 읽으며 시간을 보내고, 출출해지면 떡국을 먹고, 마음이 내키면 연하장을 정리했다. 그러는 사이에 1월 1일의 시간이 정오가 되고 오후가 되었다. 텔레비전을 틀었더니 〈신춘 드라마 스페셜 풍운風雲 오다니 성〉을 하기에 태평하게 보는 사이에 날이 저물었다.

돌이켜 생각하니 아무리 그래도 후회스러웠다. 정초부터 나태한 하루를 보냈다. 이 이상 그 이야기를 하고 싶지 않은 마음에 억지로 화제를 돌렸다.

"사토시는 어쩌냐?"

지탄다는 기분이 상한 눈치도 없었다.

"후쿠베 씨께는 마야카 씨가 연락했을 거예요."

고전부에서 연락할 사항이 있을 때, 사토시에게는 이바라가 연락하는 경우가 많다. 이바라가 사토시와 이야기를 하고 싶어서인 것만은 아니다. 보다 현실적인 이유가 있다. 즉, 이바라와 사토시는 휴대 전화를 가지고 있고, 나와 지탄다는 없다. 슬슬 가져야 하나 싶기는 하지만, 어쨌거나 가진 돈이 없으니 당분간 무리일 것 같다.

참배길은 이윽고 가파른 돌계단으로 이어졌다. 좌우로 폭이 넓은 계단에는 가장자리와 중앙에 철제 난간이 붙어 있다. 그 난간만을 의지해 가파른 계단을 올라가거나 내려오는 노인이 한두 명이 아니었다.

계단 바깥쪽에는 참배길 양 가장자리에서 흔들흔들 빛을 발하고 있던 석등이 없다. 대신 '아레쿠스 신사'라고 적힌 흰 깃발이 간격을 두고 띄엄띄엄 서 있었다. 깃발 너머 비탈에 녹다 남은 눈이 얼핏얼핏 보인다.

"오레키 씨, 여기 미끄러워요."

앞서 가는 지탄다가 가르쳐 주었다.

꼭대기까지 다 올라가 도리이를 하나 더 지났다. 아레쿠스 신사의 경내는 넓었다. 그리고 참배길의 갑절은 더 소란스럽다. 새해를 축하하는 화목한 분위기로 가득하다 싶은 것은 내 생각이 지나친 걸까?

경내 중앙에 불을 크게 피워 놓아 그 주위에 둘러싼 사람들이 그림자로 보였다. 이렇게 추우니 불 생각은 간절한데, 불기운이 워낙 세서 뜨거운지 대부분 불을 등지고 섰다. 불을 향해 두 손을 내밀고 있는 것은 큰 소리로 장난을 주고받는 아이들뿐이었다. 종이컵을 든 사람들도 눈에 띈다. 어디서 따뜻한 음료를 나눠 주나 보다.

계단을 올라가면 오른쪽에 신사 사무소가 있는데, 지금은 부적 등을 파는 매점으로 만들어 놓았다. 고비는 넘었는지 손님이 많기는 해도 발 디딜 틈 없이 혼잡한 정도는 아니다. 저곳에 이바라가 있을 것이다. 시선을 돌렸다가 눈에 띄지 않는 곳에 작은 붉은색 도리이가 있음을 깨달았다. 이나리 사당이라도 있나 보다. 군데군데 선 흰 깃발과 달리, 붉은 도리이 너머에는 '정일품'이라고 쓴 붉은 깃발이 서 있다. 그 옆에는 작은 헛간도 있다. 장사하는 사람들은 이나리 사당에도 참배하는지 구석에 숨어 있는 것치고는 참배하는 사람들이 많아 보였다.

나도 슬슬 되들이 술병이 무겁게 느껴졌다.

"이거 어디 두고 올 거지?"

병을 슬쩍 들어 보이며 말하자, 지탄다는 고개를 갸웃하며 잠시 생각하더니 대답했다.

"참배부터 먼저 할까요?"

배례전으로 가려면 계단을 또 올라가야 한다. 이번에는 경사도 완만하고 짧은 계단이다. 기껏해야 열 몇 단쯤 될까. 그 중간까지 참배자가 줄을 서 있다. 나와 지탄다는 줄 맨 끝에 섰다.

일이 분 기다려 한 계단 올라간다. 한꺼번에 몇 명씩 옆으로 나란히 늘어서서 새전을 던지고 합장한 뒤 좌우로 흩어지면 그다음 몇 명이 앞으로 나간다. 인간의 시점에서는 참배가 맞지만, 신의 시점에서는 일 의뢰가 컨베이어 벨트식으로 밀려오는 것 아니겠나. '건강하게 지낼 수 있게 해 주세요', '전 세계 사람들이 평화롭게 살 수 있게 해 주세요' 같은 일반적인 기도라면 또 몰라도 '애들 할아버지 병이 낫게 해 주세요. 아, 그렇지만 기가 꺾인 건 원 상태로 안 돌려주셔도 되고요. 그리고 우리 애가 입시에 합격하게 해 주세요. 정확히는 사립은 떨어지고 공립에 붙게 해 주세요' 같은 복잡한 소원이면 내용을 파악하는 것만 해도 수고스러울 것이다.

그런 바보 같은 생각을 하는 사이에 우리 차례가 됐다. 새전함 대신 펴 놓은 흰 천에 오 엔 동전을 던졌다. 음, 그래, 이게 좋겠다.

에너지 소비가 많지 않은 한 해를 보내게 해 주세요.

이로써 새해 첫 참배 메인이벤트는 종료. 이제 술을 갖다주고 이바라를 놀려 주고 나서 집에 가자. 너무 춥다. 부적 등을 사려는 사람들 틈으로 들어가려는데 지탄다가 트렌치코트 소매를 잡아당겼다.

"어디 가세요?"

"이바라를 만난다며?"

"아, 네. 신관분께 인사드리러 가니까 안에서 만날 수 있어요."

사무소 현관 앞에 남자 몇 명이 불쾌한 얼굴로 모여 있었다. 마흔 살쯤 된 사람도 있고 일흔이나 여든 살쯤으로 보이는 노인도 있다. 신사 일을 거들러 온 신도 대표들일 것이다. 지탄다는 주눅 드는 일 없이 그 사이를 지나 현관의 문살문을 열었다. 나는 어깨를 약간 움츠리고 지탄다 뒤를 따랐다. 스스로도 한심한 모습이라고 생각하지만, 나는 지금까지 어른을 상대로 사교라는 것을 해 본 적이 없었다.

"실례합니다!"

지탄다가 안쪽을 향해 큰 소리로 말했다. 그런데 아무도 나오지 않는다. 바쁜가 보다. 두 번, 세 번 부르자 그제야 머리가 허연 남자가 나타났다. 이 남자도 얼굴이 벌건데다 퉁명스러웠다. 굵직한 목소리로 "무슨 일이지?" 하고 물었다.

지탄다는 고개를 살짝 숙였다.

"새해 복 많이 받으십시오. 지탄다 데쓰고의 대리로 신년 인사를 드리러 왔습니다. 지탄다 에루라고 합니다."

그러자 남자의 얼굴에 웃음이 폈다.

"아아, 지탄다 씨 댁의. 자, 들어와요. 사람을 불러올 테니."

"네, 실례합니다."

덤으로 따라온 오레키입니다. 실례합니다.

남자의 안내를 받아 큰방으로 갔다. 언뜻 봐서는 넓이를 가늠할 수 없을 만큼 큰 방은 장지문으로 둘러싸여 있고, 넓이에 비해 천장이 낮은 게 인상적이었다. 줄줄이 늘어선 배불뚝이 난로의 창으로 빨간 불길이 보인다. 수십 명의 남녀가 각자 상을 놓고 음식과 술을 즐기고 있다. 웃음소리가 단속적으로 들린다. 방 안은 덥게 느껴질 정도였다.

"구석에서 기다릴까요?"

"어, 그래."

연회가 본격적으로 시작되기에는 아직 이른 모양이다. 빈자리도 적잖이 눈에 띈다. 나와 지탄다는 구석에 놓은 상 앞에 자리 잡았다. 지탄다는 앉기 전에 기모노 위에 입고 있던 검은 코트를 벗었다. 평범한 코트인 줄 알았는데, 밝은 전등 불빛으로 보니 어째 주름이 진 듯한 질감의 옷감이다. 그러데이션으로 무늬도 있다. 유심히 쳐다보다가 지탄다에게 들켰다.

"……왜요?"

"아니, 옷감이 특이해서."

지탄다는 미소를 지었다.

"고맙습니다. 지리멘 비단이에요."

뇌리를 미토코몬• 일행이 지나갔다.

나도 트렌치코트를 벗었다. 내 것은 싸구려라 아무렇게나 다뤄도 상관없었지만, 지탄다는 상인방에서 옷걸이 하나를 빼서 코트를 걸었다.

얼마 뒤 장지문 한쪽이 열리고 젊은 여자가 나타났다. 백의에 진홍 하카마를 입었다. 긴 머리를 뒤로 하나로 묶은 머리 모양은 무녀다운데, 렌즈가 조그만 안경을 쓴 게 조금 생뚱맞다. 그런데 그게 오히려 일상적인 복장이라는 느낌을 주니 희한하다. 아르바이트는 아닐 것이다. 진짜 무녀가 맞는다면, 태어나서 처음 본다.

젊어 보이는데 몇 살쯤 됐을까. 스무 살 전후일지도 모른다. 여자는 지탄다를 보더니 바로 이쪽으로 다가왔다. 주홍 기모노를 입은 지탄다와 진홍 하카마를 입은 무녀가 마주 보고 정좌했다. 지탄다가 코트를 벗은 지금, 소매에도 나비가 아름답게 날아다니는 것을 알겠다.

• 일본의 인기 텔레비전 사극.

머리는 지탄다가 먼저 숙였다.

"새해 복 많이 받으십시오. 올 한 해도 잘 부탁드립니다."

무녀도 정중히 답례했다.

"새해 복 많이 받으십시오."

"아버지가 드리는 술을 가져왔습니다. 부디 받아 주십시오."

아, 이겁니다. 나는 되들이 병을 내밀었다. 무녀가 세 손가락을 짚고 절했다.

"감사합니다. 잘 받겠습니다."

"보잘것없는 물건입니다만."

나도 모르게 말하자, 지탄다가 손으로 입을 가리며 웃었다.

"오레키 씨, 그건 제가 할 말이에요."

그제야 깨달았다. 그래, 무거워 보여 대신 들어 준 것뿐인 내가 지탄다가에서 선사하는 술에 대해 겸양할 이유가 없다. 아뿔싸. 익숙지 않은 분위기에 휘말려 멍청한 소리를 지껄이고 말았다.

허둥대는 내게 무녀가 말했다.

"보잘것없는 물건이면 필요 없는데."

뭐? 언뜻 보니 무녀의 표정이 진지하다. 진심으로 한 말이라는 생각이 들었다.

지탄다가 웃음을 머금은 목소리로 말했다.

"그러지 마시고 받아 주세요. ……보잘것없는 물건이지만요."

그제야 무녀의 입가가 누그러져 있는 것을 깨달았다. 지탄다와 무녀는 아는 사이였던 것이다. 농담이 가능한 정도의. 그렇다면 인사가 정중했던 것도 어쩌면 농담이었을지 모른다. 어이구야, 진땀 난다.

무녀가 물었다.

"넌 B반이던가?"

무슨 말인가 싶었지만 나는 분명히 가미야마 고등학교에서 1학년 B반이다.

"그런데요."

어째서 내가 몇 반이라는 것까지 아는 걸까 의아하게 생각하는데, 두 번째 질문이 날아왔다.

"후쿠베는 같이 안 왔어?"

사토시에 관해서까지 안다는 말인가! 이, 이건 신통력인가. 아레쿠스 신사의 무녀는 다른 사람의 과거를 읽을 수 있는 힘이 있나! 오늘 종일 집에서 뒹굴었던 것도 빤히 보이나!

동요가 표정에 드러났나 보다. 지탄다가 나직이 귀띔해 주었다.

"주몬지 가호 씨예요."

그게 누구냐?

"1학년 D반의."

눈앞의 무녀를 다시금 보았다.

침착한 거동, 자세가 꼿꼿하게 바른데도 무리하는 느낌이 없다. 스무 살 전후일지 모르겠다고 생각하기는 했다만…….

"우리 학년이라고?"

나도 모르게 괴상한 소리를 내고 말았다.

지탄다와 주몬지 가호는 소리 내어 웃었다.

D반이라면 사토시와 같은 반이다. 사토시를 알 만도 했다.

전통 복장을 한 두 사람은 얼마 동안 친밀하게 말을 주고받았다. 하지만 주몬지는 지금 일하는 중이다. 불현듯 생각난 것처럼 일어나 "그럼 또" 하고는 가려 했다. 지탄다가 주몬지의 등을 향해 물었다.

"저, 이바라 마야카 씨를 만나고 싶은데 괜찮을까요?"

"이바라…… 아아, 그 애? 글쎄, 슬슬 괜찮을 것 같은데. 매점 뒤로 갈 수 있으니까 어떤지 봐."

신사 관계자가 '매점'이라는 말을 썼다는 데 대해 나는 다소 충격을 받았다. 저건 역시 매점인가. 딱히 낭만적인 감상을 품고 있었던 것은 아니지만……. 지탄다와 함께 주몬지가 가르쳐 준 방향의 장지문을 열었다.

복도로 나오니 웅성거리는 목소리가 어렴풋이 들려와 매점 방향을 바로 짐작할 수 있었다. 버선발인 지탄다는 검도를 할 때 같은 발걸음으로 복도를 스륵스륵 나아간다. 복도에 깔린 마루의 냉기가 발에 스며드는 듯해서 발 시려 혼났다.

복도 막다른 곳, 문을 살짝 열었다.

잡신을 쫓아 주는 화살, 복을 긁어모으는 대나무 갈퀴, 달마 오뚝이, 부적. 가지각색의 상품이 즐비하다. 무녀 복장을 한 여자 세 명이 손님을 상대하고 있었다. 아니, 시간대도 이미 이런데 세 명이나 필요 없지 않나. 지탄다는 무릎을 꿇고 몸을 구부려 문틈으로 이바라를 찾으려 했는데, 찾을 것까지도 없었다. 문을 열면 바로 보이는, 가장 가까운 곳에 이바라가 있었다. 다른 두 명에 비해 명백히 한가해 보인다. 주몬지처럼 백의에 진홍 하카마 차림이고 긴 머리도 하나로 묶었다.

아니, 이상하다. 이바라는 머리가 길지 않은데. 그럼 가발인가. 이바라가 머리를 길러 묶으면 저런 분위기인가.

"마야카 씨."

지탄다가 불렀다. 고개를 돌린 이바라는 지탄다를 보고 웃더니 나와 눈이 마주치자 얼굴을 찡그렸다. 손님 앞이니 이바라도 목소리 톤을 높이지 않는다. 연지를 바른 입술을 조그맣게 움직여 낮은 목소리로 짤막하게 경고했다.

"보지 마."

연초부터 너무한다. 보여 주기 싫은 모습이면 왜 그런 아르바이트를 하는 거냐?

"새해 복 많이 받으세요."

지탄다가 소곤거리자 이바라는 살짝 고개를 끄덕였다. 좌우를 살피고 상반신만 문 쪽으로 기울였다.

"지이도 새해 복 많이 받아. 기모노 멋있다. 아주 예뻐."

"고맙습니다."

"후리소데•?"

"아뇨, 고몬••이에요. 후리소데는 대학 들어가야 입어요."

고몬? 코먼 센스 말인가? 일반용이라는 의미일까? 기모노의 세계에도 영어가 몰려들고 있나.

"한 시간만 더 있으면 끝나는데, 지이는 어쩔 거야?"

•소맷자락이 긴 기모노. 미혼 여성의 예복.

••작은 무늬가 상하 관계없이 들어 있는 기모노.

"아마 큰방에서 부르실 거예요. 후쿠베 씨는요?"

"낮에 왔었어. 뭐라더라, 〈신춘 드라마 스페셜 풍운 오다니 성〉을 봐야 한다고 집에 갔는데, 좀 있으면 또 올걸."

이야기를 하고 있어도 딱히 접객과 계산이 밀리는 것 같지 않다. 아니, 이바라가 앉은 곳 앞에는 상품이 없다. 나도 모르게 물었다.

"넌 뭘 파는 거냐?"

"제비 점. 그리고 미아, 분실물, 동전 바꿔 주기 담당."

하지만 제비 점은 지금 이 순간에도 이바라의 눈앞에서 손님이 멋대로 뽑고 간다. 종이를 깐 굽 달린 쟁반 위에 백 엔 동전을 놓고 셀프서비스로 하는 모양이다.

내 시선을 알아차렸는지, 이바라가 힘주어 주장했다.

"낮엔 바빴어."

지금은 한가하다는 것을 인정하나 보다.

그렇지만 낮에는 바빴다는 말이 꼭 거짓말은 아닐 것이다. 정좌한 이바라 곁에 지갑이며 휴대 전화, 열쇠, 접는 우산 등이 수북이 쌓인 쟁반이 있다.

"신도 대표들이 열심히 경내를 돌면서 조금이라도 값나갈 것 같은 물건이 떨어져 있으면 바로바로 갖다 주더라고. 미아도 많았고. 그것 때문에 낮엔 바빴단 말이야."

그렇게 강조하지 않아도 나는 네가 할 일이 없어 빈둥댄다고는 생각하지 않는다. 눈곱만큼도.

지탄다는 이바라의 일에 관해서는 언급하지 않았다.

"제비 점 좋은데요. 저도 뽑을게요."

그러면서 굽히고 있던 몸을 일으켰다. 발길을 돌린 지탄다에게 이바라가 말했다.

"어? 어디 가?"

"정면으로 돌아가서……."

"괜찮아, 여기서 뽑아."

판매원의 허가를 얻은 지탄다는 끈 달린 주머니에서 지갑을, 지갑에서 백 엔 동전을 꺼냈다. 가죽 지갑이 척 봐도 비쌀 것 같다. 한편 이바라는 끈 달린 주머니에 주목했다.

"아, 그것도 좋다. 어째 고상한걸."

"우후후."

지탄다는 소지품을 칭찬받고 기쁜 듯 미소 지었다. 뜻밖이었다.

지탄다는 또래 여자애와 가치관이 조금 다르다는 인상이라, '가방을 칭찬받고 기뻐한다'는 솔직하고 여자애 같은 반응이 어쩐지 지탄다답지 않게 느껴졌다. 물론 내가 멋대로 그렇게 생각하는 것뿐이다. 자기가 아는 것으로 타인의 전부를 추측하는 일은, 그거다, 교만의 죄다. 올해는 고치자.

매우 믿음직스럽지 못한 결의를 다지는 내 옆에서 이바라는 뭔가를 생각하는 것 같다.

"그러게, 끈 달린 주머니란 건 원래 이런 거지……."

중얼중얼 그런 말을 한다.

사토시가 늘 들고 다니는 마 주머니는 확실히 다수파는 아닐 것이다.

기껏 새해 첫 참배를 드리러 왔으니 나도 제비 점 정도는 쳐도 천벌은 받지 않을 것이다. 백 엔을 꺼내 지탄다와 이바라의 손에 차례로 동전을 떨어뜨렸다. 이바라는 이백 엔을 쟁반 위에 놓고 육각형 통을 우리에게 내밀었다.

"자. ……신의 가호가 있기를."

그건 좀 아니지 않냐.

지탄다가 먼저 뽑았다. 풀로 붙인 조그만 종잇조각을 바스락바스락 편다. 내가 내 것을 뽑기 전에 녀석은 기뻐하는 목소리로 말했다.

"와, 대길이에요!"

그것은 경사다. 하지만 이런 것에 나쁜 말은 잘 안 쓴다는 사실을 지탄다도 이제 슬슬 알 때가 됐다. 나도 내 것을 펴 보았다.

"……."

"왜 그러세요, 오레키 씨?"

"아무것도 아니다. 올해는 좋은 일이 일어날 것 같은데."

이바라가 백의 소맷자락을 펄럭이며 내게 손가락을 들이댔다.

"……소길이구나!"

내 속마음은 그렇게 표정에 다 드러나나. 나는 한숨을 쉬고 손안의 제비를 두 사람에게 보였다.

'하늘을 찌르는 벼 이삭 새에게 쪼아 먹히고 바람에 꺾이는 상象. 몸가짐을 삼가는 것이 길하겠다.'

그리고 커다랗게…….

'흉.'

3

제비 점에서 흉이 나오는 일은 흔치 않다. 흔치 않은 것은 길하다. 그러니 흉 제비는 길하다.

완벽한 삼단 논법에 의해, 봄부터 재수가 좋겠다는 결론이 나왔다. 버려진 강아지를 보는 듯한 이바라의 눈초리를 무시하고 신 나서 큰방으로 돌아왔다.

지탄다는 무척 기뻐했다.

"흉 제비란 건 대체 어떤 건가요? 저, 신경 쓰여요!"

내 손에서 제비를 빼앗아 들고 요모조모 뜯어보고 있다. 올해 처음 신경 쓰인 게 흉 제비에 적힌 글이라니. 해도 너무한 천진난만함에 한마디 하지 않을 수 없었다.

"내가 흉이 나온 게 그렇게 기쁘냐?"

지탄다는 무슨 말인지 모르겠다는 양 어리둥절한 표정을 지었다.

"오레키 씨는 이런 거 안 믿는 사람 아니셨어요?"

그야 그렇다만.

믿느냐 믿지 않느냐를 따진다면 믿지 않는다. 하지만 희귀 사례인 그런 결과가 나왔는데도 전혀 아무렇지도 않다고 하면 거짓말이다. 그런 생각을 하면서도 바로 대답하지 못하고 있으니 지탄다가 얼굴을 바짝 들이댔다.

"……."

"뭐, 뭐냐."

"죄송해요."

별안간 고개를 숙인다.

"괜찮은 척하셨던 거군요. 오레키 씨, 사실은 마음에 걸리시는 거죠?"

대답할 말이 없었다.

"좌우지간 내놔라."

손을 내미는데, 사람 그림자가 시야를 슥 지나갔다. 주몬지가 여전히 엄숙한 표정으로 걸음을 빨리해 큰방을 가로지른다. 지탄다가 제비를 내밀며 말했다.

"네, 여기요. 고맙습니다. ……그런데 이거 어떻게 하시겠어요?"

"어떻게는 뭐."

방법이 없다. 신사 어딘가에 버리고 가는 수밖에 없겠지만, 아무 데다 버리려니 꺼림칙하다. 제비를 묶어 놓는 나무에 묶어 놓으면 될까. 주몬지가 또 지나갔다. 주몬지에게 물어보면 적절한 대처법을 알 수 있을지 모른다.

"……."

나갔다 싶더니 또 돌아왔다. 지탄다가 보다 못해 말을 걸었다.

"가호 씨."

주몬지는 물론 무슨 볼일이 있는 것이겠으나 촌각을 다툴 만큼 급하지는 않은 모양이다. 멈춰 서서 의연했던 표정을 풀고 미안하다는 듯 말했다.

"미안해, 에루. 차 한 잔도 내주지 않고."

"아뇨, 그런 건 상관없는데요. 무슨 일 있었나요?"

주몬지의 입가가 보일 듯 말 듯 누그러졌다. 나는 이미 그게 웃음이라는 사실을 학습했다. 지금 경우는 쓴웃음일까.

"응, 뭐. 아르바이트하는 애가 냄비를 엎는 바람에. 사람들한테 나눠 줄 수제비랑 감주를 전부 새로 만들고 있어."

"어머나."

지탄다가 눈을 동그랗게 떴다.

"그분, 화상은 입지 않았고요?"

"응, 괜찮아. 굉장한 백 스텝으로 피하던걸."

그런 운동 신경이 있으면서 어쩌다 냄비를 엎은 건가?

밤이 되어 조금은 줄었겠지만 참배객은 아직 많다. 경내에서 감주를 나눠 주고 있었다면 아직은 더 필요할 것이다. 이곳에서 열릴 연회도 이제 곧 시작될 것이다. 그런데 냄비가 엎어졌으니 주몬지가 큰방을 우왕좌왕할 만하다.

지탄다는 주저하지 않았다.

"저도 도울게요."

엉거주춤 일어서려는 지탄다를 주몬지가 말렸다. 나도 옆에서 무리라고 생각하고 있었다.

"아냐, 에루는 됐어."

"왜죠? 저, 이래 봬도 요리는 꽤……."

"네 요리 솜씨는 잘 알지만 그 차림으로 주방에 들어가겠다고?"

지탄다는 그 말을 듣고 비로소 깨달은 것처럼 자신의 복장을 내려다보았다. 옷 전체에 무늬를 넣은 주홍색 기모노. 나비가 춤추고 바람이 부는 화려한 옷. 아무리 그래도 그런 옷

차림으로 요리할 수는 없다. 지탄다도 납득한 듯했다.

"그럼 다른 거라도……."

주몬지는 음, 하고 생각하더니 신속하게 결단을 내렸다.

"그럼 광에서 지게미 좀 갖다줘. 안에 들어가서 바로 왼쪽에 있거든. 쉽게 찾을 수 있을 거야."

"네, 그럴게요! 왼쪽이란 말씀이시죠?"

지탄다는 당장 옷자락을 떨치며 일어섰다. 그러고는 내게 말했다.

"죄송하지만 제 주머니 좀 봐 주시겠어요?"

안에 지갑이 들어 있기 때문이다.

그렇지만 아무리 내가 에너지 절약주의자라도 기모노를 입은 지탄다가 돕는다는데 앉아서 구경만 할 수는 없다.

"나도 가마."

"미안해. 그럼 부탁해."

그 말만 남기고 주몬지는 빠른 걸음으로 큰방에서 나갔다. 주머니는 지탄다가 직접 들었다.

잠시 생각해 봤지만 어차피 금세 끝날 일이니 트렌치코트는 필요 없을 것이다.

현관에서 부츠를 신는 내게 지탄다가 물었다.

"광이라고 하셨죠?"

"그래."

이 부츠, 싼 게 비지떡이라고 잘 신어지지 않는다. 버클로 고정하는 식인데, 입구가 워낙 좁아서 발을 힘주어 쑤셔 넣어야 한다. 왼쪽을 신고 오른발을 부츠에 밀어 넣으며 대답했다.

"이나리 사당 옆에 있던 그거 말이겠지. ……됐다, 다 신었어."

문살문을 열었다. 그 순간, 정면에서 불어닥치는 바람이 얼마나 찬지 괜히 돕겠다고 나섰다고 후회했다.

내가 배불뚝이 난로를 그리워하기까지 일 초도 걸리지 않았다.

참배객 수는 별로 변화가 없는 것 같다. 경내 중앙의 커다란 모닥불은 여전히 시뻘겋게 타오르고, 그것을 빙 둘러싼 실루엣의 수도 줄어든 것 같지 않다. 먼저 만들어 둔 감주가 아직 남아 있는지, 종이컵을 든 사람들도 여전히 많았다.

"저거지?"

나는 헛간을 가리켰다. 지탄다는 게다를 신어서 그런지 빨리 걸을 수 없는 것 같다. 기세 좋게 나와 놓고 내 뒤를 따라온다.

헛간은 어둠 속에서도 확연히 알 수 있을 만큼 낡았다. 널벽도, 지붕도 영 불안해 보인다. 작정하고 걷어차면 콩트 극에서처럼 픽 쓰러질 것 같다. 아레쿠스 신사는 경영난을 겪고 있나. 아니면 이런 경내 구석의 헛간은 다시 지을 것도 없는 걸까. 이나리 사당의 '정일품' 붉은 깃발이 바로 옆에서 펄럭이고 있건만, 흰 '아레쿠스 신사' 깃발이 헛간 벽에 기대어 세워져 있는 탓에 초라한 인상이 한층 강조되었다. 게다가 깃대를 고정하는 말뚝이 너무 낮아 불안정한 탓인지 위쪽을 비닐 끈으로 헛간 처마에 묶어 놓았다. 너무한다.

다만 문만은 시선을 끄는 광택을 발하고 있었다. 알루미늄제이고, 십중팔구 아직 새것이다. 최근에 교체했을 것이다. 그 증거로 구세대 문의 잔재도 있었다. 글쎄, 빗장을 지르는 것이다. 밖에서 빗장을 지르고 그 빗장을 자물쇠로 고정하는 식이다. 이렇듯 불특정 다수의 사람들이 몰려들고 있는 정월 초하루이건만 자물쇠는 열려 있었다. 조심성이 없는 건지, 대범한 건지. 안에 훔칠 만한 물건이 없을지도 모른다.

빗장을 풀어 문을 열고 안으로 들어갔다.

"불빛이 있으면 좋겠다만……."

그러나 전등 설비는 보이지 않았다. 그러고 보니 이 헛간, 전선을 끌어다 놓은 것 같지 않았으니 불빛이 없는 것도 당연하다.

"들어가서 바로 왼쪽이라고 하셨죠?"

나와 지탄다는 당황할 수밖에 없었다. 문을 열고 들어가 바로 왼쪽은 벽이었다.

"오른쪽을 잘못 말했나?"

"가호 씨가 설마 그럴 리는……."

"그렇지만 왼쪽은 없잖냐."

오른쪽을 보았다. 밤, 불빛도 없는 건물 안. 캄캄해서 아무것도 보이지 않는다. 그러나…….

"……없는 것 같은데."

"그럼……."

"좀 더 안으로 들어가야 하나?"

어둠 속에서 손을 내밀고 발바닥을 스치듯 해서 나아갔다. 눈이 어둠에 익으면 조금은 나아지겠지만, 지금은 이렇게 하지 않으면 위험하다. 조심스럽게 안쪽으로 들어가며 손이 지게미에 닿지 않는지 더듬어 보는데, 아무것도 만져지는 게 없다.

"간단한 심부름일 줄 알았더니 어째 일이 귀찮게 됐군."

"저, 오레키 씨."

어느새 가까이 다가왔는지, 지탄다가 내 바로 뒤에서 이름을 불렀다. 바람이 불어 등 뒤에서 알루미늄 문이 닫히는 바람에 헛간 안이 더욱 캄캄해졌다.

"왜?"

"저기, 이런 말씀을 드리려니 아주 난처한데요."

실제로 말하기 매우 난처한 듯했다. 끈 달린 주머니를 두 손으로 들고 머뭇거리고 있다. 무슨 말이든 분명히 하는 지탄다답지 않다고 생각하며 나는 두 손으로 어둠 속을 더듬기를 그만두지 않았다.

지탄다는 유난히 조심스레 말을 꺼냈다.

"……여기, 헛간이죠?"

"그러게. 헛간이라고 할지, 오두막이라고 할지."

"오레키 씨는 가호 씨가 부탁한 지게미를 찾고 계시는 거죠?"

"그게 아니면 뭘 하고 있다는 거냐?"

"제가 착각한 거라면 죄송해요. 저, 여기, 헛간이에요."

나는 한숨을 쉬었다.

"그래, 여기 맞잖냐?"

어둠 속에서 지탄다가 고개를 흔들었다. 그러더니 어째선지 목소리를 낮추었다.

"아뇨, 광이에요."

"엥?"

"광이에요. 가호 씨가 가르쳐 준 지게미가 있는 곳. 여기는 헛간이고, 지게미가 있는 곳은 광이에요."

……오오. 도치법을 곁들여 두 번이나 말하면 모르려야 모를 수 없다.

나는 할 말을 잃었다. 순간적으로 "어이쿠 이런, 우리 집엔 광이 없어서 그만 실수했네!" 하며 내 머리에 꿀밤을 먹이는 이미지가 떠올랐으나, 별로 어울릴 것 같지 않기에 실행에 옮기지는 않기로 했다. 대신 나도 작은 목소리로 대꾸했다.

"너, 처음부터 눈치채고 있었군."

"네, 뭐, 확신은 없었지만요. 사무소 뒤에 가마를 보관하는 광이 있다는 걸 알고 있었거든요."

"그런 말은 얼른 해라."

겸연쩍음을 얼버무리려고 남을 트집 잡는 것은 흔한 일이다. 나중에 사과하자. 어쨌거나 지금은 서둘러야 한다. 감주도 얼른 만들어야 하고, 뭣보다도 춥다.

그러나 어둠 속에서 몸을 튼 바로 그때였다.

헛간 밖에서 술 취한 목소리가 말했다.

"오, 열려 있잖아."

이어서 어쩨 불길한 달카닥 소리.

"어? 방금 그게……."

지탄다는 감이 오지 않는 것 같다. 나는 즉시 문에, 어두워서 잘 알 수 없으니 정확히는 문이 있을 듯한 곳에 달려들었다. 알루미늄 손잡이의 차가운 감촉을 금세 찾아냈다.

그러나.

덜컹덜컹 흔들릴 뿐인 문. 나는 지탄다를 돌아보았다. 윤곽도 분명하지 않았지만, 왜 그런지 걱정스레 고개를 갸웃하는 녀석의 얼굴이 보인 듯했다.

"왜 그러시나요?"

어차피 보이지는 않겠지만 어깨를 으쓱했다.

"갇혔다."

4

"지탄다, '정월 초하루에 한 일을 일 년간 하게 된다'는 말도 있냐?"

그렇게 묻자, 생각하는 기색이 느껴졌다.

"글쎄요……. 그런 미신은 없을 것 같은데요. 아니면 '정초에 쉬었으면 일 년간 쉬게 된다'는 뜻이 되니 아주 불합리하지 않을까요. ……그렇지만 오레키 씨, 저는 굳이 말하자면 남은 삼백육십사 일보다 현재 처한 상황이 더 마음에 걸리는데요."

뺨을 에는 듯한 웃풍이 불어 든다. 바람이 새어 드는 틈새기는 동시에 이 어둠에 얼마 안 되는 빛도 가져다준다. 어둠에도 이제 겨우 눈이 익었다.

보이는 것은 대 빗자루에 철제 삽, 그을음을 청소할 때 쓰는 긴 막대기, 뭐가 들었는지 알 수 없는 상자. 기모노 차림에 약간 난처한 표정의 지탄다.

그리고 우리를 둘러싼 사방의 벽.

새삼스레 푸념이 나왔다.

"어쩌다 이렇게 된 거냐."

"그러게요, 아마……."

어둠 속에서 지탄다가 웃은 듯했다.

"제비 점 결과가 나빠서 그런 게 아닐까요?"

나는 한숨을 쉬었다.

역시 그런가?

……아니, 그렇지 않다. 원인은 두 가지. 첫째는 지나가던 아저씨가 술에 취해 안을 확인하지도 않고 빗장을 지른 것. 또 하나, 근본적인 원인은 말하나 마나 뻔하지만 말하자.

"미안하다. 내가 바보 같은 착각을 하는 바람에."

지탄다는 고개를 내저었다.

"아니에요. 보통은 착각한다고 갇히지는 않죠."

그렇기야 하지만, 착각에 대해 아직 사과하지 못했던 터라.

갇혔다고 해도 다행히 여기는 아무도 없는 공장도, 여름 방학중의 학교 건물도 아니다. 비록 경내에서도 상당히 구석진 곳이고 남 눈에 띄기 어려운 곳이기는 해도 이나리 사당에 참배하러 오는 사람이 없지 않을 것이다. 구조를 요청해 밖에서 빗장을 풀어 달라고 하면 간단하다.

"그럼 사람을 부른다. 있는 힘껏 고함칠 거니까 귀를 막는 게 좋을 거다."

지탄다더러 소리 지르라고 할 수는 없다. 나는 한두 번 목청을 가다듬었다.

"아니, 저……."

뭐라고 소리쳐야 하나. 명색이 고등학생인데 '사람 살려'는 좀 그런가. '어이'면 되려나. 뭐가 됐든 소리를 지르면 누가 알아차려 줄 것이다. 숨을 들이마셨다가 자, 소리 지른다, 한 순간…….

"잠깐 기다려 보시라니까요!"

어둠 속에서 허연 것이 슥 뻗어 왔다. 흠칫하는 내 입에 보드라운 게 닿았다. 나도 모르게 숨을 삼키고 초점을 가까이 맞추자, 지탄다의 손바닥이 내 입을 틀어막고 있었다.

눈을 희번덕거렸다. 지탄다는 몸을 불쑥 뻗어 왼손으로 오른쪽 소매를 약간 걷었다. 오른손은 내 입을 막고 있다.

"죄송해요. 잠깐 기다려 주세요."

전에 없이 심각한 목소리다. 나도 모르게 고개를 끄덕였다. 하지만 대체 기다려야 하는 이유가 무엇인가.

지탄다는 내 입에서 손을 떼고 물었다.

"저, 지금 큰 소리로 다른 사람을 부르면 어떻게 될까요?"

의미를 이해하지 못한 채 대답했다.

"누가 와 주겠지."

"그럼 저희는 빗장을 풀어 달라고 부탁드려요."

"풀어 주겠지."

"문을 열겠죠?"

"열겠지."

"그럼 저희는 어떻게 보일까요?"

말문이 막혔다.

지탄다가 무엇을 염려하는지 그제야 알았다. 내가 이곳에 사토시와 갇혀 있었다면 전혀 문제없다. 지탄다가 이바라와 갇혀 있었어도. 그러나 지금은 다르다.

내 목소리를 듣고 빗장을 열어 준 친절한 사람은, 어두운 밤 신사 경내 후미진 곳의 헛간에서 나와 지탄다가 무엇을 하고 있었는지 정확히 이해해 줄까?

짤막한 침묵이 흐른 뒤 지탄다는 잘 알아들을 수 없을 만큼 작은 목소리로 말했다.

"저에 관해 전혀 모르시는 분이 구해 주시면 상관없지만, 아까부터 신도 대표 분들이 경내를 돌고 있거든요. 그분들은 저를 알아요."

사무소로 들어갈 때, 지탄다가 이름을 밝히자 대하는 태도가 달라졌던 게 생각났다.

"만약 그분들께 도움을 받게 되면 당치 않은 오해를 피할 수 없겠죠. 지게미가 있는 건 헛간이 아니라 광이니까요. 이유를 설명할 길이 없어요. 오레키 씨, 저는 오늘 여기 아버지의 대리인 자격으로 왔어요. 다른 때, 다른 장소라면 또 몰라도 정월 초하루 아레쿠스 신사에서 당치 않은 오해를 받는 건 곤란해요."

나는 신음했다.

이야기만 들으면 체면을 너무 신경 쓰는 게 아닌가 싶기도 하다. 뭘 그렇게까지 신경 쓰냐, 오해하려면 하라지. 하지만 그것은 내가 일개 고등학생인 오레키 호타로라서 그럴 것이다.

지탄다 에루는 아닌 게 아니라 사는 세계가 나와 조금 다르다. 교육 행정에 영향력이 있다는 도가이토가의 아들도, 가미야마 시에서 제일 큰 병원을 경영하는 이리스가의 딸도 지탄다를 알고 있었다. 그들은 학교 선후배라는 관계 이외의 부분에서 지탄다와 친교가 있었다. 그리고 지탄다가는 정월 초하루, 대리인을 통해 아레쿠스 신사의 신관 주몬지가에 술을 보낸다.

내가 판단할 수 있는 세계가 아니다. 여기서 소리 질렀을 경우 날 수 있는 풍문을 지탄다가 신경 쓰는 게 정당한 걱정인지 기우인지 나는 알 수 없다.

문득, 아주 잠깐, 그게 무척 쓸쓸하게 느껴졌다.

얕게 한숨을 쉬었다.

"그래, 알았다. 그럼 어쩌려고?"

벽은 여기저기 갈라졌으면서 알루미늄 문은 꼭 맞게 달려 있어 안쪽에서 빗장을 조작하는 것은 무리다.

"어떻게든 누가 밖에서 열어 주게 해야 해. 그것도 얼른. 만약 누가 볼일이 있어서 여기 문을 열었다간 정말로 오해를 살 거다. 그렇지만 사정을 이해해 줄 법한 건……."

"가호 씨 아니면……."

"이바라뿐이지."

"지금 생각하면 아까 빗장을 걸었을 때 닫지 말라고 바로 부탁드렸으면 됐을 텐데요. 순간적으로 말이 나오지 않았어요."

지탄다의 어두운 목소리가 갑자기 밝아졌다.

"그렇지만 괜찮아요!"

"호오, 좋은 방법이라도 있냐?"

"네."

꽤나 자신만만하다. 그렇게 눈이 번쩍 뜨이는 해결법이 과연 있을까.

어둠 속에 녀석의 웃는 얼굴이 보이는 듯했다.

"간단해요. 전화하면 되죠."

턱이 빠질 뻔했다.

"과연 간단하군. 그렇지만 지탄다, 여기엔 공중전화가 없을 텐데."

"무슨 말씀이세요? 농담하시는 건가요? 물론 휴대 전화를 사용해야죠."

머리가 지끈거린다. 웃바람이 뼛속까지 스민다.

"그래, 좋은 방법이군. 자, 그럼 걸어."

"아, 저 휴대 전화 없는데요."

진심으로 하는 말인가? 아니면 이 상황으로 머리가 혼란에 빠져 잊어버렸나? 나는 나지막이 말했다.

"나도 그런데."

침묵.

"……그, 그랬죠! 어떻게 하죠?"

지금 와서 허둥댄들.

소리 지르는 것 외에 헛간에서 나갈 수 있는 방법은 없나. 나는 생각해 보았다.

안쪽에서 빗장을 벗길 수는 없을까. 무턱대고 무리라고 단정하지 말고 신중하게 검토해 보자.

먼저 이 문의 구조를 생각해 보았다. 문 자체에 잠금장치는 없다. 그렇기에 세게 밀면 아주 조금은 열린다. 그 이상 열리지 않는 것은 빗장 때문이다.

아까 들어올 때 얼핏 보기로 헛간 벽과 문에 디근 자 형 쇠붙이가 붙어 있었다. 나사를 썼는지, 못을 박았는지 그런 세세한 점까지는 물론 모르지만, 이렇게 힘주어 밀어도 느슨해지는 기색이 없는 것을 보면 꽤나 단단히 고정된 것 같다. 그리고 그 쇠붙이 구멍으로 나무 막대기를 질러 놓았다. 이게 빗장이다.

그렇다면 빗장은 옆으로 끼우는 식이라는 뜻이다. 만약 이곳 빗장이 위로 끼우는 특이한 방식이었다면, 힘으로 밀어붙여서라도 조금이라도 틈새를 내 그리로 빗장을 들어 올릴 수도 있었을 것이다. 하지만 옆으로 움직이는 방식이라면 그 방법도 무리다.

결론. 안에서는 빗장을 벗길 수 없다.

그러나…….

"문을 여는 방법이 하나만 있는 건 아니지."

내가 중얼거린 말에 지탄다가 네? 하고 반응했다. 나는 손짓으로 문을 가리켰다.

"가령 문 자체를 떼는 것도 가능하지. 어떤 식으로 고정되어 있으려나?"

어둠 속에서 얼굴을 갖다 대고 문과 벽의 접합부를 살펴보았다. 문 상부와 하부, 두 곳에 경첩이 붙어 있다. 뭐, 보통 방식이다.

보통 방식으로 붙은 경첩에 문제가 있다면, 경첩을 떼기 위해 나사를 풀려면 문을 열어야 한다는 점이리라. 문이 닫혀 있는 지금, 나사 대가리는 문 테두리에 가려져 심지어 보이지도 않는다.

경첩을 떼는 작전도 불가능.

"또……."

"저, 오레키 씨."

지탄다의 목소리는 어쩐지 괴로운 듯했다.

"뭐?"

"저, 잊고 있었어요. 오레키 씨는 휴대 전화가 없다는 걸. 그래서 소리쳐서 도움을 청하지 말아 달라고 부탁드린 거예요. ……그렇지만 이런 상황이면 이야기는 별개예요. 도움을 청하기로 해요. 이대로 가다간 오레키 씨가……."

내가 뭐? 지탄다는 얼버무렸다.

"……감기 드실 거예요."

아닌 게 아니라 온몸이 추위에 부들부들 떨린다. 지게미를 가져오는 정도라면 일 분이면 될 것이라 생각해서 트렌치코트를 입고 오지 않았다. 스웨터만으로는 힘들다. 하지만 힘들어 죽을 정도는 아니다.

"그렇지만 걱정되잖냐, 나하고 같이 있는 상황을 오해할까 봐. 다른 수가 없을 것 같으면 바로 부를 테니까, 그때까지 무슨 방법이 없을지 생각해 보마."

"오레키 씨……."

어둠 속에서 지탄다가 머리를 숙였다. 나는 지탄다에게 보일지 아닐지 알 수 없었지만 한껏 웃음을 지어 보였다.

"걱정 마라. 빗장은 움직일 수 없고 경첩도 뗄 수 없어. 하지만 검토하지 않은 탈출 방법이 아직 네 개나 남아 있단 말이지."

"네? 그렇게나 많이요?"

"그래."

나는 손가락을 꼽았다.

"첫째, 문을 부순다. 둘째, 벽을 부순다. 셋째, 굴을 파서 빠져나간다. 넷째, 천장에 구멍을 낸다."

손가락 네 개를 꼽아 내 오른손에는 새끼손가락만 들려 있었다. 지탄다는 아무 말도 하지 않았다. 아무 말도 하지 않지만 어쩐지 기막혀하는 것 같다.

그렇지만 나는 농담을 한 게 아니었다. 예전에 사토시가 빌려 준 셜록 홈스에 '불가능한 수단을 전부 배제하고 마지막으로 남은 수단은 아무리 황당무계해도 그게 정답이다'라는 말이 있었다. 아마 그랬던 것 같다. 약간 다를 수도 있다.

주먹으로 벽을 밀어 보았다.

"맘만 먹으면 어느 거나 가능해. 문은 튼튼해 보이지만 문을 붙인 벽이 약하지. 자꾸 걷어차다 보면 경첩 언저리가 부서질 거다.

어차피 이 벽널, 썩었고 말이지. 도구만 쓰면 그렇게 힘 안 들이고도 할 수 있을걸."

"아, 아니, 그런……."

제지가 날아들었다.

"그건 안 돼요! 아무리 낡았어도 아레쿠스 신사의 건물이라고요!"

"역시 안 되냐."

혼도 날 테고. 혼나는 것은 그렇다 치고 너무 과격한 행동을 하면 신도 대표들이 달려올 것이다. 탈출 장면을 목격당했다가는 그런 짓을 하는 의미가 없다. 그렇다면 천장도 아웃. 남는 것은…….

"터널 작전인가."

다행히 헛간 벽에 삽을 기대어 세워 놓았다. 끝이 뾰족한 타입인 것도 마음에 든다. 게다가 바닥에 마룻널을 깔지 않았다. 그래, 이 심한 추위는 맨바닥이라 지면의 냉기가 직접 올라오는 탓도 있었나. 문득 그런 것을 깨달았다.

"……파 보라?"

"몇 시간 걸릴지……."

아침까지는 나갈 수 있을 것이다. 내가 도중에 쓰러지지만 않으면.

탈출 방책의 방향성을 못 잡겠다. 여기는 헛간이다. 아무 도구도 없는 것은 아니다. 하지만 이게 있으면 탈출할 수 있다는 '필요한 도구'가 현 단계에서는 없다. 삽과 대 빗자루, 청소용 막대기 말고는 깃발을 다는 데 쓰는 것으로 보이는 긴 장대, 북을 올려놓는 받침. 상자 안에 든 것은 대량의 찻잔이었다. ……이걸로 어쩌라고?

벽의 갈라진 틈으로 바람이 불어 든다.

어쨌거나 역시 무리일지 모른다. 문을 열지 않고 밖으로 나갈 방법이 있을 리 없다. 이 헛간에는 창문 하나 없다. 시간이 흐르면 흐를수록 제삼자에게 구출됐을 때 '변명'하기가 더욱 힘들어진다. 큰 소리로 도움을 청하려면 이르면 이를수록 좋다. 그렇게 생각하면서도 여전히 무슨 방법이 없을까 궁리를 계속한다. 오기를 부리는 걸까. 아니, 내게 그런 오기는 없을 터다. 다만 지탄다가 진심으로 걱정하는 것 같으니 배려해 주고 싶은 마음은 있다. 아아, 그나저나 바깥세상은 참 넓기도 하지!

자유를 갈구하며 갈라진 틈새로 '바깥세상'을 보았다.

아주 작은 틈새였는데도 뜻밖에 넓은 시야를 확보할 수 있었다. 커다란 모닥불이 시선을 잡아끈다. 따뜻할 것 같다. 좋겠다. 사람들에게 나눠 주던 감주는 아직 남아 있을까. 우리가 심부름에 실패하는 바람에 주몬지가 불편을 겪었겠다.

그때 참배객과 분위기가 명백히 다른, 거나하게 취한 노인이 이쪽으로 오는 게 보였다. 경내를 돈다는 신도 대표일까.

"앗, 이쪽으로 오는데요."

어느새 지탄다도 다른 틈새로 밖을 보고 있었다. 나는 허리께에 있는 틈새에 눈을 갖다 대고 있었는데, 지탄다는 자기 눈높이에 있는 틈새를 발견해 그리로 보고 있었다. 몸을 굽히고 있는 내 머리에 지탄다가 든 끈 달린 주머니가 닿았다.

노인은 헛간 근처까지 오지 않았다. 원래는 우리가 있는 근처까지 왔다가 이나리 사당 쪽으로 갈 생각이었겠으나, 갑자기 몸을 굽히고 뭔가를 줍더니 발길을 돌려 온 방향으로 돌아갔다.

"왜 저러지?"

내가 중얼거리자, 지탄다의 다소 자신 없는 목소리가 위에서 들려왔다.

"뭔가를 주우시던데요. 휴대 전화 스트랩 같은 거였어요."

"보였냐?"

"네, 아마."

"이 거리에서? 아니, 이 밤중에?"

대단히 진지한 대답이 돌아왔다.

"저, 밤눈이 밝거든요."

시력 2.0 이상인데다 밤눈까지 밝으십니까. 지탄다는 시력뿐 아니라 청각과 후각도 좋다. 요리를 잘하는 것을 보면 미각도 발달됐을지 모른다.

이야기하는 사이에 나는 노인을 놓치고 말았다. 그런데 지탄다는 계속 추적하고 있는 모양이다. 이윽고 나직이 말했다.

"아, 가져다주러 가셨군요."

"가져다주러? 어디로?"

"사무소겠죠. 아아, 사람들 틈에 섞여 이젠 보이지 않아요."

그때 내 뇌리에 번득인 게 있었다.

"……지탄다, 조금만이면 벽 좀 부숴도 되지?"

5(side B)

〈신춘 드라마 스페셜 풍운 오다니 성〉은 호쾌한 연출이 아주 즐거웠다. 좌우지간 초장의 오케하자마 전투부터가 굉장했다. 이마가와 요시모토가 고금무쌍의 호걸로 그려지며 빗속에서 오다 군을 거침없이 베었다. 그야말로 개수일촉이다. 다른 드라마였으면 가히 검호급이다. 그렇다면 요시모토를 무찌른 모리 신스케도 당연히 호걸이다. 시산혈해 속에 요시모토와 신스케가 칼을 맞부딪치는 오프닝에 배꼽을 쥐고 웃은 나는 이 드라마의 본질이 코미디임을 간파했다.

금세 영향을 받는 게 내 나쁜 점이다. 의외로 좋은 점일 수도 있지만. 주제곡을 흥얼거리며 슬렁슬렁 아레쿠스 신사로 돌아왔다. 별 이유 없이 휴대 전화 폴더를 열고 마야카가 보낸 문자를 다시 확인했다.

'지이랑 오레키 벌써 와 있어. 사무소로 들어와서 기다려.'

으음, 아르바이트중에 문자를 보내는 건 좋지 않은데.

끈 달린 주머니를 덜렁거리며 참배길을 걸어가, 발걸음도 경쾌하게 계단을 올라가, 행운을 불러 줄 물건을 사려는 사람들을 지나쳐 사무소 현관으로 들어갔다.

문살문을 열자, 바로 앞에 주몬지가 서 있었다. 무녀 복장이 아주 그럴싸하게 어울린다. 그 점에서 마야카는 역시 임시변통이라는 느낌을 지울 수 없었다.

곧바로 아는 사람을 만난 것은 운이 좋았는지도 모른다. 다만 나는 주몬지가 약간 불편하고 그렇다. 일단 내 사랑스러운 쾌활함을 담아 인사부터.

"아, 주몬지, 새해 복 많이 받아."

주몬지는 반에서 종종 보는 무관심한 시선으로 나를 보았다. 그래도 어쨌거나 답례는 정중하게 한다.

"너도 새해 복 많이 받아."

그런데 이어서 나온 질문은 생각지도 못한 것이었다.

"후쿠베, 지탄다 못 봤어?"

지탄다? 여기 없어?

"난 방금 와서."

"그래."

어렴풋이 눈살을 찌푸리고 있다. 무슨 일 있었군.

주몬지는 "안내해 주지 못해서 미안하지만 편하게 들어와. 큰방에 난로 때 놨어"라는 말을 남기고 발바닥을 스치는 걸음으로 복도 모퉁이를 돌아 사라졌다. 들어가도 된다니 고마운 일이다.

큰방이라는 곳으로 가기 전에 마야카가 잘 있는지 뒤쪽에서 잠깐 보고 가자는 생각이 들었다. 처음 들어온 건물이지만 방향은 대충 안다. 도중에 술 잡순 분들과 엇갈려 지나쳤지만, '나는 여기 있는 게 당연합니다!' 하는 표정을 짓고 있었더니 아무 말도 하지 않았다.

여기 아닐까 싶은 곳의 문을 열었다. 정답이다. 손 닿는 거리에 진홍 하카마를 입은 마야카가 정좌하고 있었다. 얼굴이 조금 피곤해 보인다. 날도 추운데 오랫동안 힘들었지, 이제 삼십 분만 더 있으면 끝나.

낮에는 눈코 뜰 새 없이 바빠 제대로 말도 나눌 수 없었지만 지금은 괜찮을 것 같다. 살그머니 불러 보았다.

"마야카."

"……후쿠."

마야카의 얼굴이 빨개진 것은 기분 탓일까? 만약 기분 탓이 아니라면 원인은 잘 안다. 복장이 아직도 창피한 것이다. 벌써 몇 시간 입었으니 익숙해질 만도 하건만, 그렇게 안 되는 것을 보면 마야카는 올해도 마야카다.

새해 인사는 낮에 왔을 때 했다. 지금은 일단 "고생 많아"라고 했다. 지쳐서 웃을 기운도 없는지 마야카는 어린애처럼 고개만 끄덕했다.

그런데 갑자기 뭔가 떠오른 듯 동작이 생기를 되찾았다. 분실물을 모아 놓은 것으로 보이는 쟁반에서 손수건 한 장을 집어 들었다.

"후쿠, 이거 혹시 본 적 없어?"

레이스로 가장자리를 두른 손수건이었다. 순백색으로 보이지만 순백색은 아니다. 진주 색깔이라고 해야 할까. 한마디로 말해 비쌀 것 같다. 그렇게 흔해 빠진 물건은 아닐 듯하지만 특별히 인상적인 것은 아니다.

"글쎄?"

고개를 갸우뚱하자 마야카는 머뭇거리며 말했다.

"지이가 이런 거 갖고 있었던 것 같은데……."

아, 아닌 게 아니라 지탄다라면 이런 손수건을 써도 이상할 것 없다. 학교에 들고 오지야 않겠지만.

나는 웃었다.

“주인을 알 것 같다는 건 좋은 일이잖아. 지탄다가 돌아오면 물어보면 되지.”

마야카는 억지로 힘없는 미소를 짓고 “응, 그러게”라고 했다.

5(side A)

"……아무도 안 오네요."

틈새로 밖을 내다보던 지탄다가 중얼거렸다. 나는 신음했다.

"방향성은 나쁘지 않다 싶었다만……."

헛간에 불어 드는 바람이 더 세졌다. 자업자득이기는 하다. 내가 삽으로 벽의 일부를 부수었다. 그 구멍으로 바람이 윙윙 불어 든다. 춥다. 무척.

부수었다고 해도 아주 조금. 그것도 이미 있는 틈새를 약간 넓힌 것뿐이다. 지탄다의 작은 손을 넣다 뺐다 할 수 있을 만큼.

자력으로는 헛간에서 탈출할 수 없다.

나는 그렇게 결론을 내렸다. 이 헛간은 사람들 눈에 잘 띄지 않는 곳에 있는데, 눈에 잘 띄지 않을 뿐이고 사실 오가는 사람은 어느 정도 있었다. 그런 가운데 아무도 모르게, 그것도 온당한 수단으로 탈출하는 것은 불가능하다. 최소한 창문이라도 하나 있으면 어떻게든 안에서 빗장을 움직일 수 없을까 궁리했겠으나.

자력 탈출이 무리라면 도움을 청하는 수밖에 없다. 이바라 또는 주몬지에게 연락을 취하는 방법밖에 없는 것이다. 나와 지탄다는 휴대 전화가 없지만, 그게 별거냐. 인류의 영지英智는 고도 정보 사회에서 원시적 통신 수단을 도태시키지는 않았을 터.

이바라가 무녀 복장으로 하고 있는 아르바이트 업무 내용 중에 분실물 관리가 있어 운이 좋았다. 이바라는 말했다. 신도 대표들이 열심히 경내를 돌며 조금이라도 값나갈 것 같은 물건이 떨어져 있으면 바로바로 갖다준다고.

그 말은 곧, 값나가는 물건을 떨어뜨리면 꽤 높은 확률로 이바라에게 갈 것이라는 뜻이다.

여기까지는 나쁘지 않았다. 실제 예상대로 우리가 떨어뜨린 '분실물'은 신도 대표가 주워 사무소로 가져갔다.

그런데 문제는 해결되지 않았다. 이바라에게 물건을 보내는 수단은 확립할 수 있었건만 우릴 구해 달라는 뜻을 전달할 방법이 없었다.

나는 중얼거렸다.

"역시 손수건만으로는 무리였나."

분실물로 지탄다의 손수건을 골랐다. 신도 대표가 주워서 사무소로 가져갈 만한 값나가는 물건이고, 지금 나나 지탄다가 몸에 지니고 있으며, 게다가 우리의 물건임을 이바라가 확실히 알 수 있는 물건으로서 그게 후보에 올랐다.

지탄다가 벽에서 몸을 뗐다.

"그러게요, 마야카 씨는 그 손수건을 몇 번 봤을 텐데요……. 그렇지만 아주 인상적인 손수건은 아니니까요."

설사 이바라가 손수건을 지탄다 것이라 판단해도 그다음부터가 또 까다롭다. 이바라는 이렇게 생각해야 한다.

'이 분실물은 헛간 근처에 떨어져 있었다 하던데, 지탄다 에루가 어찌하여 그런 곳에 있었을꼬. 큰방에 있는 것이 아니었나. 앗, 이는 틀림없이 큰일이 벌어진 것이로구나!'

손수건만으로는 무리였나.

그렇다면 다음 수단을 쓰자. 이바라가 보면 우리가 궁지에 처했다는 것을 알 수 있을 분실물은 뭐냐?

6(side B)

큰방에서는 연회가 벌어지고 있었다.

빈자리도 있겠다, 혼자라고 기죽는 성격도 아니지만, 역시 지루한 것은 지루하기에 금세 빠져나왔다.

갈 곳은 마야카가 있는 곳밖에 없다. 아르바이트중에 너무 귀찮게 하면 방해가 될 테고 다른 두 사람 눈치도 봐야 하지 않겠나 생각했는데, 조금 전 그 두 사람과도 말을 주고받으면서 마음이 편해졌다. 마야카가 두 사람에게 "나 얘 찍었거든" 하고 선언했기 때문이다.

오랫동안 같이 일하면서 아르바이트 무녀 세 사람 사이에 연대감이 생겨난 걸까. 두 사람은 유난히 마야카의 역성을 들었다. 어느 학교 애들일까. 가미야마 고등학교는 아닌 것 같은데.

문을 열자 나를 알아차린 마야카가 바로 손짓했다. 그렇지만 문지방을 넘으면 손님 눈에 띄게 된다. 아무리 손님이 많이 줄었다지만 그럴 수는 없다. 나는 고개를 한껏 뻗었다.

"이거 좀 봐, 후쿠!"

마야카가 내민 것은 반으로 접는 데님 지갑이었다. 아, 이건 분명히 본 적 있다.

"그거 호타로 거 아냐?"

"그렇지? 그 바보가 떨어뜨렸나 봐."

"뭐, 호타로도 꽤 허술한 면이 있으니까."

호타로는 자신이 지탄다를 챙길 때가 많다고 생각하는 모양인데, 그것은 특수한 사례가 기억에 남아 있는 것뿐이다. 평소 동아리 활동에서 호타로는 의외로 지탄다와 마야카에게 수고를 많이 끼친다. 인상적인 것은 올해, 아니고 작년 여름방학, 마야카의 연출로 온천에 갔을 때. 목욕하다 빈혈을 일으켰다.

아무튼 호타로도 지갑쯤은 떨어뜨릴 것이다. ……어라? 아까 그 손수건은 지탄다 것이라는 의혹이 있지 않았던가?

"그렇지만 좀 이상해. 봐 봐."

마야카는 지갑을 열었다. 다른 사람 지갑을 훔쳐보다니 그런 상스러운 짓을! 나는 눈을 크게 뜨고 자세히 보았다. 이건…….

마야카가 상황을 단적으로 표현해 주었다.

"빈 지갑."

지폐를 넣는 부분에도, 동전을 넣는 부분에도 아무것도 들어 있지 않았다. 빈털터리다.

"이상하지 않아? 새해 첫 참배를 드리러 온 거잖아. 오레키도 새전쯤은 갖고 오지 않았겠어?"

"아니, 그건 별로 이상하지 않아. 가진 돈을 전부 새전함에 넣었을 수도 있지."

"걔가?"

나도 있을 법하지 않은 일이라고는 생각하지만, 뭔가 강렬한 소원이라도 생겼는지 모른다. 지갑을 가리키며 말했다.

"내가 이상한 건 카드 꽂는 부분이야. 호타로도 포인트 카드나 멤버십 카드 하나쯤은 있을 텐데, 거기도 아무것도 없어."

"아, 응, 그러네."

"호타로 지갑이 아닌 거 아냐?"

마야카는 강력하게 부정했다.

"아냐, 이거 걔 거 맞아."

"……왜?"

"체인 연결하는 고리에 이런 게 묶여 있었으니까."

마야카가 품에서 종잇조각을 꺼냈다. 구겨진 작은 쪽지.

받아 들고 알았다. 제비 점이다.

"펴 봐."

시키는 대로 접힌 제비를 폈다. ……웃음을 터뜨렸다.

"흉! 흉! 어휴, 아레쿠스 신사, 진짜 잔인하다. 흉도 넣는구나."

그러나 마야카는 흉 제비로 나를 웃기려 한 게 아니었다. 쓴웃음을 짓지만 목소리는 진지했다.

"그거 오레키가 뽑은 거야. 새가 쫀다느니 뭐니 적혀 있는 것도 똑같고. 오레키는 흉 제비를 지갑에 묶어 그걸 떨어뜨린 거야."

그래, 그렇단 말이지.

미간에 주름이 잡히는 게 느껴졌다. 별안간 조용해지니 마야카가 걱정했다.

"후쿠?"

"……그렇다는 건……."

숨을 꿀꺽 삼켰다.

"호타로는 이런 재수 없는 제비를 하필이면 지갑에 묶는 바람에 지갑을 떨어뜨리고 안에 들어 있던 것까지 전부 도둑맞은 거군!"

불쌍한 호타로. 정초부터 참 몹쓸 일을 당했군.

그나저나 제비 점의 위력 한번 엄청나다. 호타로의 흉사를 이토록 보기 좋게 맞히다니. 나도 그 공덕을 봐야겠다.

나는 지갑에서 백 엔을 꺼냈다.

"마야카, 나도 제비 점 칠래."

6(side A)

"아무도, 안, 오네요…… 에취!"

지탄다가 재채기했다.

춥다는 말을 전혀 하지 않아 괜찮은 줄 알았다. 그럴 리 없었다. 나는 남자라 여자 기모노를 입어 본 적은 없다. 하지만 아무리 봐도 방한성이 그렇게 뛰어난 의복 같지는 않다.

"괜찮냐?"

멋대가리 없게 묻자, 지탄다는 난처한 듯 웃었다.

"네, 괜찮아요. 미치유키, 입고 나올걸 그랬네요."

"미치유키?"

"네, 왜 그거 있잖아요, 검정색 지리멘 비단."

아아, 그 코트. 그런 걸 미치유키라고 하나. 전통적이라고는 생각했다.

“나도 트렌치코트를 괜히 두고 왔다고 후회중이다.”

“확실히 좀 춥네요.”

‘좀’ 정도가 아니다. 한계가 멀지 않았다. 주머니에 휴대용 손난로를 넣어 놓지 않았다면 벌써 오래전에 포기하고 소리 질러 도움을 청했을 게 틀림없다.

지금 내 주머니 안에는 손난로 외에도 여러 가지가 들어 있다. 천 엔짜리 지폐. 동전. CD 가게 포인트 카드.

지갑을 밖에 버리는 것은 꽤 과감한 조치였다. 사실 지탄다의 지갑을 ‘분실물’로 삼으면 더 좋았을 것이다. 지탄다의 지갑에 내 ‘흉’ 제비가 묶여 있으면 이바라는 의아하게 여길 것이다. 비상사태임을 알아차려 줄지도 모른다.

그러나 그러기가 망설여졌다. 지탄다가 평소 학교 매점에서 빵을 살 때 쓰던 지갑이 아니었기 때문이다. 지갑도 정월 복장의 일환인가. 지탄다가 제비를 살 때 얼핏 본 지갑은 비싸 보이는 가죽 제품이었다.

지갑에 든 것을 전부 빼면 주운 사람이 ‘분실물’을 슬쩍해도 타격은 적지 않을까 했는데, 너무 쉽게 생각한 것이었다. 지탄다의 지갑은 아주 두둑해 보인다. 경내를 도는 신도 대표

외의 사람이 주우면 속도 확인하지 않고 가져갈 수 있다. 그래서는 곤란하다.

하는 수 없이 내 지갑을 비우고 오레키 호타로의 지갑임을 주장하기 위해 제비를 묶었다. 종이가 있으니 '구해 줘'라고 쓰고 싶었지만, 안타깝게도 아무리 머리를 쥐어짜도 글씨를 쓸 도구가 없는데다 마땅한 대용품도 생각나지 않았다. 일단 손톱으로 '구해 줘' 하고 써 놓기는 했지만, 지갑에 묶으면서 종이가 구겨졌으니 지워졌을 것이다. 접어서 안에 넣으면 구겨지지 않겠지만, 그래서는 한눈에 내 지갑임을 알릴 수 없다. 어느 쪽을 택할지 고민은 했다.

결과는 나쁜 방향으로 나온 모양이다. 지갑도 분명히 이바라에게 전달됐을 텐데 구조의 손길이 오지 않는다. 지탄다의 손수건에 이어 내 지갑까지 나타났으니 이바라도 어째 이상하다는 생각은 하겠으나…… 아르바이트하다 말고 상황을 살펴보러 가야겠다는 생각까지 들게 하는 데는 실패했다.

"미안하다, 지탄다. 더는 무리일 것 같다."

추워하는 지탄다에게 내 옷이라도 덮어 줄 수 있으면 자기희생 기분을 맛볼 수 있겠지만, 나도 춥다. 스웨터를 벗으면 정말 저체온증을 일으킬지 모른다.

지탄다는 웃으며 말해 주었다.

"아니에요. 죄송해요, 이제까지 제 고집에 맞추시게 해서."

"고집이 아니라 책임이잖냐."

"……그건 그렇지만 오레키 씨까지 말려들게 한 데 대한 변명은 못 돼요. 도움을 청하기로 해요. 소문이 다소 나는 건 어쩔 수 없죠."

이제까지 추위를 견뎠건만 원통하다. 그렇지만 이제 더는 방법이 없다. 해결할 길을 찾을 수 없는데 무의미하게 시간만 끄는 것은 옳지 않다. 나는 고개를 끄덕였다.

그러나 마지막 순간.

"아아, 후쿠베 씨도 벌써 와 계실 테죠."

지탄다의 영탄이 내게 잊고 있었던 사실을 일깨워 주었다. 그래, 사토시가 와 있을 것이다. 벌써 와 있고도 남을 시간이다. 와 있는 게 당연하다.

나는 먼저 물리적 수단으로 헛간에서 탈출할 방법을 생각했다. 그게 어려울 듯하기에 이바라에게 연락을 취할 방법이 없을까 궁리했다. 하지만 연락을 취할 사람은 이바라만이 아니다. 사토시다. 사토시라면!

아아, 그런데 도구가 없다!

"지탄다, 너 뭐 끈 같은 거 없냐!"

별안간 흥분하자 지탄다가 주춤했다.

"끄, 끈 말씀인가요?"

"이 정도…… 오십 센티미터 정도면 되는데. 그것만 있으면 우리 상황을 확실하게 전할 수 있어."

지탄다는 자기 몸을 통통 두드리기 시작했다. 끈이 어디 없나 찾는 것이다.

"게다 끈……."

"짧아."

"아! 주머니 끈이 있어요!"

나는 고개를 내저었다.

"그건 안 돼. 주머니는 쓸 거다."

지탄다는 납득되지 않는지 고개를 갸웃거렸지만, 그래도 질문은 뒤로 미루어 주었다.

"그럼 오레키 씨 신발 끈은 어떨까요?"

"……그 수가 있었군!"

흥분해 부르짖은 것도 잠깐, 발을 내려다보고 낙담했다. 평소 신는 스니커라면 쓸 수 있는 방법이다. 신발 끈을 푸는 것쯤 아무렇지도 않다. 하지만 오늘 신은 것은 끈 없는 타입의 부츠다. 멋을 부린 게 아니라, 눈이 녹아 경내의 땅이 질척거리지 않을까 단순히 생각했기 때문이다. 그게 이런 데서 화가 될 줄이야. 하여간 철저하게 재수가 없다.

"꼭 필요한 거라면……."

지탄다의 흰 손이 기모노 허리띠를 살짝 만졌다.

"허리띠 끈을 쓰면 될 거예요."

"그거 끈이냐?"

"네."

고개를 끄덕이는데, 왜 그런지 살짝 고개를 돌린다. 일일이 신경 쓰지 않고 물었다.

"풀려면 귀찮냐?"

"네, 뭐, 그렇죠. 좀 번거롭긴 해요."

문득 불안이 스쳤다.

"지탄다, 난 기모노를 잘 모른다만……."

"……."

"허리띠 끈이란 걸 빼도 기모노는 괜찮은 거냐?"

대답은 좀처럼 돌아오지 않았다. 지탄다가 고개를 들지 않고 작은 목소리로 말했다.

"허리띠는 많이 흐트러지겠죠."

"헉, 그, 그럼 안 되잖냐!"

"역시 그런가요? 다시 매려면 여간 힘든 게 아니니까……."

그런 문제가 아니다. 사토시에게 구조를 청하는 데 성공해도, 그때 지탄다의 옷매무새가 흐트러져 있으면 그 뭐냐, 음, 멋이 살지 않는다. 그렇게 신경 써서 차려입은 의미가 없어지지 않나.

"그것 말고 다른 끈."

생각했다.

헛간 안에 있는 것은 대 빗자루, 철제 삽, 청소용 막대기. 북을 올려놓는 받침 같은 것. 깃발을 다는 긴 장대가 바닥에 누워 있다. 그리고 상자. 속에는 똑같은 무늬의 찻잔이 대량으로. 물건이라곤 이것밖에 없는 상황에서 이럭저럭 여기까지 이르렀는데, 지금 필요한 것은 끈 한 줄……. 칼이 있으면 빗자루 끝을 고정하는 마 끈을 끊을 수 있었을 텐데. 삽으로 후려치면 끊어지려나? 아니, 하지만 어쨌거나 길이가 충분하지 않다.

침묵을 견딜 수 없어졌는지 지탄다가 머뭇머뭇 물었다.

"저…… 끈이 있으면 어째서 후쿠베 씨에게 도움을 청할 수 있는 건가요?"

그런 것보다 끈이다, 끈. 이러다 얼어 죽겠다.

7(side B)

마야카가 괴상한 소리를 질렀다.

"어째서!"

당연하다 싶다. 또 분실물이 전달된 것이다. 이번에는 끈 달린 주머니. 내가 쓰는 것 같은 싸구려가 아니라, 기모노 차림의 여자가 들기에 적합한 기품 있는 것이다.

마야카가 놀란 것은 그게 지탄다 것이기 때문이다. 내가 오기 전 지탄다가 지갑을 꺼낼 때 봐서 똑똑히 기억한다고 했다. 손수건. 지갑. 그리고 끈 달린 주머니. 분실물이 삼 연속. 이것도 호타로가 뽑은 '흉'의 조화인가. 참고로 나는 중길中吉이었다. 조금 아쉬운 결과지만, 그보다 못한 결과를 보면 우월감을 느끼는 것도 가능하다.

"이것도 헛간 근처에서 주웠대. 걔들 대체 뭘 하는 거지?"

색깔은 연보라. 끈은 꼰 끈. 무늬는 불연속 국화 문양. 근사하다. 그렇지만 뭐, 남자가 들고 다닐 물건은 분명히 아니니 내 것과 비교하지는 않는다.

"어째 지저분한 끈도 붙어 있고."

그 한마디가 내 관심을 끌었다.

"끈?"

"응, 이거 봐."

마야카가 주머니를 들었다. 확실히 밑부분에 끈을 칭칭 감아 놓았다. 바닥이 묶인 끈 달린 주머니. 나는 눈을 크게 떴다.

이, 이건……. 바닥에 앉아 있던 나는 벌떡 일어섰다. 마야카가 놀라 나를 올려다본다.

"왜, 왜 그러는데?"

"마야카, 헛간이란 데가 어디지?"

"저쪽인데. 이나리 사당 근처."

"금방 돌아올게!"

나는 빠른 걸음으로 밖으로 나와 밤하늘 아래 전력으로 달리기 시작했다. 생각하는 것은 단 하나.

호타로, 지탄다, 지금 바로 구해 줄 테니까 기다려!

7(side A)

"사토시라면 알 거다. 아가리를 오므리고 바닥을 묶은 주머니의 의미를."

할 일은 했으므로 이제 여유 있게 지탄다에게 설명해 줄 수 있다. 수정하자. 추위로 인한 극한 상태에서 설명했다.

"그 녀석은 하찮은 걸 많이 알거든."

지탄다도 추위에 떨고 있었다. 하지만 육체적 고통은 호기심으로 극복되는 모양이다. 바짝 다가서서 뒷말을 재촉한다.

"그게 무슨 말씀이신가요? 전 모르겠어요."

"끈 달린 주머니는 자루야. 자루 아가리하고 바닥을 묶으면 속에 든 걸 가둔 게 되지. ……'자루 안의 쥐'라는 의미인 거다."

어둠 속에서 하얀 목이 털썩 꺾였다.

"그런가……요?"

납득하지 못한 게 빤하군. 나는 웃었다.

"내가 생각해 낸 게 아니야. 역사상의 에피소드라고. 아네가와 전투는 너도 알지?"

성적이 우수한 지탄다는 이런, 교과서에 나오는 지식에 강하다. 막힘없이 술술 대답했다.

"1570년, 오다, 도쿠가와 연합군과 아사이, 아사쿠라 연합군의 싸움이죠. 이 싸움에서 승리한 건 오다 노부나가였어요."

"그 전에 있었던 일에 관한 유명한 이야기인데 모르냐? 가네가사키의 퇴각로."

성적이 우수한 지탄다는 이런, 교과서에 나오지 않는 지식에 약하다. 고개를 갸웃한다.

간결하게 설명했다.

"노부나가가 아사쿠라를 공략하던 중에 노부나가의 매제 아사이가 배반했어. 노부나가의 누이동생은 진영에 있는 노부나가에게 위문품으로 팥 자루를 보냈어. 자루는 위아래가 묶여 있었어. 노부나가는 그걸 보고 자기를 주머니 안의 쥐에

빗댄 동생의 경고라는 걸 알아차렸어. 뭐, 어디까지 사실인지는 알 수 없다만."

잘난 척하며 말하지만 실은 전에 사토시에게 빌려 본 만화에서 얻은 지식이다. 그 만화를 읽은 게 분명 여름 방학 온천 합숙 때였다. 나름대로 유명한 에피소드인지 낮에 빈둥거리며 본 드라마 〈신춘 드라마 스페셜 풍운 오다니 성〉에도 나왔다. 자루 하나로 그게 그렇게 생각대로 되겠냐, 뭔 수를 써서라도 편지를 쓸 것이지, 하고 생각했는데, 지금은 생각대로 되어 주지 않으면 아주 곤란하다.

뭐, 문제없을 것이다. 사토시는 어차피 할 일 없다고 우리가 그랬던 것처럼 이바라에게 가 있을 게 틀림없다. 끈 달린 주머니를 보면 녀석은 알아차릴 것이다. 내게 만화책을 빌려준 장본인이겠다, 오늘 〈신춘 드라마 스페셜 풍운 오다니 성〉도 봤으니. 그 녀석은 직전에 본 것에 쉽게 영향을 받는다. 끈으로 묶은 주머니를 보면 바로 역사 에피소드와 연결시킬 것이다.

"그런 이야기가 있었군요."

그제야 이해했는지 지탄다가 고개를 크게 끄덕였다. 별빛이 옆얼굴을 비춘다.

지갑도 이바라에게 확실하게 전달된 것 같으니, 다소 값나가는 물건이라도 신도 대표가 갖다줄 것이라고 믿음을 가질 수 있었다. 아니면 무서워서 주머니를 던져 놓지 못했다.

그렇지만 메시지를 전하려면 주머니의 밑부분을 묶을 끈이 반드시 필요했다. 아무리 그래도 주머니 하나로는 뜻이 전달되지 못한다. 그러나 헛간 안에는 적당한 끈이 없다. 도구가 없으니 탁상공론으로 끝나나 싶었는데, 나는 거기서 또다시 내가 쓸데없는 착각을 하고 있었음을 깨달았다. …… 헛간 안에서 찾을 필요는 없었다.

여기 헛간의 벽은 약하다. 나는 죄송합니다, 하고 속으로 중얼거리며 벽 한구석을 삽으로 부수었다. 내가 낸 작은 구멍은 두 개로 늘었다. 손을 넣을 수 있는 작은 구멍 정도는 지탄다도 묵인해 주었다.

나는 그때 북 받침 위에 올라서 있었다. 노리는 것은 헛간 천장 부근, 처마 바로 밑 언저리.

뚫린 구멍으로 손을 내밀어 끈을 조달했다. ……헛간에 바싹 붙여 세워 놓은 '아레쿠스 신사'의 흰 깃발. 깃대를 고정하는 말뚝이 너무 낮아 불안정한 탓인지 비닐 끈으로 처마에 묶어 놓았다. 노리는 것은 그 끈. 헛간 밖에도 손 정도는 내놓을 수 있었다.

이렇게 해서 나는 '자루 안의 쥐'를 마련했다. 뒷일은 사토시에게 달렸다. 뭐, 문제없을 것이다.

달카닥, 하고 문 쪽에서 소리가 들렸다. 이어서 자주 듣는 목소리.

"호타로, 거기 있어?"

지탄다가 나를 바라본다. 믿기지 않는다는 듯 원래도 큰 눈을 휘둥그렇게 뜨고 있다. 나는 어깨를 으쓱하고 사토시에게 대답했다.

"덕분에 살았다. 추워 죽을 뻔했어."

"사무소에서 뜨끈뜨끈한 감주를 나눠 주던데. 지금 문 열게."

감주라. 그 때문에 이런 일을 당했지만, 지금은 뜨거운 감주 한 잔이 무섭다.

덜걱덜걱, 달칵. 알루미늄 문이 천천히 열렸다.

달빛과 모닥불 불빛을 받으며 사토시가 웃는 얼굴로 말했다.

"야아, 새해 복 많이 받아."

"여어, 새해 문 많이 열려라."

겨울바람에 지탄다가 조그맣게 재채기했다.

006
사건
수제 초콜릿

1

사물을 보는 방식이 하나가 아니라는 것은 요즘 세상에 상식이다. 현대를 살면서 상대화 하나 못 하면 중학생 노릇도 할 수 없다. 하지만 그것이 의미하는 바를 좀 더 파고들어 생각해 보면, 우리의 피가 되고 살이 됐을 만큼 잘 안다고 생각하는 어떤 것조차 분명히 그렇다고 말할 수 없다는 뜻이 되며, 이는 심리적 안정에 대단히 좋지 못하다. 따라서 진실을 좇으려 하는 대신, 그에 대한 차선책으로 어느 심도 이상은 진실성을 추구하지 않는다. 즉, '믿기로' 한다. 그럼으로써 비로소 우리는 상대성의 어둠을 떨치고 평범한 일상을 살 수 있다.

그렇지만 그것은 주위 모든 것을 인정하고 일체의 추구를 포기한다는 것과는 전혀 별문제다. 믿는 것은 불가피하다 해도 맹신을 인정할 수는 없는 노릇이다. 이 또한 상식이다. 용납할 수 없는 일은 용납하지 않는다. 나 자신은 그런 경계선이 없지만, 그렇다고 그것을 가진 사람을 경멸하지는 않을 것이다.

중요한 순간에 말주변이 없는 사토시의 구차한 변명을 나는 그런 말로 거들어 주었다. 가부라야 중학교, 방과 후의 계단 입구. 조금 늦은 시간이라 학생은 많지 않다. 열린 유리문 너머는 이미 어둑어둑하고, 이월의 찬바람이 이따금 불어친다. 사토시는 살았다는 표정으로 나를 돌아보며 엄지를 쳐들었다.

"오, 호타로, 넌 날 이해하는구나. 그래, 맞아. 용납할 수 없는 건 용납할 수 없다니, 제법 재미있는 말을 하는걸. 그렇잖아? 생각해 봐, 수제 쿠키라면 어떻겠어? 시판 쿠키를 사 와서 생크림 같은 걸로 장식하고 '자, 수제 쿠키예요'라고 한들 안 먹힐 거 아냐? 그러니까 난 뭐냐, 나쁜 뜻은 없지만……."

사토시가 이렇게까지 횡설수설하는 모습은 그리 쉽게 볼 수 있는 게 아니다. 후쿠베 사토시. 녀석과는 중학교에 입학

하면서부터 알고 지낸 사이인데, 나름 깊은 사이다. 겉으로 보기에는 허약한 인상인데다 키도 작고 얼굴은 위엄이라든지 힘 같은 게 도통 느껴지지 않지만, 실은 꽤나 배짱이 두둑하다. ……그러나 지금은 틀렸다. 상대가 좋지 않다.

사토시를 기다리고 있다가 몰아세우는 것은 초등학생이라 해도 통할 듯한 키 작은 여학생. 이름은 이바라 마야카다. 이 녀석과 나는 초등학교 1학년 때부터 줄곧 같은 반이었다. 그런 내가 하는 말인데, 녀석은 겉모습은 구 년간 별로 변하지 않았다. 하나 덧붙이자면 나와 이바라는 인연은 길어도 말을 주고받은 적은 거의 없다. 지금도 이바라는 내 말 따위 듣지 않는다. 얼굴을 숙이고 왼손은 허리에, 오른손에는 빨간 포장지로 싼 선물을 든 채 낮은 목소리로 흥, 했다.

"그럼 후쿠 말은 이런 거네. 수제 초콜릿을 칭하려면 카카오 씨에서부터 시작하라고. 초콜릿을 중탕으로 녹여서 틀에 굳히기만 한 초콜릿은 수제 초콜릿이 아니라고. 그러니까 내 밸런타인데이 초콜릿은 수제 초콜릿이 아니라고. 그런 말인 거지?"

오늘은 서기 2000년 2월 14일. 성 밸런타인데이. 초콜릿 판매 확대의 날인데, 얻는 것이 있으면 알면서도 선전에 놀아나 주는 게 세상사다. 실제로 이월 중순이라는 게 아주 교묘하다. 이별의 계절을 앞두고 마지막이 될지 모르는 기회에 사랑을 고백한다는 형태가 저절로 생겨났다고 믿기는 어렵다.

다만 이바라가 사토시에게 호의를 고백하는 것은 이번이 처음이 아니다. 그때마다 사토시는 얼렁뚱땅 넘겼다. 하지만 밸런타인데이인 오늘은 그렇게 안 되는 모양이다. 이바라는 진심이다. 사토시의 경솔한 발언을 물고 늘어지며 노여움을 불태우고 있다.

태도는 아직 온건함을 유지하고 있지만, 내리깐 눈에는 어떤 빛이 서려 있을까. 아마 귀신도 겁먹을 눈빛이겠지. 어쨌거나 남인 나는 태평하게 그런 생각을 한다. 당사자인 사토시야 그렇지 않겠지만 그래도 이럭저럭 대답했다.

"그렇게까지 말할 생각은 없는데……."

"그렇지만 그런 이야기잖아?"

"……뭐, 간단히 말하자면."

이바라는 얼굴을 쳐들었다. 드디어 격정을 터뜨린다.

"그래, 그런 소리를 한다는 거지? 내가, 내가 일부러……. 밸런타인데이인데! 됐어, 알았어, 후쿠가 그런 생각이라면……."

말릴 겨를도 없이 손이 움직여 빨간 포장지를 북 찢었다. 랩에 싼 하트 모양 초콜릿이 나타났다. 이바라는 랩도 찢어

버리고 이월의 추위에 딱딱하게 굳은 초콜릿을, 작은 입을 한껏 벌려 베어 물었다. 하트의 뾰족한 아랫부분이 뚝 소리와 더불어 물어뜯겼다.

"누가 줄 줄 알고!"

갑작스러운 행동에 우리는 어안이 벙벙했다. 지나가던 남학생이 무슨 일인가 싶어 우리를 보더니 잘못 건드리면 큰일이라는 듯 도망쳤다. 이바라는 기껏 준비한 밸런타인데이 초콜릿을 자기 손으로 망쳐 놓고 사토시를 노려본다. 노여움도, 슬픔도 아닌, 오히려 투지를 불태우는 듯한 험악한 표정으로. 이바라는 이 빠진 초콜릿을 사토시에게 불쑥 들이댔다.

"어디 두고 봐, 후쿠, 아니, 후쿠베 사토시!"

"뭐, 뭘?"

엉겁결에 그렇게 물은 사토시에게 이바라는 큰 소리로 선언했다.

"내년! 서기 2001년 2월 14일! 후쿠가 만족할 걸작으로 내가 싸대기를 갈겨 줄 테니까! ……어디 두고 보라고!"

부르짖기 무섭게 이바라가 복도를 달려갔다. 이바라의 뒷모습은 금세 계단으로 사라져 보이지 않게 되었다. 사토시에게 시선을 돌리자, 역시 조금은 겸연쩍은 표정을 짓고 있기는 해도 어깨를 으쓱하는 그 모습은 평소와 다름없었다.

나는 말했다.

"괜찮은 거냐?"

"미안하게 됐어."

"저 녀석, 울지 않았냐?"

"마야카가? 괜찮아."

사토시는 자신의 신발장에서 신발을 꺼냈다. 나도 사토시를 따라 어깨를 으쓱하고는 이바라에 관한 것은 잊기로 했다. 녀석의 도전은 어쩌면 상심에서 비롯됐다 싶기도 하지만, 어쨌거나 나와는 상관없는 일이다.

그보다 이바라는 내년 사토시에게 수제 초콜릿을 선물할 작정인가 본데, 글쎄, 과연 어떨까. 고등학교 입시까지 이제 얼마 남지 않았다. 두 사람 다 지망 학교는 가미야마 고등학교인데, 자칫 잘못해서 한 명만 붙었다가는 '떠난 이는 나날이 잊힌다'가 된다. 나도 입시를 앞두고 그런 것을 신경 써 줄 만큼 마음의 여유가 있는 것은 아니다. 이월의 바람은 차다. 몸이 부르르 떨렸다.

2

이상이 작년에 있었던 일이다.

지금 생각하니 작년의 나는 올해보다 좀 더 냉담했던 것 같다. 하기야 그 무렵 나는 이바라와 정말 친하지 않았으니 어쩔 수 없다.

가부라야 중학교를 졸업한 우리는 셋 다 무사히 가미야마 고등학교에 입학했다. 그리고 무슨 연유인지 같은 동아리에 소속되게 되었다. 나와 사토시는 어쨌거나 친구라 해도 될 테고 이바라는 사토시를 좋아한다고 하지만, 기본적으로 우리는 화장실도 같이 가는 단짝 삼인조는 아니다. 우리가 차례로 이 동아리, 목적이 무엇인지도 알 수 없는 수수께끼의 고전부에 가입하게 된 것은, 시적으로 말하자면 운명의 장난이고 산문적으로 말하자면 일련의 상황의 결과다.

그렇지만 고전부를 이야기하면서 이 세 명만 언급하는 것으로는 충분치 않다. 지학 교실을 동아리실로 사용하는 고전부의 부원은 네 명. 마지막 한 명이 가장 까다로운 상대다.

그 까다로운 상대가 과거를 회상하던 나의 안온을 깨뜨리는 말을 했다.

"네? 그게 무슨 말씀이세요? 저, 신경 쓰여요!"

돌아보자 길고 검은 머리가 먼저 눈에 들어온다. 이쪽을 등지고 있으니 얼굴은 보이지 않지만, 지금 어떤 표정을 짓고 있을지는 보지 않아도 안다. '신경 쓰여요'가 등장했으니, 청초한 일본 여성다운 분위기를 유일하게 배신하는 큰 눈동자를 더욱 크게 뜨고 있을 것이다. 어쩌면 볼도 조금 상기되어 있을지 모른다. 지탄다의 폭넓은 호기심 덕분에 지난 일 년 고전부는 따분하지 않은 동아리로 기능하고 말았다. 따분함이 취향인 나로서는 하여간 난감한 일이다.

지탄다는 아까부터 교실 중앙에서 이바라와 마주 앉아 있다. 바로 근처에서 문고본을 읽는 나는 안중에 없는지 둘 다 평소와 다름없는 성량으로 이야기를 주고받는 터라, 과거에 사로잡혀 있지 않으니 대화 내용이 고스란히 들린다. 딱히 엿들을 생각은 없었으나 이어지는 이바라의 대답도 들렸다.

"그러니까 사천 년 동안 초콜릿이 내내 '음료'였던 건, 남미 사람들이 아이디어가 부족했기 때문이 아니라 기술적으로 어쩔 수 없었다는 뜻이야."

두 사람은 아까부터 초콜릿에 관해 이야기를 주고받고 있다. 주고받는다기보다 이바라가 지탄다에게 강의해 주는 쪽에 가깝다. 내가 작년 밸런타인데이가 생각난 것도 그 때문이다. 작년…… 그래, 약 일 년 전이다. 서기 2001년도 벌써 이월이다. 학교 난로는 에너지 절약 때문인지 설정 온도를 16도 이상 올릴 수 없는 터라 추위를 막아 주지 못한다. 에너지 절약은 좋아하지만 추위는 싫다.

그런데 이바라의 말투는 아까부터 한기를 튕겨 내듯 점점 열을 띠어 간다.

"스페인의 콘키스타 뭐시기가 유럽으로 가지고 돌아온 뒤로도 기호품으로 보급되는 데 시간이 걸렸나 봐. 그야 그렇겠지. 카카오 씨앗을 으깨서 생기는 건 지방분이 오십 퍼센트를 넘는 걸쭉한 액체라거든. 벌써 커피도 존재하는 시대인데 그런 걸 마시고 싶겠어?"

"전 카페인이 안 받아서 커피를 못 마시는데요……."

지탄다는 잠시 조용하더니 말을 이었다.

"절반이 지방인 것도 좋지 않을 것 같네요."

뭐, 마요네즈를 마시는 것 같은 일이다.

"실제로 마시면 속이 엄청 더부룩했다나 봐."

"그런데도 용케 보급됐네요."

"설탕을 넣기 시작하면서부터래. 영국에선 커피보다 고급 음료로 취급받았다던데. 칼로리도 높고 약효도 있는 상류 계급의 음료란 식으로."

"약효?"

"응, 최음제래."

지탄다가 고개를 갸웃하는 게 보였다.

"네? 한자를 어떻게 쓰나요?"

이바라가 대답하려다 말고 얼어붙어 대화가 순간 중단되었다. 문고본에 파묻고 있던 얼굴을 들어 이바라의 표정을 엿보니, 뚜렷이 알 수 있을 만큼 볼이 빨갰다. 생각 없이 대답하니까 그런 꼴을 당하는 것이다.

"재촉할 최에……."

"재촉할 최에?"

"아무튼!"

이바라는 억지로 이야기를 진척시키려 했다. 허둥대는 모습에 웃음이 치밀었지만 애써 참았다. 아마 催淫劑라고 쓸 것이다.

"그런 음료였던 초콜릿을 어떻게든 제대로 먹으려면 지방을 잘 짜내는 것만으론 충분하지 않아서 알칼리를 더하는 방법이 개발되길 기다려야 했대. 신맛을 중화시키고 지방을 분해하기 위해서."

다행히 지탄다는 이런 기술론에 흥미가 동한 듯, 덕분에 이바라는 화제를 돌리는 데 성공했다.

"알칼리를요? 식품에 첨가한다는 말은 별로 못 들어 봤는데요. ……맞아요, 중국 면 정도일까요."

이바라는 안도한 듯 이야기를 이었다.

"게다가 그것만으론 씨가 까끌까끌 씹혀서 맛이 없으니까 더 곱게 으깨거든. 알갱이 크기가…… 지이, 얼마쯤 될 것 같아?"

초콜릿 알갱이의 지름? 생각도 해 본 적이 없군. 읽고 있는 문고본이 의외로 재미없었던 탓도 있어 이바라의 질문에 그만 정신이 팔렸다. 그나저나 상상조차 못 하겠다.

한편 지탄다는 조그맣게 으음, 하더니 대답했다.

"그러게요, 댁에서 밀을 판매하는 분께 말씀을 들은 적이 있는데, 밀가루는 대체로 사십 마이크로미터에서 오십 마이크로미터래요. 초콜릿도 그 정도인가요?"

이바라는 흡사 그게 자신의 공인 양 득의양양하게 고개를 흔들었다.

"그게 말이지, 글쎄 이십 마이크로미터라지 뭐야!"

"……그건 놀라운데요."

놀랄 만한 숫자인가. 비교할 대상이 없는 나는 도무지 이해되지 않는 놀라움이다만. 이십 마이크로미터와 오십 마이크로미터는 얼마만큼 다른 건가.

……아, 2.5배인가.

지탄다는 감탄하며 연신 고개를 끄덕인다.

"절구랑 절굿공이로는 좀 어려울 숫자네요."

"아이스크림 제조기가 없으면 아이스크림을 만들 수 없는 거랑 마찬가지로, 초콜릿을 카카오 씨 단계에서부터 만드는 건 가정에선 무리인 거야."

"유감이네요. 후쿠베 씨는 카카오 씨에서부터 만든 초콜릿을 원하는 거잖아요?"

이바라는 작게 한숨을 쉬었다.

"작년엔 몰랐지 뭐야, 초콜릿을 만든다는 게 그렇게 어려운 일인지. 하지만 그건 후쿠도 마찬가지거든. 그러니까 괜찮아."

"괜찮다는 말씀은……."

지탄다가 반문한 순간 이바라의 얼굴에 웃음이 떠올랐다. 아니, 그렇게 상쾌한 게 아니다. 거창하게 표현하자면, '그녀의 목에서 들리는 끅끅 소리에 나는 전율함과 동시에 등에서 식은땀이 솟는 것을 막을 수 없었다. 소녀의 입가에서 어두운 정열에의 일그러진 기쁨이 엿보였다'라고 할까. 녀석은 주먹을 부르쥐고 시선을 비스듬히 쳐들며 선언했다.

"최고의 수제 초콜릿을 만들어야지! 그래도 후쿠가 이러쿵저러쿵하면 감금해 놓고 방금 한 이야기를 자료까지 곁들여서 차근차근 들려줄 거야. 그래도 안 된다면…… 초콜릿을 입에 쑤셔 넣어 주겠어!"

……여자의 원한은 살 게 못 된다. 여자라는 일반화에 문제가 있다면 최소한 이바라의 원한만은 사지 말아야겠다. 말씨는 과장됐지만 순전히 농담만은 아닐 것이다. 작년에 시시한 농담으로 초콜릿을 퇴짜 놓는 바람에 일이 이렇게 됐으니 사토시도 참 안됐다. 자업자득이지만.

지탄다도 이바라의 집념에 약간 주춤했는지 진정하라는 듯한 손짓을 했다. 그러고는 원래 화제로 되돌리듯 물었다.

"그, 그래서 어떤 걸 만드시나요? 초콜릿을 쓰는 과자 종류는 아주 많은데요."

이미 정해 놓았는지 이바라가 즉각 대답했다.

"하트 모양의 틀을 써서 만들 거야."

"네? 그렇지만 그럼……."

"뻔하다는 건 알아. 그렇지만 작년에 실패했던 게 그거거든. 올해는 꼭 받게 할 거야."

이바라는 지금부터가 본론이라는 양 몸을 앞으로 불쑥 내밀었다. 그에 응하듯 지탄다도 몸을 내밀어 두 사람의 이마가 맞부딪칠 것처럼 보였다.

"그래서 최고의 초콜릿을 준비하고 싶거든. 양과자점에서 쓰는 것 같은 걸로. 지이, 그런 걸 파는 가게 혹시 어디 몰라?"

지탄다는 어째선지 목소리를 낮추어 대답했다.

"그러게요…… 도매 시장 근처에 업자용 재료를 취급하는 가게가 있었는데요. 거기에 가 보는 것도 괜찮을 것 같아요."

이바라도 목소리를 낮춘다.

"안내해 줄 수 있어?"

"네. 이번 일요일 어떠세요?"

"응, 그러자. ……후쿠한테는 비밀이야."

"그야 물론이죠."

여자들만의 굳은 약속을 주고받는 두 사람.

아무래도 상관없기는 해도 나는 남자고 게다가 사토시의

친구이다만……. 나를 신뢰해 주는 것이라고 생각하면 기분은 나쁘지 않지만, 그보다는 아예 내 존재를 치지 않는 것 같다. 그런 생각을 하는데, 이바라가 그제야 내가 있는 것을 깨달았다는 듯 말했다.

"아, 오레키."

"……왜?"

나도 방금 이바라의 존재를 알아차린 듯한 목소리로 대답했다. 이바라는 내 그런 마음 씀씀이도 아랑곳하지 않고 웬일인지 부드럽게 미소를 지었다.

"너도 말하지 마."

"그래."

"……꼭이야."

말 안 하고말고. 그러니 그 눈은 제발 그만둬 주면 좋겠는데.

다음 날 방과 후. 이바라와 지탄다는 오늘도 지학 교실에서 초콜릿 강의중이다. 그런 두 사람을 배려해 나는 일찌감치 집에 가기로 했다.

이월 바람에 트렌치코트 앞자락을 여미고 하교하는 학생들 틈에 섞였다. 그러고 보니 작년, 즉, 내가 중학생이었을 시절에는 매일 이렇게 수업이 끝나자마자 집에 가곤 했다. 내 하루하루에는 목적이 없었다. 집에 일찍 가도 딱히 뭘 한 것은 아니다. 실제로 작년 방과 후 시간을 어떻게 보냈는지 떠올려 보려 해도 아무것도 생각나지 않는다. 하기야 목적이 없다는 점에 한해 생각하면 금년이고 작년이고 차이가 없다.

인파에 섞여 큰길까지 가서 다리를 건너 상가로 들어섰다. 그렇지 않아도 희미한 겨울 햇살이 저물녘이 되어 더욱 약해졌다. 어느새 같은 학교 학생들 모습도 띄엄띄엄 보이는 정도로 줄었다. 추위 때문은 아니겠으나 길 가는 사람 자체가 별로 없다. 그래도 차만은 끊임없이 오간다.

포목점, 양장점, 이발소를 지나 타일을 깐 인도를 걸어간다. 불어닥치는 바람 소리에 어렴풋이 전자음이 섞여 있다. 이발소 옆이 오락실이다. 그냥 지나치려다가 퍼뜩 알아차렸다. 오락실 앞에 늘어선 자전거 몇 대, 그중 한 대가 눈에 익었다. 왼쪽 그립을 걸레 조각으로 보수한 산악용 자전거는 사토시 게 틀림없었다.

손목시계를 보았다. 딱히 놀다 가고 싶은 것은 아니지만 서둘러 가야 할 이유도 없다. 그렇다면 내 좌우명 '안 해도 되는 일은 안 한다. 해야 하는 일은 간략하게'에 비추어 내가 취해야 할 행동은 오직 하나뿐. ……그냥 가자.

그런데 눈앞에서 자동 유리문이 열렸다. 나온 사람은 사토시. 나를 발견하고 나온 듯, 미소를 늘 달고 사는 여느 때의 표정으로 나를 향해 한 손을 들었다.

“야아.”

“여어.”

사토시는 내 표정을 흘끗 보더니 “흠, 급한 볼일은 없을 것 같은데” 하고 하나 마나 한 말을 했다. 대꾸도 하지 않자, 녀석은 엄지로 오락실 안을 가리켰다.

“마침 잘됐네. 오랜만에 한판 어때? 필살 사토시 스페셜을 개발했는데, CPU 상대로는 미흡하지 뭐야.”

대전 게임을 하자는 말이리라. 나는 가볍게 하품을 했다.

“한 지 좀 됐는데.”

그러자 사토시는 여유 있는 표정으로 대답했다.

“나도 그래. 그렇지만 호타로, 중앙 교육 심의회, 약칭 중교심의 답신答申에 따르면 요새 아이들은 게임만 하는 모양이던데. 그럼 요새 아이로서 게임 하나도 즐기지 않으면 교육상 문제라고.”

사토시의 농담에 나는 어깨를 으쓱하고 오락실 쪽으로 걸음을 뗐다. 구태여 거절할 이유도 없다.

오랜만에 들어간 오락실 안은 이미지 전략의 일환인지 지나칠 정도로 조명이 밝았다. 전에는 공기에서 담배 냄새가 났던 기억이 있는데, 그런 것도 전혀 없다. 대신, 사람도 없었다. 소형 게임기는 구석으로 밀려나고 생소한 대형 게임기가 판을 치고 있었다.

정말 오랜만이라는 생각을 하다가 마지막으로 온 게 언제였는지 기억을 되살려 보았다. 나 혼자 오락실에 들어온 적은 거의 없다. 대개 사토시와 같이 왔을 것이다. 작년…… 아니, 재작년인가, 자주 왔던 것은.

모니터에 보이는 게임은 하나같이 모르는 것뿐이다. 이 년 만이니 그럴 만도 하다. 내가 타지에 온 것처럼 두리번거리든 말든 사토시는 거침없이 안쪽으로 들어가 어느 게임기 앞에서 돌아보았다.

"이거 어때? 이건 기억나지 않아?"

사토시가 고른 것은 나도 기억에 있는 게임이었다. 정확히 말하자면 전에 사토시와 곧잘 하던 게임이다. 조종석 모양의 검은 게임기 두 개가 나란히 놓여 있다. 로봇 간의 전투를 시뮬레이션 하는 게임이다. 이 년 전, 어쩌면 더 오래전부터 이곳에 있었다. 사토시는 두 팔을 벌리며 큰 소리로 말했다.

"쏟아지는 탄피, 교차하는 광선! 이것만은 사나이의 낭만이니 말이지, 마야카더러 같이 하자고는 못 하거든."

"다른 게임도 한다고 안 할 거다. 좋아, 그러자. 조종이 잘 될까 싶긴 하다만."

"에이 뭘, 금방 생각날 거야. 그럼 살살 부탁해."

그런 말과 더불어 사토시의 작은 몸이 조종석으로 미끄러지듯 들어갔다. 이내 안에서 용맹스러운 테크노 음악이 들리기 시작했다.

나도 책가방을 내려놓고 트렌치코트를 벗어 가뿐한 차림으로 다른 한쪽 조종석에 올라탔다. 동전 투입구에 백 엔을 넣고 사토시에게 대전을 신청한다. 사토시가 사용하는 기체는 이 년 전과 마찬가지로 공중전 전문인, 기동성을 중시하는 로봇이었다. 늘씬한 몸에 기관포가 내장된 오른손. 동체에서는 빔 포를 발사한다. 나도 순순히 예전에 쓰던 거함거포주의 기체를 선택했다. 무게 중심이 낮을 듯한 육중한 외견으로, 오른손에 활강포를 쥐고 양 어깨에 레이저 포를 걸머멨다.

모니터에 비치는 두 기체. 조종석이 자동으로 전장을 선택한다. 선정된 것은 공중 항공모함 갑판이었다. 불확실한 기억에 따르면, 이곳은 장애물이 많지 않아 회피를 중시하는 사토시의 기체에 다소 불리하다. 뭐, 이 년간의 공백이라는 핸디캡에는 댈 게 아니겠으나.

합성 음성이 'Get Ready'라고 알린다. 인터페이스는 스틱 두 개와 버튼 다섯 개뿐. 'Go'.

승부는 삼판양승. 첫 판은 아마도 사토시의 배려로, 제한 시간의 절반가량이 내 조작 연습에 허비되었다. 남은 시간 십 초를 남기고 분명히 이랬지 하며 쏜 레이저 포가 우연히 내 정면 사계射界에서 얼쩡얼쩡 놀고 있던 사토시의 기체를 직격했다. 옆에서 '꺄'인지 '햐'인지 알 수 없는 기성이 들려왔다. 아무리 다른 손님이 없다지만 창피한 녀석이다. 장갑이 얇은 사토시의 기체는 간단히 파괴되었다.

두 번째 판이 시작되기 전 서둘러 나온 것으로 보이는 사토시가 내 조종석에 고개를 들이밀었다.

"어때, 할 만해?"

"그래, 대충 기억났다. 시작돼."

"오케이. 봐주기 없기야."

사토시가 자리로 돌아가 앉는 소리와 동시에 시합 개시. 그 순간, 사토시의 기체가 시야에서 사라졌다. 본격적으로 해볼 마음이라는 뜻이다. 나도 반사적으로 기체를 움직였다. 방금 전까지 내 기체가 있었던 위치에 푸른 폭염이 그려진다. 기체를 선회해 적기를 찾았다. 바로 뒤에서 발견하자마자 방아쇠를 당겨 오른손의 활강포를 쏜다. 그러나 착탄하기 전에 상대방은 또다시 시야에서 사라졌다. 이동 속도가 내 기체와 비교도 안 되게 빠르다.

그래, 이런 느낌이었지, 하고 기억을 되살리며 좌우지간 회피 동작을 취한다. 말이 회피 동작이지, 그저 달리는 것뿐이다. 사토시의 기체는 하늘을 날고 있었다. 흡사 공폭처럼 기관포 포탄이 쏟아진다. 그렇지만 다소의 피격은 괜찮다. 장갑은 두껍게 설정되어 있다.

중학교 때 이 게임을 하면 승패는 딱 두 가지 식으로 가려졌다. 내 기체의 큰 화력이 게임 개시 직후 사토시의 기체를 파괴하거나, 사토시 기체의 기동성이 타임업까지 내 기체를 우롱하거나. 승부는 사토시에게 유리했다. 사토시는 곧잘 "호타로 넌 너무 결판을 빨리 내려고 해"라고 하며 웃곤 했다.

순간, 적기가 정면 공중에 보였다. 이대로 가다간 상황이 점차 악화될 뿐이기에 조준도 대충 하고 레이저 포를 쏘았다. 적기는 급강하해 간단히 피했다. 사격 자세에서 바로 움직일 수 없는 나를 향해 사토시가 최대 화력의 빔 포를 쏘았다. 속수무책으로 피격. 결국 그 뒤 주도권을 빼앗겨 연속으로 기관포를 맞고 결판이 났다.

세 번째.

Go 소리와 동시에 과감하게 앞으로 달려 나가 거리를 좁혔다. 허를 찔렸는지 사토시의 기체가 무작정 뒤로 도망친다. 기회다 싶어 활강포를 연사하자 그중 한 발이 직격했다. 장갑이 얇은 사토시의 기체에는 타격이 꽤 클 것이다.

하지만 사토시도 만만치 않다. 얼마 동안 회피에 전념할 것이라는 내 예상과 달리, 그 자리에서 버티며 빔 포를 쏜다. 거리가 너무 가까워 반응하지 못했다. 내 기체가 뒤로 날아가 쓰러졌다.

내가 일어나는 것과 동시에 사토시가 탑재된 온갖 화기를 잇따라 쏘아 댔다. 공격적인 플레이다. 날아드는 탄막을 대시로 피하고 또 장갑으로 버텨 낸다.

"음……?"

스틱을 바삐 움직이던 중에 문득 이상하다는 생각이 들었다. 전에 사토시와 대전했을 때도 이랬나?

아니, 분명히 달랐다.

사토시의 플레이 스타일은 이렇지 않았다. 서로의 화포가 서로의 장갑을 깎아 내는 사이 타임업이 다가왔다. 단순한 예측으로 발사한 활강포는 보기 좋게 회피되었다. 사토시의 기체가 단숨에 거리를 좁혔다. 모니터상에서 늘씬한 기체가 급속히 다가온다.

하지만 직선으로 달려드는 그 모습은 레이저 포의 과녁으로 안성맞춤이다. 방아쇠에 손가락을 얹었다. 그때 생각났다.

그래, 사토시의 플레이 스타일은 '승리 제일주의'일 터였다. 이기기 위해서라면 수단을 가리지 않고, 자신이 불리할 때는 부단히 도망만 치며 호기를 기다린다. 제한 시간 종료로 이길 수 있으면 끝까지 도망친다. 대신 공격할 때는 철저하게 공격한다. 그뿐이 아니다. 시스템 이상이나 때로는 버그마저 이용해 좌우지간 이기려 든다. 그리고 예기치 못한 사태로 인해 지면 짜증을 감추려 하지도 않고 원통해했고, 패배를 인정하려 들지 않는 경향도 강했다. 내가 오락실에서 멀어진 것은 사토시의 그런 집념이 솔직히 불쾌했기 때문이다.

그렇건만 이 공격은 뭐냐? 함정인가?

알아차렸을 때는 이미 늦었다. 방아쇠를 벌써 당겼다. 내 기체는 레이저 조준 자세를 취했다. 여기서 사토시가 급정거하고 공중으로 도망쳐 빔 포를 쏘면 게임 세트.

그런데 사토시는 그렇게 하지 않았다. 모니터에 크게 비친 사토시의 기체 오른손에서 빛의 검이 쑥 뻗었다. 백병 공격인가? 저 거리에서 달려들어 칼을 휘두르다니 무모하기 짝이 없다.

검이 내 기체에 날아들기 직전, 레이저가 근거리에서 직격했다. 사토시의 기체가 공중제비를 하며 나가떨어진다.

세트 카운트는 2-1. 내가 이겼다.

모니터에서 'You Win' 글자가 사라지기도 전에 사토시가 고개를 쏙 내밀었다. 어떤 표정을 짓고 있을까 했더니만 맥빠지게도 여느 때와 같은 웃는 얼굴이다. 녀석은 흥분해서 빠른 말투로 지껄였다.

"제법 멋진 승부였어! 호타로, 정말 이 년 만에 하는 거 맞아? 스텝이 아주 화려하던걸. 자전거랑 수영이랑 승마는 한 번 배우면 안 잊어버린다더니, 로봇 조작도 그중에 넣어야겠어."

익살도 재치 있는 게 사토시답다. 한 치의 오차도 없다. 나도 뭐, 이겨서 기쁘지 않은 것은 아니었던 터라 씩 웃으며 대답했다.

"하도 오래 안 해서 초심자로 돌아갔나 보지. 초심자의 행운이야."

승자인 내게는 컴퓨터를 상대로 게임을 계속할 권리가 주어진다. 사토시가 모니터를 가리킨 것을 게임을 계속하라는 뜻으로 해석하고 적당히 놀다가 적당히 졌다.

게임 오버 화면을 뒤로하고 조종석에서 나오는데, 눈앞에 웬 손이 캔 커피를 불쑥 내밀었다. 엉거주춤한 자세로 올려다

보자 손의 임자는 사토시다.

"상품. 내가 사 주는 거야."

캔 커피를 받아 들었다. 캔 커피는 캔 커피라도 뜨겁고 또 블랙이다. 사양 않고 캔을 따며 물었다.

"웬일이냐? 꽤나 인심이 후한데."

"어울려 준 데 대한 인사도 겸해서."

"정말로 그렇게 마음을 쓴 거냐?"

"아무리!"

커피는 캔도 모름지기 뜨거워야 하지만, 사실 나는 뜨거운 것을 잘 못 마신다. 근처 게임기에 기대서서 커피를 혀에 살짝 얹어 마신다.

사토시의 태도에 별반 부자연스러운 점은 없다. 아주 자연스럽게 기분이 좋아 보인다. 하지만 그 '사토시다움'은 내 기억과 일치하지 않는다. 이 녀석은 게임에 졌는데 어째서 기분이 좋은 건가? 그 점이 영 석연치 않았다.

"사토시, 3세트 마지막 말이다만."

"어? 응, 직방으로 맞았지."

"왜 안 날아오른 거냐? 공중에서 쏘면 난 격침됐을 거다. ……심지어 백병이라니."

사토시는 익살스럽게 어깨를 으쓱했다.

"백병전은 거대 로봇 최고의 낭만이라고. 단칼에 베고 끝났으면 기분 좋았을 텐데. 뭐, 일격을 노리다가 주포로 카운터를 먹는 것도 나름대로 그림이 사니까 결과는 만족이긴 해."

태연하게 하는 말을 믿는다면 사토시는 승리가 아니라 낭만…… 말하자면 재미를 추구해 졌다는 뜻이 된다.

그것은 사토시에게 어울리는 패배다. 본능이 시키는 대로 즐거움을 추구하는 사이비 풍류인에게 아주 잘 맞는 패배라 할 수 있다. 내가 아는 사토시라면 그래도 전혀 이상할 것 없다.

하지만 그렇다면 그 순간, 내가 기억해 냈던 것은 무엇인가?

"좋아, 다음은 '사토시 스페셜 2'로 가 볼까. 전설의 역만 '일통로월'을 보여 주지!"

여전히 커피를 홀짝거리는 내 옆에서 사토시는 마작 게임기에 동전을 넣었다. 계속해서 무리하게 색깔만 맞추려 드는 사토시를 보는 내 뇌리에는 두 개의 이미지가 교차하고 있었다.

게임에 져서 게임기를 내리치는 사토시. 승자에게 커피를 사 주는 사토시.

3

심판의 날이 다가왔다. 아무리 많은 사람이 아무리 진지하게 그날이 오는 것을 저지하고 싶어 해도 시간은 멈추지 않으며 달력도 마찬가지다. 그것을 용납할 수 없다면 광속으로 달려라. 아무도 막지 않는다.

그리하여 2월 14일. 올해 정월에 동네 신사에서 사 온 달력에는 그날의 행사로 당연하다는 듯 '성 밸런타인데이'라고 쓰여 있다. 아침에 일어났더니 방 앞에 선물 상자가 놓여 있었다. 보나 마나 누나의 쓰잘머리 없는 장난이겠거니 하며 열어 보니, 판때기 초콜릿 하나와 휘갈겨 쓴 쪽지가 들어 있었다. 쪽지에는…… '판때기 초콜릿 하나 선물이야! 몸서리나는 슬픔을 담아, 오레키 도모에가'.

아웃프런트 킥. 통째로 방 안에 차 넣고 학교로 갔다.

가미야마 고등학교는 평소와 별 차이 없었다. 방한복 착용이 허용되는지라, 학교 가는 길이 색색의 코트 및 점퍼로 겨울 외의 계절보다 더 활기 넘친다. 교내로 들어와서도 온 건물에 달짝지근한 냄새가 풍기고 하지 않는다. 운명의 날이 지극히 평온하게 막을 올렸다.

점심시간, 호두빵이라도 사 먹을까 하고 매점으로 가서 인산인해를 이룬 학생들 속에 뛰어들었다. 무사히 마지막 하나를 확보하고 학생들 틈을 헤치고 나왔다가 깨달았다. 밀치락달치락하는 학생들 틈에서 지탄다 에루도 뭔가를 사고 있다. 녀석은 성격이야 그렇다 치고 외모는 좋은 집 아가씨의 조건을 충족하는 터라, 인파에 섞여 있는 광경이 어째 우스꽝스럽다. 지탄다도 나를 본 듯 세일러복과 검은 교복을 헤치고 가까스로 빠져나오더니 말했다.

"안녕하세요, 오레키 씨."

"어."

목도리 매무새를 고치는 지탄다는 종이팩 음료수만 들고 있었다. 남 일이기는 해도 마음에 걸리기에 물었다.

"지탄다, 너 점심은 그게 다냐?"

지탄다는 조금 부끄러운 듯 눈을 내리깔았다.

"아뇨, 도시락도 싸 왔어요. 저…… 요새, 이거에 빠졌거든요."

지탄다가 내민 것은 말차 우유라는 괴상망측한 물건이었다. 괴악한 취향인 것은 그렇다 치고, 말차에도 지탄다가 안 받는다는 카페인이 들어 있지 않던가? 뭐, 플라세보 효과라는 것도 있으니까 가만있자.

그냥 걸어가면 지루하니 이바라 이야기를 했다.

"이바라의 초콜릿은 결국 어떻게 됐냐?"

지탄다는 미소를 띠고 자랑스러운 표정으로 대답했다.

"코트도르로 정했어요. 저는 네슬레도 괜찮았다고 생각하지만요."

얼마 동안 침묵 속에 걸음을 옮겼으나, 보아하니 해설을 얻을 수 있을 것 같지 않기에 물었다.

"그게 뭔 소리냐?"

"……아, 죄송해요. 벨기에 초콜릿으로 정했어요. 스위스 것하고 뭐가 좋을까 망설였는데요."

지탄다는 이어서 말했다.

"꽤 힘들었어요. 가게에서 파는 초콜릿을 여러 종류 사들여서 둘이 같이 맛을 봤거든요. 흔치 않은 경험을 했다고는 생각하지만, 계속 초콜릿만 먹었으니……. 솔직히 한동안 초콜릿은 사양하고 싶네요."

후후 웃는다. 지학 교실에 이 녀석과 이바라가 마주 앉아 책상 가득 늘어놓은 초콜릿을 닥치는 대로 먹는 모습을 상상하고 나도 따라 웃었다. 분명 천장에 닿을 듯한 초콜릿 더미가 순식간에 줄어들었을 것이다.

"그렇게 초콜릿을 잔뜩 먹고 여드름은 안 났냐?"

"전 괜찮았어요. 마야카 씨는 볼에 눈에 띄는 게 하나 나서 반창고로 가렸고요."

그러더니 지탄다는 꿈꾸는 듯한 표정으로 말했다.

"하트 모양 틀은 마야카 씨가 직접 만들었어요. 저, 마야카 씨가 그렇게 손재주가 있는 줄 몰랐지 뭐예요. 세세한 조각까지 곁들여서…… 큐피드가 마주 보고 있는데, 정말 귀엽답니다. 유감스럽게도 나무틀은 초콜릿과 궁합이 별로 좋지 않아서 질감은 덜 좋다고 하지만요."

"어쨌거나 만화 연구회니까 삽화 정도는 간단히 그리는 모양이더라. 조각도도 쓸 줄 안다는 것까지는 나도 몰랐다만."

"마야카 씨, 집중력이 대단했어요. 마음을 담는다는 게 그런 걸까요. 멋지네요."

마음을 담는다고 할지, 이바라의 강점은 내가 보기에 바로 그 집중력이다. 어떤 것에 무아지경으로 빠져드는 게 지탄다라면, 전념할 수 있는 게 이바라라 할 것이다. 참고로 사토시는 여러 가지를 병행해서 즐기고, 나는 말하나 마나 대개의 것에 관심을 보이지 않는다. 하물며 이번 초콜릿은 이바라에게 설욕전이니 열심히 만들 만도 하다.

"초콜릿은 벌써 줬고?"

그렇게 묻자 지탄다는 고개를 흔들었다. 가볍게 눈살을 찌푸린다.

"그 부분이 약간 유감이에요. 전 직접 주는 게 낫다고 생각하는데……. 방과 후 동아리실에서 줄 계획이라는데, 마야카 씨는 만화 연구회에서 빠져나올 수 없다지 뭐예요."

"그럼?"

"동아리실에 초콜릿을 갖다 놓고 후쿠베 씨를 부를 생각이라나 봐요. 방과 후에 집착하지 않아도 2월 14일이기만 하면 밸런타인데이 의식은 성립하니 다른 방법도 얼마든지 있을 것 같은데 말이에요."

흠. 지탄다는 계속 아쉬워하지만, 무심하게 초콜릿만 달랑 놓아두는 것도 세련되고 좋지 않나. 사토시가 좋아할 법한 연출이다.

지탄다는 불현듯 생각난 게 있는 것처럼 흠칫하더니 나를 돌아보았다. 진지한 표정의 지탄다와 정면에서 마주 본다.

"아, 맞아요, 오레키 씨. 오늘이 밸런타인데이인데요."

"……."

머리를 살며시 숙인다. 고개를 든 지탄다는 도로 밝은 표정을 짓고 있었다.

"저희 집에서는 정말 친한 분께 세밑 때와 백중 때 선물을 드리지 않거든요. 그래서 실례지만 밸런타인데이 초콜릿도 생략하니까 부디 양해해 주세요."

……그러십니까.

밸런타인데이 초콜릿과 세밑 및 백중 선물이 동종이라는 생각은 지금까지 해 보지도 못했다.

우리 대화가 들렸는지, 지나가던 2학년이 웃음을 못 참겠다는 표정으로 서둘러 우리를 앞질러 갔다. 그 엉덩짝을 확 걷어차 줄까 했다.

방과 후, 책가방에 교과서 등을 쑤셔 넣는데 사토시가 찾아왔다. 뭐가 들었는지, 늘 어깨에 지고 다니는 끈 달린 주머니가 직육면체 모양으로 터질 것처럼 팽팽해져 있다. 사토시는 주머니를 한 바퀴 빙그르르 돌리더니 물었다.

"이제 뭐 해, 호타로?"

웃겨서 지학 교실에는 가지 않을 생각이었다. 바로 집에 갈 것이라고 대답하려다가 문득 창밖을 보니, 조금 전 내리기 시작한 진눈깨비가 그새 심해졌다. 신발도 코트도 완벽하게 방수되고 우산도 준비해 왔지만…….

"진눈깨비가 그치거나 눈으로 바뀔 때까지 기다리련다."

"여기서?"

나는 잠시 생각했다. 이곳은 난방이 중단되어 춥다. 게다가 밸런타인데이에 방과 후 교실에서 남자가 날씨가 좋아지기를 기다리며 홀로 시간을 죽이고 있으면, 다른 이용자들에게 불편을 주지 않을까. 나도 그 정도 배려는 할 줄 안다. 그렇다고 동아리실에 가는 것은 다시 한번 말하지만 웃긴다.

"그러게. 도서실에라도 갈까."

그러자 사토시는 기다렸다는 듯 고개를 끄덕이고 주머니에서 책 한 권을 꺼내 내게 건넸다. 사륙판 상제본, 제목을 보니 몇 년 전 유행했던 책이다. 기억이 맞는다면, 평범하게 살아가는 남녀, 그런데 작은 위화감이 이윽고 돌이킬 수 없는 파국으로 이어지고, 도시를 석권하는 죽음의 그림자가! 하는 종류의 이야기였을 것이다. 나는 호러는 싫다.

"웬일로 이런 거에 손을 다 댔냐? 권해 줘도 읽을 마음은 없다만."

"읽으란 말 안 했어. 미안하지만 대신 반납해 주면 안 될까? 대출 기한이 얼마 안 남았거든."

대답 대신 그것도 루스리프 파일과 함께 가방에 쑤셔 넣었다. 하교 준비를 계속하며 물었다.

"넌 동아리실로 가냐?"

그러자 어, 그래야지, 하고 어딘지 모르게 건성인 대답이 돌아왔다. 무관심한 대답이 기묘하게 느껴져 말했다.

"이바라는 못 온다지?"

내가 그 사실을 아는 게 뜻밖이었는지, 사토시는 놀란 표정을 지으며 중얼거렸다.

"저런, 소식이 빠른걸. ……지탄다인가."

"만연을 빠질 수 없다며?"

"그렇게 들었어."

"지탄다는 아쉬워하더라. 이바라는……."

사토시는 내 말을 가로막고 단숨에 늘어놓았다.

"만연은 지금 내분 상태거든. 잠재하던 대립이 축제 이후 불거져서 인상파와 이성파, 둘로 갈라져 주도권을 놓고 다투는 중이야. 잘못하면 전통 있는 만화 연구회의 분열이 불가피한 정황인가 봐. 숫자로 치면 인상파가 3에 이성파가 1, 내 입장에선 다소 서운한데 마야카는 이성파의 두목이지 뭐야.

오늘도 아마 그 일 때문일 거야."

화제를 억지로 바꾼 듯한 어색함이 느껴졌지만, 신경 쓰지 않기로 하고 낯선 단어를 물었다.

"인상파하고 뭐라고?"

"이성파. 뭐, 캐릭터 중시파와 스토리 중시파라고 불러도 되지만, 이게 꽤나 치열하게 맞붙어 싸우고 있는 모양이야. 할 수만 있다면 나도 참가하고 싶은데 말이지."

자못 즐거운 표정으로 말한다. 2월 14일 이벤트보다 스캔들 쪽이 훨씬 재미있다는 것 같다. 뭐, 그건 그렇다 치고…….

"두 파의 이름은 네가 붙였군."

그러자 사토시는 얄밉게 어깨를 으쓱했다.

"제창자에 대한 동경이 여태 사라지지 않기에."

그러고는 확 쭈그러든 주머니를 빙 돌린다. 나는 그 이상 사토시를 상대하지 않고 책가방을 어깨에 메고 트렌치코트를 팔에 걸친 채로 교실을 나섰다. 특별동으로 넘어가는 연결 통로와 도서실은 반대 방향에 있는지라 우리는 교실 앞에서 헤어지게 된다.

"그럼 또 만나지, 오레키 군."

연극 조의 사토시에게 나도 한껏 농담조로 맞받아쳤다.

"열심히 해 봐라."

"뭘 말이야, 나 원 참."

그야 물론 뻔하다. 설욕전의 상대다.

도서실은 의외로 한산했다. 날씨가 나쁜 방과 후에는 대체로 북적거리는데.

일단 반납함에 사토시의 책을 넣고 가까운 자리에 책가방을 내려놓았다. 시간을 죽이기에 적합한 책을 찾아 서가로 가서 중남미의 명소 및 유적을 찍은 사진집이 있기에 들고 왔다. 유럽과 중앙아시아를 찍은 것도 있었는데 중남미를 택한 것은 역시 초콜릿의 발상지에 경의를 표한 것이었을지 모른다.

먼저 마야 피라미드부터. 녹색을 들이부은 기아나 고지에 얼빠진 구멍이 몇 개 패어 있는 기이한 장관. 책장을 넘기자 그다음은 사람 얼굴만 한 크기의 열매가 줄기에 직접 열린 기묘한 식물의 사진이었다. 설명에 따르면 '테오브로마 카카오. 테오브로마란 "신들의 음식"을 의미한다'고 한다. 어느 나라 말인지는 씌어 있지 않다.

그 사진을 바라보며 나는 내가 의외로 오늘이라는 날의 특수성을 의식하고 있음을 깨달았다. 하지만 밸런타인데이를 신경 쓴다면 크리스마스도 신경 써야 할 텐데, 지지난달 24일에 딱히 뭘 생각했던 기억이 없다. 성 밸런타인데이에 관해 특별한 인상을 심어 준 게 있었는지 돌이켜 생각해 보니, 이바라의 설욕전에 대한 작은 관심도 물론 그렇지만 아침에 일어나자마자 초콜릿을 선물받은 영향이 큰 모양이다. 그것 탓에 그래, 오늘이 14일이구나, 하고 의식했을 것이다.

하지만 이것은 분명하게 말할 수 있는데, 그렇다고 작년에 비해 초콜릿에 대한 기대가 커진 것은 아니다.

그래, 가령 지금 여기서 마추픽추의 하수도 사진을 보고 있는 나를, 얼굴을 발갛게 붉힌 누가 찾아온다고 치자. 상정되는 '누구'란 여학생이다, 당연히. 그리고 "받아 주세요!" 하며 하트 모양 초콜릿을 내민다고 치자. 그때 나는 어떤 생각을 할까.

뭐, 당연하지만 기쁠 것이다.

하지만 그 기쁨은 내가 뜻하지 않게 한 인간으로서 인정받았다는 기쁨과 같으리라고 예상된다. 대충 그린 그림이 우연히 시 미술 대회에서 입상했다, 그런 느낌과 본질적인 차이는 없다. 좀 더 구어적으로 표현하면 '어디가 좋다는 건지 전혀 모르겠지만 상을 주신다면 받아야죠, 고맙습니다'다.

소위 연애의 발생을 기뻐하는 마음이 생길지 아닐지 의심스럽다고 말할 수밖에 없다.

나는 에너지 절약주의가 신조다. '안 해도 되는 일은 안 한다. 해야 하는 일은 간략하게'다. 그 신조는 내게 주로 나태함을 가져다준다. 하지만 그것과는 별개로 인간관계에 대한 관점도 부여한다.

내가 고전부에서 동호회에 가까운 편안함을 느끼는 것은, 사토시도 지탄다도 이바라도 서로서로에게 엉겨 붙으려 하지 않기 때문이다. 호기심으로 내 안온을 깨뜨리곤 하는 지탄다도 마찬가지다. 녀석은 내가 진심으로 관여하기 싫다고 생각하는 일에까지 나를 억지로 끌어들이려 하지 않을 것이다. 실제로 작년 '빙과' 사건 때도 '여제' 사건 때도, 지탄다는 무슨 일이 있어도 협조하라고 말하지는 않았다. 녀석은 분명히 밀어붙이기는 하지만 무작정 그러지는 않는다. 만약 그게 네 의무라거나 그러는 게 당연하다는 식으로 나왔다면, 또는 울면서 부탁드려요, 제발 부탁드려요, 하고 애원했다면, 나는 그 자리에서 고전부를 그만두었을지 모른다.

하지만 그런 자세로 연애를 취급할 수 있나? 연애 대상에게 연애에 따르는 방식을 기대 내지 강요할 수 있나?

……속설에 생물은 자신의 유전자를 남기기 위해, 즉 자손을 남기기 위해 존재한다고 한다. 사랑이란 승화된 번식 욕

구라 한다. 그런 관점에서 보면 나는 아직 생물로서 불완전한지도 모른다. 뭐, 일단 이래 봬도 나도 인간인지라 생물학적 욕구만 상대하고 있을 수는 없다. 그러므로 불완전 생물이든 뭐든 신경 쓰이지 않는다.

욕구라는 말이 나왔으니 말인데, 초콜릿에 대한 욕구는 얼마든지 이야기할 수 있다. 나는 짭짤한 맛을 좋아하지만 단것도 의외로 잘 먹는다.

밀림에 산다는 독 개구리의 선명한 주황색을 보며 그런 생각을 하고 있을 때였다.

"겨우 찾았네요, 오레키 씨."

별안간 들려온 목소리에 돌아보았다. 놀랍도록 가까운 위치에 지탄다의 얼굴이 있었다. 커다란 눈동자와 시선이 정면에서 맞부딪쳐 나도 모르게 눈을 돌렸다.

건조한 겨울 공기에 목이 상했다. 헛기침을 한 번 했다.

"……겨우 찾았다니, 무슨 볼일이라도 있냐?"

"아뇨."

"……."

지탄다는 사람이 많지 않은 도서실을 재빨리 둘러보고 중얼거렸다.

"오레키 씨가 계시면 후쿠베 씨도 계실 줄 알았는데요."

찾는 것은 사토시인가.

"나하고 녀석은 맨날 붙어 다니지 않는다만."

"그야 그렇다고 생각하지만…… 후쿠베 씨가 어디 계시는지 모르세요?"

별생각 없이 질문에 대답하려다가 이상하다는 것을 깨달았다. 사토시는 지학 교실로 갔다. 하지만 그랬다면 지탄다가 이렇게 찾아다닐 리 없다.

"안 왔냐?"

지탄다가 살짝 고개를 끄덕였다.

"약간 늦는 것 같아서 어떤가 보러 온 거예요. 마야카 씨에 관한 일이니까 잊어버릴 리는 없겠지만, 혹시 무슨 일 있나 해서요."

흠. 손목시계를 본다. 자세한 시간은 잊어버렸지만 사토시가 동아리실로 간다면서 나와 헤어지고 삼십 분은 넘지 않았을 것이다. 현재 시각은 5시 조금 전. 날이 저물기 시작했으니 지탄다가 조바심을 치는 것도 이해할 수 있다.

하지만 다름 아닌 후쿠베 사토시다. 남을 기다리게 하는 것은 몹쓸 짓이지만, 삼십 분쯤 딴 길로 새는 것은 녀석에게 충분히 있을 법한 일이다.

나는 책장을 넘겨 멕시코시티의 원경을 앞에 놓고 말했다.

"그 녀석은 시간에 좀 느슨한 면도 있으니 말이다. 뭐, 동아리실에 간단 말은 했으니 좀 더 기다려 봐라."

"딱히 시간을 정해 놓은 건 아니니까 지각은 아니지만요. 알겠어요, 기다려 볼게요."

어두운 말 끝은 아직 불안한 듯했지만, 지탄다는 그렇게 말하더니 검은 머리를 나부끼며 사라졌다. 사토시, 이 자식, 좌우지간 일을 순조롭게 진행시키지 않는 녀석이다. 자, 슬슬 나도 집에 가 볼까, 하고 창밖을 보았으나, 진눈깨비는 아직 그칠 줄 몰랐다. 하는 수 없이 의자에 다시 깊숙이 앉아 사진집 책장을 또 한 장 넘기기로 했다.

4

진눈깨비가 그친 것은 멕시코시티에서 리우데자네이루에 이르기까지 중남미 유사 체험을 어느 정도 마친 다음이었다. 사진집을 서가로 돌려놓고 흰 트렌치코트를 입으려는데 손님이 찾아왔다.

"오레키 씨!"

슬라이드 문이 열리더니 정밀함을 지향해야 하는 도서실에서는 있을 수 없는 기세로 지탄다가 내게 들이닥쳤다. 조용히 하라고 주의를 주려다가 주변을 둘러보자, 도서실에 남아 있는 사람은 이미 나와 도서 위원, 그리고 사서인 이토이가와 선생님뿐이었다.

아까 왔을 때와는 표정이 달랐다. 입술을 꽉 다물고 그렇지 않아도 큰 눈동자를 크게 뜨고 있다. 뭔가 좋지 못한 일이 생긴 모양이다. 끈 달린 주머니를 든 사토시도 지탄다에 이어 모습을 드러냈다. 지친 듯한 표정인 게, 여느 때의 방방 뜨는 느낌이 약간 가라앉은 느낌이다.

"호타로, 아직도 안 가고 있었어?"

"진눈깨비가 그쳐야 간다고 안 했냐?"

나는 두 사람을 차례대로 본 다음 지탄다에게 말했다.

"이번에는 정말 무슨 볼일이 있는 모양이다만, 집에 갈 거라 말이다."

"네, 그렇죠, 이해해요. 벌써 시간도 늦었고요. 그렇지만 꼭 도와주셨으면 좋겠어요."

"미안하지만 내일로 넘겨. 돕든 안 돕든 내일 이야기하자."

그렇게 말하고 도서실을 나서려고 했다.

그런데 그런 내 앞을 지탄다가 가로막았다. 나도 모르게 얼굴을 찌푸리는 내게 지탄다는 눈을 내리깔고 말했다.

"죄송하지만 이야기만이라도 들어 주세요. ……제 잘못이에요. 제가 경솔하게 동아리실을 비우는 바람에. 마야카 씨께 죄송해서……."

보아하니 단순히 여느 때처럼 호기심의 발로는 아닌 모양이다. 자세히 보니 양 주먹을 꽉 쥐고 있는데다 원래도 흰 살빛이 한층 핏기를 잃은 듯 보였다. 당황해서 움직였기 때문인지, 아니면 다른 이유에서인지, 다리도 약간 후들거리는 듯했다.

사토시에게 짤막하게 물었다.

"뭔 일이 있었던 거냐?"

"뭐는, 그냥 별일은 아닌데."

사토시의 대답과 거의 동시에 들린 지탄다의 목소리는 힘없고 작았다.

"초콜릿을……."

"초콜릿을?"

"마야카 씨의 수제 초콜릿을 도둑맞았어요! 그렇게 열심히 만들었는데!"

사토시를 보았다. 녀석은 난감하다는 듯 어깨를 으쓱하고 고개를 끄덕였다.

이바라의 초콜릿을, 도둑맞았다, 이 말이지.

아, 그래.

그것참.

가미야마 고등학교에 입학하고 또 고전부에 들어와 벌써

열 달. 그동안, 어쩌면 중학교 삼 년간에 필적할 만큼 많은 말썽이 지탄다를 매개로 해서 밀려들었다.

그에 대처했던 경험은 내 에너지 절약주의를 허물지 못했다. 하지만 움직여야 할 때 풋워크를 가볍게 해 주었다는 것은 사실일지 모른다.

벌레 씹은 얼굴이란 이때 내 표정을 가리킨다. 나는 그 표정 그대로 트렌치코트 소매에 팔을 꿰며 말했다.

"찾으러 가자."

아아, 진눈깨비도 멈췄건만. 하지만 이것도 처세고 의리일 테지. 어쨌거나 나와 이바라는 비록 얕기는 해도 오랜 인연을 가지고 있다. 모처럼 만든 초콜릿을 도둑맞았다는 것을 알면 녀석이 어떤 표정을 지을까. 나는 그런 얼굴은 보고 싶지 않다!

나는 호러가 싫다, 이 말이다.

연결 통로를 건너 특별동으로.

지학 교실은 4층이다. 계단을 올라가려는데 "잠깐!" 하고 사토시가 멈춰 세웠다. 나를 향해 손바닥을 들이댄다.

왜 그러는데, 묻지는 않았다. 발을 디디려 했던 계단에 노랑과 검정 비닐 로프를 쳐 놓았다. 며칠 전부터 교내 이곳저

곳을 차례대로 왁스 칠 하고 있다. 로프에 달린 표찰에는 '왁스 칠 계단 사용 금지'라고 씌어 있었다.

계단은 여기 말고 하나 더 있다. 그쪽으로 돌아가 올라갔다. 3층에서 4층으로 이어지는 계단참에서 파마머리 1학년이 말을 걸었다.

"잠깐 미안. 이거 수평이야?"

게시판에 포스터를 붙이고 있었나 보다. '공작부 졸업 작품전 장소: 통신제 1-C 교실'이라고 씌어 있다. 된 것 같은데, 하고 건성으로 대답하고 지나가려 했으나, 뒤에서 사토시가 참견했다.

"너무 내렸어."

그러고 보니 오른쪽이 처졌다. 사토시의 뒤에서 지탄다도 참견했다.

"그 포스터, 사다리꼴인 건 의도적으로 그러신 거죠?"

공작원, 아니, 공작부원은 한 발짝 뒤로 물러나 눈을 가늘게 뜨고 포스터를 보더니 이윽고 나직이 내뱉었다.

"아이고, 이럴 수가."

그러고는 칼과 자를 꺼내고 포스터를 떼어 계단에 앉았다. 능숙한 솜씨로 작업을 시작한다.

성공을 빌며 지학 교실로.

문은 잠겨 있지 않았다. 들어가서 멈춰 섰더니 추위에 몸이 오싹했다. 조금 전까지 적정한 온도의 도서실에 있었던 탓도 있겠지만 그래도 춥다.

지탄다가 교실 중앙 부근의 책상으로 다가가 손을 올려놓았다.

"여기에 놨거든요."

그래, 확실히 지금 그 책상에 초콜릿은 없다.

내가 무슨 말을 하기도 전에 지탄다가 상황을 단적으로 정리했다.

"초콜릿은 빨간 포장지로 쌌어요. 리본 종류는 사용하지 않았고요. 크기는…… 하트 모양이니까 제일 큰 부분으로 치면……."

두 손을 들고 조금씩 벌린다. 대략 자기 가슴너비만큼 벌리더니 고개를 잠깐 갸웃했다가 살짝 좁히고 나를 보았다.

"이쯤이에요."

지탄다는 오감과 기억력, 관찰력뿐 아니라 공간 인식력까지 뛰어난 모양이다. 그나저나 초콜릿이 참 크기도 하다.

"이바라한테는?"

"아직 말씀 안 드렸어요. 비겁한 걸 수도 있지만, 일단 찾을 만큼 찾아보고 말씀드리려고요."

지탄다는 그러면 초콜릿이 돌아올 것이라는 양 책상 위를 몇 번이고 쓰다듬었다.

"후쿠베 씨를 찾으러 갈 때까지는 분명히 여기 있었어요. 제 시계로 4시 45분에 나갔거든요. 돌아온 건 5시 조금 지나서였고요. 십오 분 사이, 제가 문만 잠그고 갔으면……."

마지막은 잘 알아들을 수 없을 만큼 목소리가 작았다. 정이 많은 지탄다라 그럴 만도 하겠지만 꽤나 충격이 컸던 모양이다.

그런 지탄다에게 사토시가 말했다.

"그렇지만 지탄다, 지탄다가 마야카의 초콜릿 관리인인 건 아니니까 그렇게 마음 쓸 거 없어."

"하지만 후쿠베 씨께도 죄송해서……."

"지탄다 책임이 아니라니까. 지탄다가 자기 잘못이라고 한다면, 늦게 온 내 잘못이 더 크지."

뜻밖이었다. 지금까지 사토시는 그런 식의 마음 씀씀이를 갖지 못하는 일종의 냉혈한적 측면이 있다고 생각했기 때문이다. 한편 뜨거운 하트를 가진 나는 냉혈한은 아니지만 어설픈 위로는 하지 않기로 했다.

실내를 둘러보았다. 지학 교실에 특별한 설비는 없다. 있는 것이라곤 교단과 칠판, 책걸상, 청소 도구함, 그 정도라

전체가 훤히 잘 보인다.

하지만 책상은 개수가 마흔 개 이상이다. 근처 책상을 주먹으로 퉁 쳤다.

"여기 없는 건 틀림없냐? 책상 서랍이라든지."

"없어. 지탄다랑 확인했거든. 틀림없어."

그래, 그럴 테지.

아니, 잠깐.

"지탄다 혼자 초콜릿이 없다는 걸 확인한 게 아니라고?"

여기에는 지탄다가 대답했다.

"네, 돌아오는 길에 후쿠베 씨를 발견해서 같이 들어왔거든요."

"저기 계단에서 말이지. 3층에서 4층 올라오는 계단참에서 지탄다를 만났어."

그래, 저기 계단에서란 말이지.

……번득 스치는 게 있었다. 트렌치코트 자락을 휘날리며 몸을 돌렸다. 돌아다니는 것은 좋아하지 않지만 목적지는 가까운 곳이다. 걸음을 뗀 내게 지탄다가 물었다.

"어디 가세요?"

"저 공작원, 언제부터 있었냐?"

동아리실을 나섰다. 두 사람이 따라왔다.

"공작원이라니 누구?"

"아까 그 파마한 녀석. 포스터 붙이던."

"……공작부 분 말씀이군요."

잠시 기억을 더듬는 듯했다.

"후쿠베 씨를 찾으러 나갈 때 포스터를 펼치고 계셨어요."

"딱 좋군."

그 한마디로 사토시는 깨달았겠지만, 이따금 믿기지 않을 만큼 아둔해지는 지탄다는 어떨까. 만일을 위해 설명을 보충했다.

"공작원이 계속 거기 있었다면 계단을 오간 녀석을 기억할 수도 있어. 왁스 칠 때문에 한쪽 계단밖에 사용 못 했으니 말이다."

"아아……. 정말 그러네요!"

어두웠던 지탄다의 목소리가 한 줄기 광명이 비쳐 든 양 밝아졌다. 그러나 사토시의 반응은 신중했다.

"공작원이 초콜릿 도둑일 가능성은?"

"없어."

"오?"

"도둑질을 해 놓고 포스터의 수평이 맞는지 신경 쓰면서 그 자리에 남아 있는 녀석이 있겠냐?"

여자 화장실 옆을 돌아 계단을 내려간다. 공작원은 게시판 앞에서 아직 칼을 쓰고 있었다. 우리를 보더니 포스터를 펼쳐 보였다.

"이젠 어때?"

지탄다는 포스터에 언뜻 눈을 주더니 단칼에 쳤다.

"직각이 없는 평행 사변형이 됐어요."

"……."

"그보다 여쭤 보고 싶은 게 있는데요, 작업을 시작하신 뒤로 지금까지 여기를 지나간 사람 혹시 기억하시나요?"

공작원은 지탄다의 진지한 눈초리에 다소 당황한 듯, 뒤쪽에 선 우리에게 "무슨 일 있어?" 하고 물었다. 뭐라고 대답할까 망설이는데 사토시가 간략하게 대답했다.

"문제가 좀 생겨서. 여길 지나간 사람이 범인 아닐까 하거든."

"그래?"

물론 납득은 못 한 듯했지만, 공작원은 아무래도 상관없다는 표정으로 대답했다.

"그래, 기억해."

"며, 몇 명인가요?"

흥분하는 지탄다에게 공작원은 웃음을 지어 보였다.

"세 명."

세 명. 그래, 그런 말인가.

"어떤 분이었나요?"

음, 역시 이해가 느리군, 지탄다. 뒤에서 어깨를 질러 나를 돌아본 아가씨에게 나와 그녀를 차례대로 가리키며 말했다.

"너, 나, 사토시, 이렇게 세 명."

맞지? 하고 확인하듯 시선을 돌리자 공작원은 고개를 끄덕였다.

"틀림없나요?"

재차 다짐을 두는 지탄다에게 공작원은 이런 말로 보증했다.

"나 사람 얼굴 제법 잘 기억하는 편이거든. 누가 지나갔는지도 모를 만큼 포스터 붙이는 데 열중했던 것도 아니고."

지탄다가 나를 돌아보며 고개를 갸웃했다.

"어떻게 된 걸까요?"

나는 사토시를 슬쩍 훔쳐보고 나서 대답했다.

"어떻게고 뭐고 초콜릿을 훔친 녀석은 4층에 있었고 아직 4층에 있다는 이야기겠지. ……사토시."

"응?"

"특별동 4층을 쓰는 동아리는?"

사토시는 으스대듯 가슴을 폈다.

"데이터베이스로 이용해 주다니 이거 기쁜걸. 어디 보자, 고전부, 경음부, 아카펠라부, 천문부, 또…… 아, 맞다, 사상연도 4층이지. 부원은 없지만."

녀석은 이어서 "웬일로 의욕을 보이네?"라고 했다.

너 때문에 이러는 거 아니냐고 호통을 쳐 줄까 했으나 피곤할 것 같아서 그만두었다. 게다가 지탄다가 바로 옆에 있는데 그런 말은 할 수 없다.

"그럼 되찾을 수도 있겠네요. ……하지만 대체 왜 그런 일을."

희망이 생기면서 여유를 찾았는지 지탄다가 그런 의문을 표시했다. 그게 가장 큰 문제다.

어쨌거나.

"지금은 일단 공리적으로 진행하자. 이유는 나중에 생각해. 아직 남아 있는 동아리를 확인하자. 의외로 잘 풀릴 수도 있으니까."

"그럼 좋겠는데요."

고개를 끄덕인 지탄다는 계단을 올라가기 전 공작원에게 정중하게 감사를 표했다.

남아 있는 동아리를 확인했더니 의외로 잘 풀렸다.

경음부는 어디 홀을 빌려 마음 놓고 라이브 준비중이라고 했다. 아카펠라부는 매번 안마당에서 연습하는 게 통례다. 하기야 아카펠라부는 이렇게 추우면 혀도 잘 돌아가지 않을 테니 단순히 연습을 일찍 끝낸 것일 수도 있다. 사상연, 즉 사상 연구회는 말할 것도 없으니, 현재 특별동 4층에 남아 있는 동아리는 고전부와 천문부뿐이라는 뜻이다. 지탄다는 눈살을 찌푸렸다.

"천문부 분이……?"

"어쨌거나 한번 보자고."

그렇게 말하며 천문부 동아리실, 제5 선택 교실로 향했다. 도중에 사토시가 중얼거렸다.

"천문부라. 그 사람이 있을지도 모르겠는걸."

"아는 분이 계세요?"

지탄다의 물음에 순순히 고개를 끄덕인다.

"지탄다나 호타로도 아는 사람이지만. 사와키구치 선배가 천문부거든."

"그분이요? 그건 마음이 든든……할까요?"

미묘한 문제다. 사와키구치 미사키. 이름을 기억한다. 작년 여름 방학 막바지, '여제' 사건으로 잠깐 관여했다. 그 뒤 축제에서는 우리 고전부 앞을 가로막았다가 자멸했다. 그때 분명히 바나나를 국물로 졸이지 않았던가.

제5 선택 교실은 지학 교실과 한 칸 떨어져 있다. 만약 천문부원이 작정하고 초콜릿을 훔치려 든다면 이십 초도 걸리지 않을 것이다.

교실 앞에 서자 실내에서 까르륵 하는 명랑한 웃음소리가 들려왔다. 우리는 얼굴을 마주 보았다. 지탄다가 고개를 한 번 끄덕하고 문을 노크했다.

"어? 네!"

귀에 익은 목소리가 응답한다.

지탄다가 미닫이문을 열었다.

후끈한 열기가 몰아닥쳤다. 학교 난로의 온도 설정을 학생이 마음대로 바꾸는 것은 교칙 위반인데, 그런 것 따위 알 게 뭐냐는 듯 호쾌하게 따뜻하다. 안경을 쓴 녀석이 있었다면 대번에 시야가 뿌예졌을 것이다.

실내에는 원을 그리고 둘러앉은 학생이 하나, 둘…… 다섯 명. 붙여 놓은 책상 위에 종이류가 흩어져 있다. 어째선지 주사위도 열 개 가까이 뒹굴고 있다. 다섯 명의 남녀 비율은 남자가 셋, 여자가 둘. 덥게까지 느껴지는 난방 속에 남자는 전원 검은 교복, 여자는 한 명이 세일러복을 입었다.

세일러복을 입지 않은 쪽 여자, 목소리 임자로 여겨지는 사람은 사토시 말대로 사와키구치였다. 그 머리 모양을 좋아하는지 전에 봤을 때처럼 오늘도 머리 양옆으로 경단을 만들었다. 고동색에 검은 레이스가 달린 세련된 천으로 경단을 쌌다. 그런데 입은 옷은 멋대가리 없는 학교 체육복이다.

사와키구치와 눈이 마주치자 지탄다는 십오 도 각도로 머리를 숙이고 미소 지었다.

"안녕하세요, 사와키구치 선배. 초콜릿을 돌려주세요."

입을 틀어막든지 뒤통수를 냅다 후려갈겨 줄까 했으나, 다행히 사와키구치는 그 뜬금없는 발언을 못 알아들은 모양이다.

"초콜릿이 뭐? 음, 넌 지탄다라고 했던가?"

"네, 지탄다 에루예요."

"나한테 뭐 볼일 있어?"

지탄다가 또 묘한 소리를 지껄이기 전에 사토시가 재빨리 나섰다.

"긴급을 요하는 일이라서요. 선배의 조력을 청하고자 이렇게 찾아뵈었어요."

실없는 말투에도 사와키구치는 어린애 같은 웃음을 띠었다. 별종끼리 말이 잘 통하나 보다.

"그래? 시간 많이 걸리는 일이야?"

"삼 분이면 충분해요."

그동안 나는 제5 선택 교실 안을 한 번 더 둘러보았다. 붙여 놓은 책상 주위에 천문부원의 가방이며 방한복이 아무렇게 놓여 있다. 종류는 각각 다르지만 가방 다섯 개에 방한복이 다섯 개. 그 밖에 자루 모양의 헐렁한 가방이 하나 있는데, 과거 경험에 비추어 볼 때 사와키구치 것이다. 천문부원들은 무슨 일이냐는 듯 우리를 의아스레 보고 있다. 한창 즐기던 중에 방해했다고 노골적으로 불쾌한 표정을 짓는 남학생도 있었다.

사와키구치는 두어 번 가볍게 고개를 끄덕이더니 천문부원들에게 선언했다.

"잠깐 좀 비울게. 돌입 전에 입수 난이도 3 이하는 오십 퍼센트 할증으로 산 걸로 쳐도 돼."

자리에서 일어선 사와키구치에게 항의가 쏟아졌다.

"오십 퍼센트!"

"난이도 3 이하면 살 것도 없어……."

"막판에 보급을 허용해 주겠다는데 고마운 줄 알아야지. 속임수를 쓰면 값을 두 배로 올려 받을 거니까 그렇게 알고."

사와키구치는 손을 흔들며 그렇게 말하고 복도로 나왔다. 지탄다가 다시 한번 정중히 머리를 숙였다.

"바쁘신데 죄송해요. ……뭘 하고 계셨던 거예요?"

짤막한 대답이 돌아왔다.

"응, SF."

"사이언스 픽션?"

내가 무심코 확인하는 것과 동시에 사토시도 말했다.

"스페이스 판타지!"

"스타 파이터려나. 그나저나……."

나를 힐끗 본다. '머리끝부터 발끝까지'란 바로 이런 것인가 싶을 만큼 유심히 보더니 사와키구치는 팔짱을 끼었다.

"그 트렌치코트, 좀 멋지네."

사토시도 그에 편승했다.

"그렇죠, 선배? 역시 눈이 높으시군요! 호타로의 단벌 코트인데, 어째 톰슨 기관총이라도 감추고 있을 것 같아서 무서워요."

감출 수 있다면 감춰 놓고 네놈이 헛소리할 때 요긴하게 활용하고 싶다만.

내 코트에서 시선을 떼지 못하는 사와키구치에게 지탄다가 참을성 있게 말을 걸었다.

"저, 선배."

"아, 그렇지. 뭔데? 무슨 일 있었어?"

지탄다가 고개를 끄덕이고 우리를 돌아보며 얼핏 눈짓을 보냈다.

여기서 브레이크가 걸리는 것을 보면 지탄다도 지난 열 달 사이에 조금은 변한 모양이다. 지탄다는 완곡한 표현이 서툴다. 솔직한 말씨가 도움이 되는 경우도 적지 않지만, 지금 우리는 천문부원에게 절도 용의를 씌우려는 것이다. 정면에서 부딪쳤다가는 되레 사태가 복잡해질 수 있다. 지탄다의 의도에 부응해 나는 반 발짝 앞으로 나섰다.

"저, 사와키구치 선배."

"넌…… 맞다, 탐정 오레키 군."

어울리지도 않는 호칭으로 불리는 바람에 다소 심사가 뒤틀렸으나 꾹 참고 지학 교실을 가리켰다.

"실은 저기서 밸런타인데이 초콜릿을 도둑맞았거든요."

사와키구치의 시선이 험악해진 듯 보였다. 이제 여기서 얼버무려야 한다.

"그래서 훔치는 장면을 목격한 사람이 없나 찾는 중입니다. 4시 45분에서 5시까지 누구 복도로 나간 사람은 없습니까?"

용의자 찾기를 목격자 찾기로 바꿔치기한 꼼수가 통했는지 안 통했는지는 알 수 없다. 사와키구치는 재미있다는 듯 웃으며 이렇게 중얼거렸다.

"밸런타인데이 초콜릿을 훔쳐? 하트 도둑도 아니고 풍류 넘치는데."

풍류는 무슨. 조금 전 입술을 깨물던 지탄다의 얼굴을 보여 주고 싶다.

그러더니 사와키구치는 고개를 갸우뚱했다.

"45분부터 5시까지? 미안하지만 우리 꽤 재미나게 놀던 중이라 시간은 기억 안 나는데. 그렇지만 중간에 일어났던 건 나카야마랑 요시와라…… 오다도 나갔던가? 내가 빠지라고 지시했던 거지만."

다섯 명 중 세 명. 지탄다의 표정이 흐려지는 것을 알 수 있었다.

하지만 범위를 한 번 더 좁힐 수 있다.

"집에 갈 채비를 하고 나갔던 사람은 있나요?"

"왜? 아니, 없었는데."

"아, 오다란 분은 여자 분입니까?"

"여자는 나카야마인데."

잇따른 질문에 사와키구치도 울컥한 듯했다. 전체적으로 실없는 분위기는 그대로 유지하면서 허리에 손을 얹고 나를 노려본다.

"미리 말해 두는데 초콜릿 들고 온 녀석은 아무도 없었어. 거짓말이라고 생각하려면 생각해. 그렇지만 탐정 군, 이건 좀 불쾌한데."

그렇게 말하고 느닷없이 교실 문을 열더니 안을 향해 소리쳤다.

"너희, 여기 있는 동안 초콜릿 같은 거 그림자라도 봤어?"

천문부원 남자들 사이에 웃음이 퍼졌다.

"선배, 그렇게 슬픈 말은 말아 주세요."

"봤으면 좋게요."

그런 그들을 사와키구치가 손으로 가리켰다. 그게 증거라는 양.

"물어볼 건 그게 다야? 이제 됐지?"

역시 별로 우호적으로 풀지 못했다. 꼼수를 쓰든 결국 의심하는 셈이니 어쩔 수 없다면 어쩔 수 없다. 나 자신은 신조에 기인해 싸움은 싫어하는 성향인데…… 하여간 난감하다.

나는 적어도 예절이라도 차리려고 사와키구치에게 머리를 숙였다.

"감사합니다, 선배. 실례되는 말씀을 드려 죄송합니다."

"뭐, 됐어."

그런 말을 남긴 사와키구치는 뒤도 돌아보지 않고 제5 선택 교실로 들어갔다. 문 닫히는 소리가 기분 탓인지 어쩐지 크게 들렸다. 이내 실내에서 한층 명랑하게 "자, 자, 다시 시작하자" 하는 목소리가 들렸다.

눈앞에서 닫힌 문과 나를 번갈아 보는 지탄다는 슬퍼 보였다.

"오레키 씨…… 사와키구치 선배, 화나셨나 봐요."

"당연히 화나지."

"……그래도! 마야카 씨 초콜릿을 되찾아야 하니까요."

뒤를 돌아보았다. 사토시도 이쯤 되니 표정이 흐리다. 늘 얼굴에 붙이고 사는 미소가 사라지고 어딘지 모르게 자조 어린 표정이다.

"호타로……."

하고 싶은 말이 있는 모양이다.

아랑곳하지 않고 일단 지학 교실로 돌아가자고 제안했다. 바깥은 꽤 어두워졌다. 슬슬 결판을 내야 할 것이다.

5

복도 맨 끝 교실인 지학 교실은 벽 삼면이 창문이다. 그만큼 냉기가 스며들기 쉬운지 위에서 짓누르는 듯한 추위에 고개를 움츠렸다.

"춥군."

나도 모르게 중얼거리자 따뜻한 말씀이 돌아왔다.

"그런가요? 전 괜찮은데요."

"저 혼자 코트 껴입고서 춥겠냐?"

어우, 추워.

창밖에 허연 것이 얼핏 보인다. 진눈깨비가 그쳤나 했더니 눈이 온다. 화이트 크리스마스라는 말은 많이 듣는데, 화이트 밸런타인데이라고도 하나? 어째 화이트 와인의 상표 같다.

가까운 책상에 걸터앉았다. 지탄다가 정면에 서서 피로가 묻어나는 목소리로 말했다.

"어떠세요, 오레키 씨. ……전 천문부 분이 그랬다고 생각하고 싶진 않은데요."

대답이 궁해 질문에 질문으로 답했다.

"저 계단 말고 4층에 출입할 수단이 또 있냐?"

나와 마찬가지로 책상에 앉아 끈 달린 주머니를 무릎 위에 올려놓은 사토시가 고개를 내저었다.

"없진 않아. 비상계단도 있고 탈출 슈트도 있고. 그렇지만 둘 다 쓰고 나면 큰일 나지. 반대편 왁스 칠 한 계단도 떼어낸 건 아니니까 마음만 먹으면 쓸 수 있을 거야."

"그렇지만 흔적이 없었어요. 왁스 칠 한 직후인데 사람이 지나갔다면 발자국이 남지 않을까요? 옥상으로 가는 계단도 있지만 늘 문이 잠겨 있거든요. 학생은 선생님과 함께여야만 옥상에 갈 수 있어요."

그렇다면 경로는 역시 그 계단밖에 없다는 뜻이다. 물론 헬리콥터를 띄워 상공에서 라펠링을 시도하면 길은 열리겠으나, 그런 스파이 같은 짓까지 해서 입수해야 할 비밀이 이바라의 초콜릿에 있을 것 같지 않다.

……아니, 잠깐. 이바라가 쓴 초콜릿은 분명 벨기에산이라고 했다. 벨기에가 EU 본부가 있는 나라라는 것은 주지의 사실. 혹시 이바라의 초콜릿에 유럽의 안정을 뒤흔들 마이크로 칩이라도 들어 있는 게 아닐까. 그렇다면 라펠링이든 호버링이든 안 될 게 없다.

"오레키 씨?"

"아니, 아무것도 아니다."

헬리콥터 소리는 들리지 않았다.

초콜릿은 어디 있을까. 내리는 눈을 보다가 다른 가능성이 생각났다.

"초콜릿을 찾을 때 밑도 봤냐?"

"밑이라니요?"

손가락으로 포물선을 그렸다.

"창밖으로 초콜릿을 던지면 땅에 떨어질 거 아니냐?"

지탄다는 고개를 흔들었다.

"그런 뜻이라면, 아까 살펴봤어요."

제법 빈틈없다. 그럼 이건 어떠냐?

"여자 화장실은 봤냐?"

괴성이 돌아온다.

"네?"

"뭐라고?"

"여자 화장실 말이야. 십오 분간 특별동 4층에서 들어갈 수 있는 곳은 여기하고 제5 선택 교실하고 여자 화장실밖에 없었을 거다. 그런데 여기에도, 밖에도 초콜릿은 없었어. 그럼 누가 여자 화장실에 초콜릿을 감춰 놨을 가능성도 있지 않겠냐?"

말이 채 끝나기도 전에 지탄다가 치맛자락을 펄럭이며 한 발짝 앞으로 나섰다. 그러고는 내가 꼼짝하지 않는 것을 깨닫자 나무라듯 말했다.

"그 생각은 못 했어요. 자, 가죠!"

'가죠!'라니 그런 당치 않은 말을.

"미안하지만 너 혼자 가라."

"오레키 씨, 여러 사람이 찾을수록……."

"너, 이 층에 있는 게 남자 화장실이었어도 들어갈 수 있겠냐?"

지탄다는 잠시 주위 상황이 눈에 들어오지 않았던 모양이다. 앗, 하더니 얼굴이 빨개져 머리를 두 번 꾸벅꾸벅 숙이고는 총총걸음으로 나갔다. 참고로 특별동은 1, 3층에 남자 화장실, 2, 4층에 여자 화장실이 있다.

웃는 얼굴로 지탄다를 배웅한 사토시가 다리를 덜렁덜렁 흔들며 물었다.

"정말 화장실에 있다고 생각해?"

나는 관심 없다는 듯 대답했다.

"아니, 만에 하나도 없겠지."

"만에 하나라는 건 0.01퍼센트란 건데, 그렇게 확률이 낮아?"

"사토시."

한숨이 나왔다.

"있으면 거기 있겠지 싶은 데는 있으니까 좀 가만히 있어라."

"……그래."

사토시는 입을 다물었다. 늘 달고 사는 웃음이 사라지고 없는 것 같다. 지탄다가 돌아올 때까지 대략 삼 분간 지학 교실은 조용했다.

돌아온 지탄다는 어깨를 힘없이 축 늘어뜨리고 있었다.

"없어요……."

나는 고개를 끄덕이고 말했다.

"그럼 가능성은 하나뿐."

"네?"

지탄다가 떨어뜨리고 있던 고개를 들었다. 그때 미루고 있던 순간이 찾아왔다.

지학 교실 문을 열고 녀석이 들어온 것이다. 세일러복에 베이지 점퍼를 걸치고 털모자를 쓴 이바라 마야카. 왼쪽 뺨의 반창고는 과도한 초콜릿 시식 탓에 났다는 여드름을 가리기 위한 것이다. 이바라는 우리를 보더니 당혹 어린 표정을 지었다.

"어? 왜 다 모여 있어?"

"마야카 씨……."

중얼거리는 지탄다의 목소리는 조금 떨리는 듯했다. 그러나 이바라는 지탄다의 그런 모습을 알아차리지 못하고 모자를 벗으며 가벼운 어조로 말했다.

"아, 그래서 어떻게 됐어, 내 초콜릿?"

느닷없이 치고 나오냐. 하기야 이바라의 최대 관심사는 그것일 테니 당연하지만.

나는 사토시에게 시선을 던졌다. 녀석은 막연히 이바라 쪽을 보고는 있는데 표정이 없었다. 아무 말도 하려 하지 않는다.

그럼 최소한 내가, 싶어 입을 열려는데, 낌새를 챘는지 지탄다가 한 손을 들어 나를 제지했다. 자기가 말하겠다는 신호

일 것이다. 입을 다물 수밖에 없다.

지탄다는 이바라를 똑바로 보았다.

"마야카 씨, 죄송해요."

이제 목소리는 떨리지 않았다. 각오한 것이리라. 한편 이바라는 의아한 표정으로 물었다.

"뭐가? 사과할 일이 뭐 있었던가?"

"네, 실은."

그래도 약간 머뭇거린다.

"제가 문단속도 하지 않고 나가는 바람에 마야카 씨 초콜릿을 도둑맞고 말았어요. ……죄송합니다."

의연한 말투, 당당한 태도. 그러나 지탄다, 눈이 좀 빨갛다만.

그런데 고백을 받은 이바라는 내 예상과 전혀 딴판인 태도를 취했다.

딱 한마디, 이렇게 중얼거렸다.

"그래, 그렇구나."

그러더니 한 박자 쉬었다가 난처한 듯 쓴웃음을 지었다.

"도둑맞았단 말이지."

그 표정, 그 말.

이바라가 그런 식으로 반응한다는 게 믿기지 않았다. 이바라라면 감정을 드러내며 노여움 어린 말을 쏟아 낼 줄 알았다. 그래, 그럴 것이다. 내가 아무리 연애 문제에 어두워도 그 정도는 안다. 내가 이바라라면 용서 못 한다.

그러나 이바라는 평정을 잃지 않았다. 그에 반비례하듯 지탄다의 감정이 북받치려 했다.

"마야카 씨, 저……!"

이바라는 그런 지탄다를 향해 고개를 내저었다.

"그런 표정 짓지 마, 지이. 문단속을 안 했다고 속상해하는 거야? 밸런타인데이 초콜릿을 훔치는 사람이 있을 줄 누가 알았겠어?"

"그렇지만!"

"다른 누가 잘못했어도 지이는 잘못한 거 없어. 진짜로. 게다가 난 지이한테 초콜릿을 봐 달라고 부탁한 적도 없는걸. ……나야말로 어째 지이한테 못 할 일을 한 것 같아. 그렇게 많이 도와줬는데 헛수고가 되다니."

이바라는 방금 벗은 털모자를 도로 썼다. 시선을 지탄다에게서 떼고 나직이 중얼거리듯 말했다.

"응, 그렇지만 좀 힘드네. 오늘은 그냥 갈게. 지이, 진짜 속상해하지 마."

그러고는 돌아서서 침착한 걸음걸이로 지학 교실에서 나갔다. 아무도 그 뒷모습에 말을 걸지 못했다.

나, 지탄다, 사토시. 이바라의 뒷모습을 바라보는 마음은 각자 달랐을 게 틀림없지만.

이바라가 가고 그 모습이 복도로 사라지기를 기다려 지탄다가 결연한 태도로 걸음을 뗐다. 의도를 알겠기에 책상에서 내려와 지탄다의 앞을 가로막았다. 녀석은 그래도 걸음을 멈추지 않고 코가 부딪칠 듯한 거리에 이르러 겨우 멈춰 섰다.

"……비켜 주세요."

"어쩌려고?"

거리가 너무 가깝다. 나는 말하며 한 발짝 뒤로 물러났다. 그러나 내 움직임에 맞춰 지탄다도 한 발짝 앞으로 나섰다.

"강제적인 방법을 써서라도 마야카 씨의 초콜릿을 찾겠어요. 그러지 않으면 전 내일부터 마야카 씨를 뵐 낯이 없어요."

"다들 네 잘못이 아니라고 하잖냐. 법률가한테 물어도 그럴 거다. 위험 예측 범위 밖이야."

"법률 같은 건 상관없어요. 제가 저 자신을 용서할 수 없는 거예요. 오늘은 마야카 씨에게 기쁜 날이었어야 했는데 이렇게 되고 말았어요. 아무것도 안 하고 그냥 있을 순 없어요!"

내 곁을 지나치려 했다.

반사적으로 손이 나갔다. 내 오른손이 지탄다의 오른손 손목을 붙들었다.

따뜻한 손이었다.

손목을 잡고 있으니 지탄다가 주먹에 힘을 주는 것을 힘줄의 움직임으로 알 수 있었다. 놔주어야 하나, 말아야 하나. 망설이다 말이 먼저 나왔다.

"네 심정을 안다는 말은 못 하겠다. 난 너만큼 감수성이 예민하진 않아. 그렇지만 이 일은 나한테 맡겨라. 오늘 중으로 반드시 이바라의 초콜릿을 사토시한테 건넬 테니까."

에너지 절약주의자 오레키 호타로가 자기에게 맡기라는 말을 하는 날이 올 줄이야.

지탄다의 커다란 눈동자가 한층 커졌다. 그러나 주먹에 들어간 힘은 약해지지 않았다.

"……그렇게 말씀해 주셔서 고맙습니다. 그렇지만 저도 같이 찾겠어요."

고개를 가로저었다.

"아니. 나한테 생각이 있어. 너하고 같이 있으면 그걸 할 수 없어."

얼마 동안 침묵이 흐른 뒤, 지탄다가 나직이 물었다.

“짚이는 데가 있으신 건가요?”

나는 지탄다의 손을 놓았다. 무의식중에 내 손에도 힘이 들어갔던지 지탄다는 잡혀 있던 손목을 문질렀다.

사태가 여기까지 이른 이상 어쩔 수 없다. 나는 천천히 고개를 끄덕였다.

“누가…….”

“초콜릿을 가져갈 수 있는 사람은 한 명밖에 없어. 그러니 그 녀석.”

한숨을 쉬었다.

“천문부 나카야마다.”

덜컹 책상 움직이는 소리. 사토시가 엉거주춤 일어서려 했다. 지금은 무시했다.

“공작원의 증언으로 계단을 올라온 사람이 우리밖에 없다는 걸 알 수 있어. 사와키구치의 증언으로 초콜릿을 훔치는 게 가능했던 천문부원은 세 명이라는 걸 알 수 있고.”

“오다 씨와 나카야마 씨, 요시와라 씨죠?”

“그중 누가 여기 들어와서 초콜릿을 훔치려 했다 치자. 만약 너라면 어쩌겠냐? 이바라의 초콜릿은 꽤나 거대했다며?”

지탄다는 고개를 끄덕이고 자신의 가슴너비에 약간 못 미치게 두 손을 벌렸다.

"이 정도예요."

"그렇게 큰 걸 숨기는 건 불가능해. 화장실에 감춰 놓지도 않고 밖으로 던진 것도 아니라면 제5 선택 교실로 들고 들어갔다고 생각하는 수밖에 없지. 그렇지만 사와키구치는 초콜릿을 가져온 사람은 없다고 했어. 부원들 말도 같고. 천문부 전체가 공범이라면 이야기는 별개다만, 그런 게 아니라면 이상하지."

나는 나와 사토시를 가리켰다.

"남자 교복으로는 그런 크기의 초콜릿을 옷 속에 감추는 건 무리야. 가방 종류가 있다면 넣을 수 있을 테고, 내 트렌치코트 같은 게 있다면 주머니에 들어갈지도 몰라. 하지만 교실 밖으로 나갔던 천문부원은 집에 갈 채비를 하지 않았다고 했어. 가방도, 방한복도 교실에 그대로 있었어. 교복 바지 주머니는 너무 작고. 옷 안에 감추려도 초콜릿처럼 딱딱한 게 들어 있으면 동작이 부자연스러워져서 눈에 안 띌 수 없을 거다."

다음은 지탄다를 가리켰다.

"그렇지만 세일러복이라면 가능해. 테이프 같은 걸로 허벅지에 붙이면 치마로 가려져. ……나카야마란 천문부원이 무슨 생각으로 이바라의 초콜릿을 훔쳤는지는 알 수 없다만, 어쩌면 우리가 모르는 갈등이 두 사람 사이에 있을지도 모르지. 하지만 이유야 어떻든 초콜릿을 감출 수 있었던 사람이 나카야마밖에 없는 이상, 나카야마가 초콜릿을 갖고 있다고 생각할 수밖에 없어."

잠시 쉬었다가 나는 한 번 더 말했다.

"이바라의 초콜릿은 오늘 중으로 반드시 사토시한테 건네마. 백 퍼센트 자신 있다만, 네가 있으면 곤란해. 그러니까 안심하고 오늘은 그만 집에 가라."

지탄다는 내 눈을 보았다.

……반사적으로 시선을 피했으니 나도 참 한심하다.

하지만 그래도 지탄다는 조금이나마 웃음을 되찾았다.

"오레키 씨께서 그렇게까지 말씀하시다니 드문 일이네요."

"그래?"

실은 스스로도 그렇게 생각한다. 상당히 무리를 하고 있다.

"알겠어요. 오레키 씨가 어떻게 하실 생각인지는 모르지만, 그러는 게 낫다고 하신다면 말씀대로 할게요."

온몸의 긴장이 풀렸다. 아마 표정도 누그러졌을 것이다.

"좋아, 성공하면 전화하마."

지탄다는 꼭 부탁한다며 머리를 숙였다.

지탄다가 가고 동아리실에는 나와 사토시가 남았다.

어두워진 밖을 보고 아직도 내리는 눈에 눈살을 찌푸리며 책가방을 어깨에 멨다.

"자, 가자."

그 말에 응해 사토시도 걸터앉아 있던 책상에서 내려왔다.

"그러게, 갈까."

문단속은 잊지 말고 철저히.

6

집으로 가는 길, 밤. 전조등, 미등. 눈, 코트를 여민다.

바람이 워낙 차서 트렌치코트에 목을 파묻는다. 내 곁을 사토시가 걷고 있다. 끈 달린 주머니를 들고, 배낭을 등에 지고. 추위를 막아 주는 것은 조끼뿐이다.

"밸런타인데이 초콜릿을 허벅지에 붙여 훔친다?"

나는 조금 전 내가 했던 말을 중얼거리고는 비웃었다.

"그럴 리 있냐."

"앞뒤는 맞았다고 생각하는데."

끈 달린 주머니를 돌리며 사토시가 말했다. 나는 그것도 비웃었다.

"아니, 안 맞아."

"저런."

"이바라가 초콜릿을 동아리실에 놔두기로 했다는 걸 그 뭐라나 하는 여학생이 알 리 없잖냐. 혹시 알 수 있었다 해도 지탄다가 지키고 있다는 것, 그 지탄다가 널 찾으러 나갈 거라는 것까지 예상할 순 없지."

"예상할 수 있었을지도 모르잖아?"

"예상했다 해도 마찬가지야. 사토시, 초콜릿은 녹는단 말이다. 사람 체온으로. 그리고 초콜릿은 녹으면 특유의 냄새가 나. 감출 수 있는 게 아니야. 그리고 뭣보다……."

횡단보도 중간쯤에 이르렀을 때 신호등이 깜박이기 시작했다. 달음질을 쳐서 건너고 사토시를 돌아본다.

"정상적인 인간은 밸런타인데이 초콜릿을 훔치겠단 생각을 안 해."

사토시는 쓴웃음을 지었다.

"나카야마가 정상적이란 보증은 없는데."

"정상적이지 않은 녀석이 처음부터 얽혀 있다고. 그쪽을 의심하는 게 당연하지 않겠냐."

인도에 눈이 살짝 쌓여 있다. 한 발짝 걸을 때마다 뽀득뽀득 소리가 난다. 강풍이 한바탕 몰아친다. 나는 어깨를 부둥

켜안고 바람이 잦아들기를 기다려 말했다.

"약속한 것부터 먼저 처리할까."

사토시는 말이 없다.

"……주머니 내놔라."

목구멍으로 웃는 소리. 사토시는 순순히 따랐다. 주머니를 받아 들어 위아래로 한차례 크게 흔들었다. 달그락 소리가 났다. 파편이 스치는 소리다.

밉살스럽지만 정중하게 주머니를 사토시에게 돌려주었다.

"오늘 중으로 이바라의 초콜릿을 너한테 건넨다. 이로써 완수된 거다."

"훌륭해, 호타로."

사토시는 웃지만, 그 웃음은 바야흐로 타성 내지 허세로만 보였다.

초콜릿을 훔친 사람은 사토시다.

지탄다가 초콜릿을 도둑맞았다고 했을 때, 나는 그 시점에서 이미 그런 짓을 할 녀석은 사토시밖에 없다고 생각하고 있었다. 그런 예측이 없었다 해도 소거법을 적용하면 남는 것은 사토시뿐이다. 천문부가 전멸이라면 초콜릿을 훔친 인간은 3층에서 올라온 사람으로 한정된다. 공작원의 증언에 따르면 계단을 지나간 사람은 세 명. 지탄다와 나, 사토시다. 나는 제외, 지탄다도 '피해자'이니까 제외. 사토시밖에 남지 않는다. 몇 명 지나갔느냐는 질문에 공작원이 총인원으로 대답할 리도 없다.

십중팔구 사토시는 동아리실로 간다며 나와 헤어진 뒤, 특별동 3층 남자 화장실에 숨었을 것이다. 화장실은 계단 옆에 있고 3층 것은 남자용이다. 거기서 계속 기다린다. 지탄다가 조만간 자신을 찾으러 동아리실에서 나올 것이라고 예상했을 것이다.

지탄다가 계단을 통과하는 것을 확인하고 사토시는 4층으로 올라갔다. 이때 공작원이 사토시를 보았다. 어쩌면 포스터의 균형에 관해 의견을 구했는지도 모른다. 내 기억이 틀린 게 아니라면 사토시는 우리와 동아리실로 가는 길에 공작원이 말을 걸었을 때 "너무 내렸어"라고 했다. 사전에 "오른쪽을 내리는 게 좋겠어"라는 말을 안 했다면 이 말은 나오지 않는다.

아무도 없는 동아리실에서 사토시는 이바라의 초콜릿을 회수한다. 그러나 초콜릿은 의외로 컸다. 아마 끈 달린 주머니에 초콜릿을 감출 셈이었을 테니 당황했을 것이다. 사토시의 주머니는 사륙판 책이 겨우 들어가는 사이즈다. 지탄다의 가슴 폭이 아무리 좁아도 책보다는 넓다.

그냥 들고 도망치다가 만일 계단 부근에서 지탄다와 마주치면 초콜릿 게임은 끝이다. 그렇다면 사토시가 취할 행동은?

거리에는 이미 가로등에 불이 밝혀져 있다. 길은 이윽고 다리로 접어든다. 보행자 전용인 좁은 다리다. 두 명이 옆으로 나란히 서면 그 옆을 지나치지도 못한다. 바람을 막아 주는 게 없어지면서 바람 소리도 커졌다.

"그걸 부술 때 망설여지지 않았냐?"

작은 목소리였으니 바람 소리에 묻혀 사토시의 귀에 들리지 않았을지도 모른다. 대답은 없었다.

사토시는 초콜릿을 부수었다. 포장지를 벗기지 않은 채 팔꿈치라도 내리쳤는지 모른다. 안에 든 게 이바라가 만든 하트 초콜릿이라는 것을 조금이라도 의식했다면 차곡차곡 접듯 깼을 수도 있다. 어느 쪽이든 결과는 마찬가지다. 하트 모양 초콜릿은 끈 달린 주머니에 들어갈 사이즈가 되었다.

사토시는 동아리실을 나선다. 계단참에서 지탄다와 마주친다. '야아, 지탄다, 이거 미안, 흥미로운 게 있어서 말이지' 하고 변명이라도 했을 것이다. 지탄다는 사토시를 데리고 동아리실로 간다. 그곳에 초콜릿은 이미 없다.

핏기가 가신 지탄다 옆에서 사토시는 무슨 생각을 했을까?

다리 중반에 이르렀다. 나는 걸음을 멈추었다. 사토시도 멈춰 섰다.

이번에는 바람에 실려 사라지지 않게 나름대로 소리를 높였다.

"이걸로 빚은 갚은 거다."

"빚?"

사토시의 목소리는 낮은 웃음을 머금고 있었다.

"무슨 빚 말일까? 설마 정월 일은 아니겠지. 굳이 따지자면 난 빚 같은 거에 관심이 없어서 말이야."

"작년 사월 말이야. 내가 지탄다한테서 도망치려고 이야기를 지어냈지."

기억해 내기까지 시간이 조금 걸렸다. 사토시는 아아, 하고 중얼거렸다.

"그런 일도 있었지."

"그때 말을 맞춰 줬잖냐."

"그랬던가? 그런 걸 잘도 기억하네."

"기억하다마다."

가볍게 어금니를 악물었다.

"좋지 않은 짓을 했어. 어리석은 짓이었어."

"그러게, 내 생각도 그래."

그것을 나는 오늘에야 알았다. 타인을 간계로 속이는 것의 의미를, 절절히 통감했다. 우연인지 필연인지, 그때도 오늘도 속은 사람은 지탄다다.

그러나 사토시는 별 흥미 없다는 듯 말했다.

"그렇지만 그건 친절한 일이었어. 에너지 절약주의자인 네가 뜻을 관철한 한편 아무도 상처 입지 않았지. …… 호타로 너만 빼고."

문득 바람이 휘돌았다. 하늘을 날던 눈이 허공에 소용돌이쳤다. 나는 다시금 트렌치코트 옷깃을 여몄다. 고개를 수그리고 물었다.

"설명쯤은 해 주겠지?"

"설명이라."

사토시가 어째서 이런 행동을 했는지 나는 알 수 없었다. 하지만 그래도 무슨 이유가 있을 터라고 생각했다. 믿었다 해도 될지 모른다. 그렇기에 나는 임시로라도 지탄다를 납득시키고 사태를 수습하는 방향으로 움직였다. 그런데 "웬일로 의욕을 보이네?" 같은 말을 지껄였으니 저놈을 진짜 어쩔까, 하고 분노할 만도 하지 않겠나. 부탁받은 것은 아니니까 잠자코 있었지만, 결국 나는 지탄다를 납득시키고 안심시키기 위해 아무 상관도 없는 뭐라나 하는 여학생을 희생양으로 꾸며

낼 수밖에 없었다. 좀 더 좋은 방법이 있었을 수도 있지만, 나는 그것을 찾아내지 못했다. 앞으로 그 여학생은 지탄다에게 당치 않은 오해를 받으며 학교생활을 보내게 될 것이다.

내가 그런 짓을 한 것도 사토시의 행동에 이유가 있을 터라고 믿었기 때문이다. 그게 만약…….

"농담이었다 같은 소리를 하면……."

"하면?"

"때리는 수밖에 없겠지. 지탄다와 이바라 몫까지 대신해서. 주먹으로."

사토시는 상황이 여기에 이르렀는데도 과장된 몸짓으로 어깨를 으쓱했다.

"맞는 건 싫은데."

"참고로 묵비하면 지탄다한테 사과하면서 네 소행이라는 것도 말할 거다."

"그쪽은 더 싫네. 지탄다를 끌어들일 생각은 전혀 없었다고."

사토시는 하늘을 우러렀다. 입에서 긴 한숨이 흘러나왔다.

침묵 뒤에 천천히 말했다.

"말하기 싫은데. 말할 종류의 일이 아니야. 하지만 말해야 되겠지."

"네가 뭔 생각을 하건 그건 내 알 바 아니다. 하지만 넌 생각만 하지 않았어. 실제로 실행에 옮겼다고."

"그러게 말이야. 호타로, 네 말이 맞아. 후회는 안 해. 안 하는데……."

사토시의 시선이 하늘에서 지상으로 내려온다. 각오가 섰는지, 띄엄띄엄 이야기하기 시작했다. 큰 목소리는 아니었으나 어째선지 바람 속에서도 잘 들렸다.

"호타로, 내가 집착하는 편이라고 생각해?"

잠시 생각했다가 대답했다.

"글쎄. 풍류인이라고는 생각한다만."

"그게 바로 결정적인 오해인 거야."

사토시는 눈이 얕게 쌓인 다리 난간에 몸을 기댔다.

"풍류인이니 집착하는 인간이니 하는 건 뭔가에 열중하는 법이거든. 그리고 그 분야에선 아무한테도 지고 싶지 않다고 생각하지. 매일이 발견과 연마의 나날이야."

"넌 아니냐?"

"아니지. '여제' 사건을 벌써 잊었어? 난 일인자가 될 수 없다고 말했을 텐데. 넓고, 얕게……. 하지만 정확히 말하자면 호타로, 난 되려고 하길 그만둔 거야.

저번에 같이 게임 했잖아?"

오락실에서 대전했을 때 이야기다. 내가 세트 카운트 2대 1로 이겼다.

"그래."

"그때 너도 이상하게 생각한 것 같던데. 내가 승리에 집착하지 않는 걸.

너하고 그 게임을 자주 했던 건 이 년 전이지. 그 당시 난 꽤나 한심한 녀석이었어. 이기기 위해서 이기고 싶어 해. 지면 상대방을 트집 잡고 규칙 탓을 했어. 게임뿐만이 아냐. 다케다 신겐에 대해 많이 아는 녀석이 있으면 그 이상으로 많이 알려고 책을 뒤졌고, 철도 마니아도 따라잡으려고 했어. 좌우지간 이기고 싶었던 거야, 난.

별별 것에 다 집착했어. 어떤 게 있었더라. 벌써 생각도 잘 안 나네. 그렇지만 그래, 예컨대 색깔 맞춰 옷을 입는다든지. 한자의 올바른 획순이라든지. 회전 초밥을 먹으러 가도 그저 올바른 순서로 조합해 먹는 데만 집착하느라 정작 맛있는 건 놓치고 그랬어."

사토시는 자못 재미있다는 듯 자신을 비웃었다.

"참 재미없었어, 분명히 말해서. 그렇게 이기고 싶어 해 놓고 이겨도 재미가 없으니 대책이 없잖아? 그때는 왜 그런 건지 이유를 몰라서 이것저것 생각했지 뭐야. 하여튼 바보지.

재미있게 이기지 않았는데 재미있을 리 있겠어?

그러다 어느 날, 지겨워졌어. 집착하는 걸 그만뒀어. 아니다, 집착하지 않는 데에만 집착하게 된 거야. 계기는 벌써 잊어버렸어.

그 뒤론 말이지, 호타로, 정말이지 하루하루가 즐거워. 오늘은 자전거, 내일은 수예. 안보에, 간이 보험에, 클래식. 집착하지 않는 정도의 집착을 양념으로 온갖 분야를 기웃거려. 그게 너였던가, 언젠가 날 형광 핑크라고 표현했던 게. 그 말이 딱 맞아."

사토시는 이제 내게 이야기를 하는 게 아니었다. 사토시의 시선 앞에 나는 없었다. 회고의 말이 이어졌다.

"그렇지만 그런 마음 편한 나날에도 딱 하나 문제가 있었어.

난 집착하지 않는 것에 집착하면서 편한 마음을 얻었어. 에너지 절약주의가 어느 정도까지 네게 지주가 돼 주는지 난 알 방법이 없어. 그렇지만 내 집착하지 않기는 꽤 핵심적인 문제거든. 만약 이게 없으면 난 또 그 한심한 집착쟁이로 돌아갈지도 몰라.

그런데 마야카가 있었어."

사토시가 주먹을 쥐는 것을 알 수 있었다.

"마야카는 좋은 애야. 어디가 어떻게 좋은지 넌 모를 수도 있지만 정말 좋은 애야. 그런 애는 또 없어. 그런 마야카가 나한테 같이 있어 달라고 하다니 정말 꿈같은 이야기라고.

그렇지만, 그렇지만 말이지. 난 마야카한테 집착해도 되는 걸까?

집착하지 않기로 했는데, 마야카만은 예외야?

엄청 간단한 문제가 아닐까, 나도 생각은 해. 난 내가 하고 싶은 대로 해서 지금 같은 편한 마음을 획득했어. 그리고 난 분명히 마야카랑 같이 있고 싶어. 그럼 원하는 대로 하면 될 거 아닌가, 그렇게 생각한 적도 있어.

하지만 말이야, 호타로. 그럼 안 되는 거야. 절대로 안 돼. 내가 그걸 원하기 때문에 사물에 집착하지 않고, 내가 그러고 싶다고 마야카한테 집착해. ……거기 어디에 마야카가 있다는 거지? 마야카를 허투루 하면 그건 나쁜 주의야. 수정해야 해. 그렇지만 어디를 어떻게 수정하면 되는 걸까? 아니면 혹시 답을 내려고 하는 것 자체가 잘못인 걸까? 그런 선문답을 하는 내가 마야카한테 상처를 주지 않는 사람이 될 수 있을까?

그에 대한 대답이 나오기 전에 작년 밸런타인데이가 찾아왔어. 밸런타인데이 초콜릿은 일종의 상징이란 생각 안 해,

호타로? 마야카의 초콜릿을 받으면 마야카한테 집착하겠다고 선언하는 셈이 된다. 난 그렇게 생각했어. 난 아직 좋은 해답을 찾지도 못했는데."

"그래서 안 받았던 거냐."

"암, 그렇고말고. 그리고 금년.

날 굼벵이라고 욕해도 좋아. 일 년이 지났는데 난 아직도 대답하지 못하겠어!

받을 수 없는 초콜릿을 받지 않는 방법이, 그 상황에 초콜릿을 없애는 것 말고 또 있었을까? 있었다면…… 응, 맞는 것쯤이야 안 될 거 없겠지."

침묵이 흘렀다.

그러나 그것은 지탄다와 무관한 일일 터였다.

"그렇지만 넌 지탄다한테 상처를 줬어."

내가 그렇게 말하자 사토시는 문득 서글프게 웃었다.

"……너처럼 잘 안 되네. 그럴 생각은 없었는데."

"그럼 어떤 생각이 있었다는 거냐?"

"정해 놨거든. 마야카는 초콜릿을 동아리실에 갖다 놔. 나는 그걸 받을 각오가 있으면 가져가. 없으면 놓고 가. 그런 약속이었고, 그냥 그것뿐일 터였어. 마야카가 잘못했다는 게 아냐. 하지만 마야카는 계산에 넣지 않았던 거야, 초콜릿 만

들기에 참가했던 지탄다가 전달 장면의 증인이 되려고 하리란 걸…….”

이바라와 이 녀석의 공동 계획이었다는 말인가?

“그럼 넌 방금 그 이야기를 이바라한테…….”

“그야 물론 했지! 당연하잖아, 안 그러면 난 내 사정만으로 마야카를 휘두르는 게 된다고!

……아니, 사실 그렇긴 하지만.

작년에 마야카의 초콜릿을 퇴짜 놓고 나서 같이 이야기했어. 몇 시간씩, 지금 한 것보다 훨씬 자세하게. 어휴, 그때 생각나네. 그게 벌써 일 년 전인가. 별소리 다 들었어. 결국 마야카는 이해한다는 말은 하지 않았어. 그래도 기다려 주겠다고 한 거야. 다음번 밸런타인데이를 시험일로 해서 말이지.

마야카는 초콜릿이 도둑맞았단 말을 듣고도 침착했잖아? 도난이, 내가 아직 결론을 못 냈다는 신호라는 걸 이해하기 때문이야. 내 생각엔 그래.”

이바라는 초콜릿을 훔친 사람이 사토시임을 알아차릴 것이다. 여기까지는 나도 예상했다. 그러나 나는 그 뒤 이바라가 화를 낼 것이라고 생각했다. 작년 초콜릿을 퇴짜 맞고 올해 또 퇴짜 맞았으니……. 거기에 이유가 있다는 것을 나는 몰랐으니까.

그렇다면 이바라가 만연에 볼일이 있었다는 것도 거짓말일 것이다.

사토시는 두 팔을 활짝 벌렸다. 교복 소매가 바람을 맞아 펄럭였다.

"자, 호타로, 내 이야기는 이게 전부야. 내 행동은 농담이 아니었어. 나는 묵비하지 않았어. 넌 이제 어쩔 거지?"

……눈발이 세졌다.

나는 코트 깃을 세웠다. 다리 위는 추워서 좋지 않다. 걸음을 떼자 눈이 뽀드득뽀드득 밟혔다.

사토시도 따라온다.

"방금 그 이야기, 지탄다한테는 할 수 없겠지."

"무리야. 차라리 맞는 게 나아."

그럴 것이다. 이런 이야기는 사토시가 이바라에게 털어놓았다 해도 남자 대 남자로 할 이야기다. 가령 지탄다와 이바라도 여자들만의 이야기를 할 것이다. 그리고 그 이야기는 내 귀에 들어오는 일이 없을 것이다. 사토시 또한 오늘 한 이야기가 녀석의 전부는 아닐 테고. 물론 나도 사토시에게 모든 것을 남김없이 드러내지 않는다.

아니, 어떨까.

내 좌우명은 '안 해도 되는 일은 안 한다. 해야 하는 일은 간략하게' 그것뿐이다. 남김없이 드러낼 만한 게 아무것도 없다. 문득 아까 도서실에서 사진집을 보며 했던 생각이 떠올랐다. 에너지 절약주의로는 연애를 취급할 수 없다. 사토시가 수제 초콜릿을 부순 동기와 일맥상통하는 부분이 있다. 그러나 비슷한 것 같아도 다르다. 결정적인 차이가 있다. 사토시가 망설이는 것은 이바라를 위해서다.

찬바람이 휘몰아치는 강을 건너며 나는 고민하고 있었다. 따지고 보면 이 녀석 잘못이라지만, 나는 사토시에게 하고 싶지 않은 말을 시키고 말았다. 그에 대한 벌충을 해야 할까. 나는 녀석에게 말해야 할까. "미안하다. 나는 후쿠베 사토시에 관해 아무것도 몰랐다" 하고.

사토시에게 등을 돌리고 있는 것을 핑계로 살짝 쓴웃음을 지었다.

그래, 안 되겠지.

다리는 별로 길지 않다. 반대편에 다다르기 직전에 물었다.

"그래서, 대답할 가망은 보이냐?"

돌아보자 사토시는 전에 본 적이 없는 진지한 표정으로 조그맣게 고개를 끄덕였다.

"이제 좀만 더 있으면 돼. 이제 좀만 더……. 말이 안 나오는 것뿐이야."

어깨를 탁 쳤다.

"추운데 미안하다. 캔 커피라도 사마."

사토시가 여느 때 같은 웃음을 되찾았다. 녀석은 끈 달린 주머니를 빙그르르 돌렸다. 초콜릿 파편이 달그락거렸다.

"그러게, 그럼 기왕이면 홍차를 마실까."

집으로 돌아와 차갑게 식은 몸을 덥히기 위해 일단 차부터 끓였다. 반 잔쯤 마시고 나서 지탄다에게 전화했다.

무사히 끝났다고, 초콜릿은 사토시 손에 넘어갔고, 아무런 충돌도, 뒤탈도 없이 말끔히 처리됐다고. 지탄다가 얼마나 기뻐하던지. 끝 모르고 이어지는 감사 인사에 억지로 말허리를 끊고 수화기를 내려놓았다.

나는 거짓말을 한 것이다. 그러나 뻔뻔한 소리 같지만 나를 비난할 수 있는 사람은 아무도 없다.

방으로 돌아와 침대에 몸을 던지고 천장을 올려다본다.

게다가…… 지탄다도 내게 거짓말을 하지 않았다는 보장은 없다. 사물을 보는 방식이 하나가 아니라는 것은 요즘 세상에 상식이다. 어쨌거나 나는 오랜 친구나 마찬가지인 사토시에 관해서조차 아무것도 몰랐다. 아무도 거짓말을 하지 않았어도 이쪽이 멋대로 오해한다든지 상대방이 멋대로 곡해하는 경우도 충분히 있을 법하다.

애초에 지탄다가 초콜릿이 잘 전달되는지 확인하려 할 것을 이바라가 몰랐을 리 없다. 사토시는 알고 있을까. 이바라가 지탄다를 끌어들인 것은 사토시가 초콜릿을 받게 하기 위한 책략이었음을. 아니면 이것도 곡해일까?

나는 알 수 없었다. 이제 아무것도 모르겠다는 생각이 들었다. 천문부원 나카야마가 물리적인 트릭으로 훔쳤다면 이런 식으로 천장을 바라볼 필요도 없었는데.

바닥에 판 초콜릿이 뒹굴고 있다. 내가 올해 얻은 유일한 밸런타인데이 초콜릿.

외제인 듯한 초콜릿을 주워 겉포장을 뜯고 은박지를 벗긴다. 다크 초콜릿을 베어 문다.

입안에 퍼지는 초콜릿 맛. 그것은 강렬하게 달고, 그리고 역시 쓰고, 당연히 차츰차츰 옅어져 인상만을 남기고, 사라졌다.

007

히나

멀리 돌아가는

1

가미야마 시가지를 빠져나와 길을 따라 북동쪽으로 향하면 이윽고 길고 완만한 비탈로 접어든다. 자전거 페달을 밟는 발이 무거워진다. 서서 페달을 밟을 만큼 힘들지는 않지만 몸이 적당히 덥혀지는 것을 알 수 있다.

길 양옆은 이윽고 나무가 듬성듬성한 숲이 되더니, 녹다 남은 눈이 보이고 인기척이 뚝 끊겼다. 마치 뭔가의 경계를 넘은 것처럼. 실제로 역사적으로 보면 가미야마 시 북동부의 구릉 지대는 다른 이름을 가진 독립된 촌락이었다고 한다. 후쿠베 사토시에게 그렇게 들었다. 지금도 그 일대는 진데라는 지명으로 불린다. 비탈의 경사가 얼마 동안 급해졌다. 봄기

운이 짙어졌다지만 아침은 아직 춥다. 거칠어진 숨을 하얗게 토해 낸다.

비탈 꼭대기에 조그만 사당이 보인다. 이 길은 벌써 몇 번 지났다. 처음에는 사토시의 길 안내로. 다음은 학교 축제 뒤풀이를 한다고 고전부원 넷이서. 그런데 이런 곳에 사당이 있다는 것을 오늘 처음 알아차렸다. 당시엔 왁자지껄 떠들며 지났기 때문이리라.

오늘은 나 혼자다. 에너지 절약주의자를 자임하는 이 오레키 호타로가 아침 일찍부터 혼자서 멀리 옆 촌락까지 자전거를 달리게 될 줄이야. 일 년 전이었다면 상상도 못 했을 일이라는 것을 새삼스레 깨닫고 쓴웃음을 지었다. 사당에 모셔진 것은 지장보살상. 잠시 쉴 겸 자전거에서 내려 한 손으로 가볍게 지장보살에게 인사했다.

지장보살을 지나서부터는 내리막길이다.

논에 눈이 드문드문 남아 있다. 아침 햇살이 비치고, 공기가 차다.

이 비탈은 그렇게 높지는 않기 때문에 시야가 좋은 편은 아니다. 그래도 넓은 평야 멀리, 띄엄띄엄 보이는 집들과는 분위기가 조금 다른 흰 토벽으로 둘러싸인 저택이 있는 것은 보인다. 마당에 당당히 선 소나무도 보인다. 저게 지탄다의 집이다. 큰 집이라는 것은 여기서도 알 수 있지만, 큰방이 기절 초풍하게 넓다든지, 채광창의 세공이 유난스레 세밀하다든지 하는 것은 안에 들어가 보지 않으면 모른다.

하지만 오늘 볼일이 있는 곳은 지탄다의 집이 아니다. 시선을 돌렸다.

지탄다의 집에서 보면 개울 건너편. 신록이라 하기에는 아직 싱그러움이 부족한 산을 파고들듯 조그마한 신사가 서 있다. 신전이 보이는 것은 아니다. 깃발이 서 있으니 아마 저기쯤이겠거니 생각하는 것뿐.

목적지는 저곳이다. 미즈나시 신사라고 했던가.

그저께 일이다.

내 방 침대에서 뒹굴며, 읽어도 읽어도 끝나지 않는 두꺼운 문고본을 읽는데 전화가 왔다.

"여보세요. 쉬시는데 죄송합니다."

지탄다였다. 지탄다의 태도는 원래 공손하고 말씨는 조신하다. 그러나 얼굴을 마주하면 커다란 눈동자와 과거의 경험에 압도되어 그저 청초하지만은 않다는 실감이 늘 앞선다. 하지만 전화로는 얼굴이 보이지 않으니 그야말로 어느 댁 아가씨께서 전화를 주셨나 싶어 당혹하게 된다.

"쉬지 않았다만."

"네? 오레키 씨, 보충 수업 하시나요?"

"아니……."

내 성적은 가미야마 고등학교에서 대단히 우수한 편은 아니지만, 보충 수업 통지가 올 정도는 아니다. 수화기 저편에서 지탄다가 온화하게 말했다.

"그럼 봄 방학이시네요."

네, 봄 방학이라 쉬고 있었습니다. 태평하게.

"갑자기 이런 말씀을 드려 죄송하지만……."

정말 죄송한 듯한 목소리에 대체 무슨 일인가 하고 나까지 긴장했다.

"내일모레 무슨 계획 있으세요?"

무심코 달력에 눈길을 주었지만, 내일모레든 글피든 이번 봄 방학에 계획 같은 것은 없다. 누나가 있으면 무슨 일에 동원당할지 알 수 없으나, 다행히 난키로 여행 가서 지금은 집에 없다.

"없는데."

"그래요, 다행이에요."

수화기 저편에서 안도하는 기색이 뚜렷이 전해진다. 지탄다는 말했다.

“저, 오레키 씨. 갑자기 이런 부탁을 드리면 폐가 되리란 건 잘 알지만, 우산을 들어 주시면 안 될까요?”

수화기를 든 채 나도 모르게 고개를 갸우뚱했다.

작년 사월이었다면 ‘우산을 든다’라는 은어가 있던가, 하고 진지하게 고민했을 것이다. 그러나 내게는 지난 일 년간 지탄다와 어울려 지낸 경험이 있다. 그렇기에 나는 안다. 지탄다는 뭔가를 부탁할 때 설명을 건너뛴다.

“……처음부터 이야기해 주겠냐.”

“처음부터 말씀인가요? 발단은 전쟁이 끝나고 얼마 안 됐을 때…….”

“아, 아니, 중간부터여도 상관없으니까 이해할 수 있게 부탁하마.”

요새는 지탄다도 자신의 버릇을 깨닫기 시작한 터라 부끄러운 목소리로 말했다.

“설명이 서툴러서 죄송해요.”

그러고는 음, 하고 중얼거리며 이야기를 정리하는 듯했다.

“요는 말이죠, 저희 집 근처 신사에서 히나 축제를 하거든요. 다이리• 님, 히나 님, 우대신 좌대신, 3인 여관女官이 모

• 히나 축제에 장식하는 남자 인형. 천황을 나타낸다. 원래는 남녀 인형 한 쌍을 가리킨다.

두 모이죠. 예전엔 5인 악사도 있었다는데, 요새는 애들이 많지 않아서 줄였어요."

"그래……."

왜 애들 수가 줄면 인형 장식에서 5인 악사를 생략한다는 건지 통 모르겠다. 하지만 그보다 근본적인 모순이 있다. 지금은 사월이고 히나 축제는 삼월에 한다.

"한 달 늦지 않냐?"

"아, 네, 맞아요. 음력으로 따지거든요."

그런데 그게 왜요? 할 것 같은 목소리다. 히나 축제를 한 달 늦게 하는 게 그렇게 보편적인 현상인가. 물음표만 잇따라 떠오르는 나를 아랑곳하지 않고 지탄다는 말을 이었다.

"그래서 다이리 님과 히나 님에게는 우산을 받쳐 드리는데…… 요 몇 년 동안 그 역할을 맡았던 애가 갑자기 팔을 다쳐서 탈골됐다지 뭐예요. 무리해서 부탁할 순 없는 상황인데 도와줄 사람은 없고, 이 근방에서 가능할 것 같은 사람은 전부 알아봤지만 찾지 못해서…….

의상 사이즈가 있기 때문에 아무나 다 되는 건 아니라서 말이에요. 가령 후쿠베 씨는 조금 작거든요. 제가 보기에 오레키 씨라면 딱 적당할 것 같은데요."

그러더니 잠시 멈추었다가 기색을 살피듯 말을 이었다.

"임무 자체는 한 시간 채 안 걸릴 거예요. 도와주시면 안 될까요?"

표정이 떨떠름해지는 것을 스스로도 알 수 있었다.

요컨대 히나 인형 장식단 옆에서 우산을 들고 있으면 된다는 말인가 보다. 하지만 솔직히 귀찮은데다, 아무리 지탄다의 소개라지만 나와는 아무 관계도 없는 지역 축제에 참가해서 주눅이 안 들 것 같지 않다.

"별로 안 내키는데."

"……그러세요……."

어색한 침묵이 흘렀다.

하지만 생각해 보면 그냥 우산만 들고 있으면 되는데 신경 쓰고 주눅 들고 할 것도 없지 않나. 지탄다는 내 에너지 절약주의를 알고 있을 터다. 알면서 도와 달라고 부탁하는 것이니 그만큼 곤란한 상황이라는 뜻이리라.

곤란한 상황에 처한 지탄다를 간단히 도와줄 수 있다면야.

"그래, 뭐, 좋다. 가마."

"네? 괜찮으세요?"

갑작스러운 의사 변경에 오히려 지탄다가 놀라는 듯했다. 한 박자 쉬었다가 예의 바르게 말한다.

"감사합니다. 덕분에 문제가 해결됐어요."

"내일모레라고 했지? 히나 인형 옆에 서 있으면 되는 거냐?"

"네, 같이 걸어 주시면 돼요. 적지만 사례비도 드려요."

그래, 사례비를 받는다는 말이지. 그럼 간단한 아르바이트 같은 거군.

그렇게 납득할 뻔하다가 퍼뜩 깨달았다. 그런, 말도 안 되는 일이.

"걷다니, 히나하고?"

"……네."

"히나가 걷냐?"

"그런데요."

당연하다는 듯 대답하는 지탄다의 목소리가 왜 그런지 점점 작아진다. 내가 "히나가 왜" 하려던 차에 더는 못 견디겠다는 듯 말했다.

"히나 님이 맞긴 하지만 너무 히나, 히나, 하지 말아 주세요. 저도 조금은 부끄럽다고요."

뭐가 어째 이상하다. 뭐가 이상한 걸까. 생각해 보았다.

나는 히나에게 우산만 받쳐 주면 된다. 그런데 지탄다는 히나가 걷는다고 한다. 그리고 히나라는 말을 듣는 게 조금은 부끄럽다고 한다.

결론은 아무래도 하나뿐인 것 같다.

"설마 히나라는 게……."

"……앗, 오레키 씨, 혹시 아무것도 모르셨던 건가요?"

역시 그런 뜻인가.

수화기를 고쳐 들 정도의 간격을 두고 지탄다가 조곤조곤 설명했다.

"미즈나시 신사에선 매년 음력 히나 축제에 여자애가 의상을 차려입고 '산 히나'가 돼요. 산 히나를 선두로 행렬을 지어 촌락을 한 바퀴 도는 거죠. 미즈나시 신사의 산 히나 축제라고 하면 나름대로 유명하다고 생각해서 오레키 씨도 아실 것이라고만…….

중학교에 들어오면서부터 히나 님 역할은 매년 제가 맡고 있어요. ……후쿠베 씨는 보러 오신다던데요."

그러나 사토시는 보충 수업 탓에 행렬 시간에 아슬아슬하게 댈 수 없는 모양이다. 발을 동동 구르는 듯한 목소리로 어제 전화가 왔다.

"내 말 잘 들어, 호타로. 지탄다의 히나 님께 우산을 받쳐드리는 거야. 무슨 일이 있어도, 절대로, 반드시 실수가 없도록!"

나는 그보다 히나 뒤에서 우산을 받치는 역할은 어떤 분장을 하게 될지 그게 걱정이다.

약속 시간까지 아직 좀 남았지만, 익숙지 않은 길이니 헤매기라도 했다간 곤란하다. 트렌치코트 앞을 여미고 자전거에 올라타 단숨에 비탈을 내려간다.

2

새삼 이렇게 보니 사방이 산으로 둘러싸인 촌락이다. 건물은 띄엄띄엄 보이고, 아직 뭘 심을 철이 아닌지 논은 녹다 남은 눈과 신록으로 얼룩덜룩하다. 전에 사토시에게 벼를 벤 논에 연꽃을 심는다는 말을 들었다. 지탄다는 심는 곳도 있죠, 하며 모호하게 웃었다. 지금 이곳저곳의 논에 돋은 싹이 연꽃인지 아닌지 나는 알 수 없다.

개울을 따라 자전거를 타고 달린다. 개울가에 나무가 서 있다. 작년 가을 잎을 떨어뜨린 후 아직 봉오리도 틔우지 않았다. 화조풍월에 관심 없는 나도 이 정도 메이저급은 안다. 벚나무다. 시내 쪽은 이미 매화꽃이 피었다. 이것도 조만간

꽃이 필 것이다.

그런데 식물은 공산품이 아닌 터라 이따금 규칙에 어긋나게 행동한다. 실제로 개울을 거스르듯 나아가는 내 앞쪽으로 단 한 그루, 화사하게 꽃을 피운 벚나무가 나타났다. 아직 만개하지는 않았지만, 다른 나무들이 겨울의 침묵을 굳게 지키는 가운데 이 나무만 꽃잎이 반쯤 벌어졌다. 볕이 드는 것과도 상관있을 것이다. 한 그루만 꽃이 피어 있으니 마음이 끌린다.

자전거를 세웠다. 흐드러지게 핀 벚꽃에 놀라 꽃구경을 하고 가려는 것은 아니다. 주머니에서 쪽지를 꺼냈다. 지탄다가 가르쳐 준 미즈나시 신사로 가는 방법이 적혀 있다.

'늘 지나는 비탈길에서 개울을 따라 상류로. 한 그루만 흐드러지게 핀 벚나무. 그걸 지나 조큐 다리를 건너면 그다음부터는 길을 따라 죽.'

이 벚나무를 지나 맨 처음 다리를 건너면 된다. 다시 길을 서두른다.

축제 분위기가 느껴진다. 가문家紋을 넣은 막을 늘어뜨린 현관에서. 환성을 지르며 달려가는 아이들에게서. 멀리 보이는 흰 깃발에서. 그리고 무엇보다도 방학중인데도 아침 9시부터 시가지를 가로질러 자전거를 타고 가는 나 자신에게서.

이윽고 커브 하나를 돌고 나자 작은 다리가 보였다. 저게 조큐長久 다리일 것이다. 길고 오래됐다는 이름에 걸맞게 꽤나 낡은 다리다. 폭이 좁아 차는 못 건널 듯싶다.

그런데.

페달을 밟는 발이 느려졌다.

"……음?"

자주 보는 입간판이 다리 입구에 있다. 자주 본다지만 이것은 곤란하다. 간판에 이렇게 씌어 있었다. '통행금지'.

다리는 공사중이었던 것이다. 간판 내용을 자세히 읽어 보니 노후화에 따른 교체 공사인 듯했다. 아닌 게 아니라 검게 변색된 나무다리는 영 불안해 보이는데다, 아스팔트 포장을 하지 않은 널 바닥도 꽤 오래된 것 같다.

지금 단계에서는 '통행금지' 간판만 세워 놓았을 뿐 아직 아무것도 시작하지 않았다. 그러니 건너려면 건널 수도 있다. 하지만 개울 건너편에 경트럭이 서 있고 노란 헬멧에 누르스름한 작업복을 입은 남자 두 명이 철제 발판 같은 기재를 부리는 중이다. 토목 회사 작업원이리라. 멋대로 건넜다가 야단맞는 것도 바보 같다. 다행히 다리는 겨우 몇 미터. 건너편 작업원을 불렀다.

"저기요!"

이쪽을 돌아본 작업원의 얼굴은 이런 추운 날씨에 여름이 생각날 만큼 거무스름했다. 일하면서 얼굴이 탔나, 아니면 겨울 동안 취미로 스키를 즐겼나. 고맙게도 까다로운 사람은 아닌 듯했다.

"오, 왜?"

"여기 건너도 될까요?"

"그래, 그래라. 지금 얼른 건너."

손짓한다. 말씀을 감사히 받아들이고 자전거를 밀어 조큐 다리를 건넜다. 발밑의 바닥이 삐걱거린다. 아닌 게 아니라 교체해야 할 것 같다.

다리를 다 건너자 작업원은 허리에 손을 얹고 웃으며 말했다.

"트럭이 한 대 더 오면 작업을 시작할 테니까 그럼 못 건넌다."

"고맙습니다."

그 말은, 갈 때는 하류 방향으로 하나 더 내려간 다리를 건너야 한다는 뜻이다. 뭐, 길 잃을 걱정은 없으리라.

조큐 다리를 뒤로하면서 문득 이상하다는 생각이 들었다. 여기 진데 지구에 사는 지탄다는 당연히 조큐 다리의 공사에 관해서도 알고 있었을 것이다. 그런데 이 다리를 건너오라니 이상하다. 설마 골려 주려고 그런 것도 아닐 테고.

어쨌거나 건넜으니 불만은 없다. 여기서부터는 길을 따라 가면 된다고 했으니, 개울 상류를 향해 다시 페달을 밟는다.

그러고 보니 정월에 지탄다의 기모노 차림을 봤다. 그때는 새해 첫 참배였고, 오늘은 축제. 특별히 신심이 깊은 편도 아니건만 묘한 인연이다.

미즈나시 신사는 멀리서 본 인상대로 산을 파고들듯 서 있었다. 새해 첫 참배를 갔던 아레쿠스 신사와는 규모가 다르다. 도리이는 작고, 계단도 좁고, 신전도 역사가 있다기보다 단순히 낡았다. 관광 명소이기도 한 아레쿠스 신사와 비교하는 게 애초에 무리이기는 하지만, 이쪽도 나름대로 애쓰고 있다. 신사 앞에 행사 일정표를 붙여 놓고, 그와 별도로 '산 히나 행렬 11시 반부터'라고 커다랗게 쓴 간판을 내놓았다.

지금까지 살면서 한 번도 발을 들여놓아 본 적이 없는 신사 사무소라는 곳에 올 들어 벌써 두 번이나 들어갔다. 두 번째쯤 되니 어째선지 뻔뻔한 자신감이 붙는다. 물론 아레쿠스 신사의 사무소와 미즈나시 신사의 사무소는 관계가 전혀 없지만, 뭐랄까, 오사카에서 덮밥집에 들어가 봤으니 나고야에서도 당당히 덮밥집 포렴을 걷을 수 있다는 느낌이랄까. 이게 바로 '에도에서 당하고 나가사키에서 원수 갚는다'인가. 아닌가. 어쨌든 핫피를 입은 연세 많으신 분들 사이에서도 별반 위축되지 않고 침착하게 있을 수 있었던 것은 분명하다.

아레쿠스 신사에서 안내받았던 큰방보다는 훨씬 좁지만 그래도 다다미 스무 장은 될 듯한 방에서 관계자로 보이는 중년 남자를 붙들고 물었다.

"전 뭘 하면 되죠?"

행렬은 11시 반부터, 소집은 9시 반. 오라는 시간에는 맞췄는데 할 일이 없다. 코끝이 빨간 남자는 나를 수상쩍게 쳐다보더니 "……누구냐?" 하고 무뚝뚝하게 물었다.

"오레키라고 합니다. 우산을 들어 달란 부탁을 받고 왔는데요."

"처음 듣는 이름인데."

"여기 사람이 아니거든요."

"흠……."

위아래로 훑어본다. 이야기가 안 되어 있나? 이렇게 추운 날씨에 달려왔건만 이런 취급이라니. 나도 울컥했다.

"지탄다한테 말씀 못 들었습니까? 우산을 드는 사람이 다쳤다고 대역으로 와 달라고 부탁받았는데요."

그 말로 신원이 증명됐는지 남자의 태도가 표변했다.

“아아! 하자와네 애 대역 말이군. 그거라면 들었지. 아니, 왜 이렇게 일찍 왔냐? 남자는 옷 갈아입는 데 얼마 안 걸리니까 좀 더 여유 있게 왔어도 되는데.”

……좀 더 여유 있게 와도 된다는 것을 알았다면 전력을 다해 여유 있게 왔을 텐데. 초장부터 꺾여 김이 팍 샌 나를 남자는 석유난로 앞으로 안내해 주었다.

“준비는 우리가 할 테니 순서 될 때까지 불이나 쬐고 있으렴.”

“예에.”

그건 고마운 이야기다. 허가가 내려졌으므로 나는 흰 트렌치코트를 걸치고 난로 앞에서 살아 있는 조각상으로 화했다. 내가 가장 자신 있는 행동 중 하나다. 그나저나 남자는 천천히 갈아입어도 된다 치고, 그렇다면 지탄다는 9시 반부터 옷을 갈아입는다는 뜻인가?

나를 제외한 사람들은 모두 저마다 할 일이 있고, 더욱이 그게 하나같이 급박한 것 같다. 방 안에 늘 너덧 명은 있는데, 핫피를 입은 남자가 우당탕 뛰어드는가 싶더니 두어 마디 큰 소리로 주고받고 또 나가고 한다. 예컨대,

“어이, 술 준비는 누가 하고 있어?”

“술이라면 나카타케 씨한테 맡겼는데. 그보다 낮의 그건

어떻게 됐나?"

"여자들한테 부탁했는데, 확인하고 오지."

또는,

"하나이 씨! 전화야, 신문사!"

"신문? NHK 아니고?"

"신문이라던데."

이 대화를 듣고 조금 전 딸기코 남자의 이름이 하나이임을 알았다.

소란스러운 다다미방 안에서 나는 오로지 열에너지를 체내로 흡수하는 작업에 매진했다. 이따금 '이 녀석은 뭐지, 일도 돕지 않고' 하는 눈으로 미심쩍게 쳐다보는 사람도 있었던 것 같지만, 눈만 마주치지 않으면 겁날 것 없다.

나는 평소 무슨 이유가 있어 에너지 절약주의를 선택하는 게 아니다. 그렇지만 이때 난로 앞에서 꼼짝하지 않았던 것에는 정당화할 수 있는 이유가 있었다.

첫째, 나는 이 촌락을 모른다. 인간관계도, 축제 절차도 아무것도 모른다. 부탁받은 것도 아닌데 나선들 되레 민폐일 가능성도 있다.

둘째, 난로 앞은 따뜻하다.

웅크리고 있으면 기척도 지워지는지, 대다수 사람은 나를 무시해 준다. 산 히나 행렬까지 나를 무시하면 어쩌나 고민하는 내 앞에 아까 만난 남자, 하나이가 섰다. 빠른 말투로 묻는다.

"네가 지탄다 씨 따님한테 우산을 들어 주는 거지?"

"그렇게 들었는데요."

"그래. 일단 알려 놓는다만 소노 씨 댁이 상중이니 경로를 바꿀 거다."

"예에, 상심이 크시겠습니다."

그러자 하나이는 표정도 바뀌지 않고 가볍게 고개를 끄덕였다.

"뭐, 호상이니 말이지. 어쨌든 넌 경로를 들었냐?"

"아뇨."

"그럼 앞사람을 따라가면 돼. 약간 지름길로 가게 될 거다."

하나이는 할 말을 다 했다는 양 빠른 걸음으로 가 버렸다.

……어쨌거나 지탄다 뒤를 따라갈 뿐이라면 내가 경로 변경 사실을 알아야 할 이유가 대체 어디에 있다는 말인가. 듣지 않았으면 소노가가 상을 당했다는 것도 모르고 지나갈 수 있었는데. 천수를 다한 듯한 그 또는 그녀를 위해 묵도.

준비를 둘러싼 야단법석은 계속된다.

"신발 수가 안 맞는데! 여자 조리는 어떻게 됐어?"

"모자란 게 하나야, 둘이야?"

"하나인데."

"그럼 지탄다 씨야. 본인 걸 들고 올 거야."

나도 조리를 신나? 그럼 버선이 필요한 게 아닌가? 지금 신고 있는 것은 발밑에서 올라오는 냉기도 완벽하게 막아 주는 보통 양말인데. 괜찮을까.

……안 되겠다. 어수선한 분위기에 휩쓸려 나까지 안절부절못하겠다. 괜찮다, 지탄다에게 확인해 놓았다. 내가 준비해 와야 할 것은 아무것도 없다고 했다.

그렇긴 한데…… 어째 연락이 완전했다는 생각이 안 든단 말이지. 불안하다.

시간이 지날수록 방 안에 뛰어드는 사람들의 안색이 달라져 있을 때가 늘었다. 깡마른 백발노인이 방에 들어오더니 어디에 그런 기운이 있나 싶을 만큼 크게 소리를 내질렀다.

"나카타케! 너 술은 어떻게 한 거냐!"

방구석에 뭉쳐 있던 남자 중 한 명이 부스스 일어섰다. 살이 다부지게 쪄 둔중해 보이지만 힘은 셀 것 같다.

"부탁해 놨습니다. 낮에 올 겁니다."

"낮이라니 몇 시를 말하는 거냐?"

"1시요."

"이런 바보 녀석이!"

불벼락이 떨어졌다. 방 반대쪽에 있던 나까지 몸이 움찔했다.

"행렬이 돌아오는 게 12시 반인데 1시에 오면 어쩌자는 거냐! 그러니까 매사 여유를 두고 준비하라고 일렀을 텐데! 앞당기라고 해!"

술 담당은 납득 가지 않는다는 표정이었지만 "당장 연락하죠" 하고 짤막하게 대답하고 나갔다. 그러고도 방 안에 있는 사람들에게 눈을 흘기는 노인과 그만 눈이 마주치고 말았다. 노인은 "오" 하고 중얼거리더니 무서운 표정 그대로 거침없이 이쪽으로 다가왔다. 그러고는 아직도 기력이 정정한 몸을 가볍게 굽히고 말했다.

"지탄다 씨가 부탁했다는 게 너냐?"

어째서 이렇게 박력을 발하는 걸까. "전 아닌데요" 하고 싶은 충동이 들지만 그럴 수도 없을 것이다.

"네, 그렇습니다" 하고 대답하는 수밖에 없다. 한쪽 무릎을 세우고 앉아 있던 자세가 어느새 왜 그런지 정좌가 되어 있다.

그러자 노인은 머리를 숙였다.

"먼 데까지 오게 해서 미안하구나. 사람이 모자라는 바람에 그만 다른 지역 사람에게까지 불편을 끼치게 됐어. 미안하다. 부디 잘 부탁하마."

나는 반사적으로 트렌치코트를 벗고 일어섰다.

"저야말로 타지 사람인데 섞이게 돼서 죄송합니다. 방해되지 않게 주의하겠습니다. 처음이라 모르는 게 많으니 부족한 점이 있으면 가르쳐 주십시오."

노인은 얼굴을 들더니 눈을 가늘게 떴다.

"반듯한 학생이로군."

……그런 말, 태어나서 처음 듣는다.

순서가 올 때까지 편히 있으라는 말을 남기고 노인은 다시 한번 머리를 숙인 다음 방에서 나갔다. 어쩐지 이제 마음 놓고 편히 있어도 될 것 같다.

그런데 그게 엿장수 맘대로 되지 않았다.

방을 드나들던 남자들의 이런 대화를 들은 것이다.

"조큐 다리는 문제없는 거지?"

딸기코 하나이다. 대답한 사람은 다부진 몸집이 많은 핫피 차림 남자들 틈에서 유난히 홀쭉하고 키가 큰 남자였다.

"무라이 선생님께 부탁드려 놨습니다."

"무라이 씨를 통했나."

하나이의 말끝에 약간 언짢은 느낌이 섞였다. 키 큰 남자도 그것을 알아차렸다.

"제가 잘못했습니까?"

"아니, 뭐, 괜찮겠지. 그럼 공사는 중지해 주는 거겠지?"

"맡겨 두라고 하셨습니다. 공기工期를 늦추는 한이 있어도 산 히나 축제날엔 중지하게 하겠다고 말씀하시던데요."

나는 결국 제삼자이니 '뭐, 알아서들 하겠지' 하고 잠자코 있을 수도 있었다. 그러지 않은 이유는 무엇일까. 나도 잘 모르겠다. 아무튼 나는 난롯불에 등을 굽는 자세 그대로 나지막이 말했다.

"조큐 다리라면 공사 시작했던데요."

그런데 그 한마디가 가져온 효과는 막대했다. 하나이, 그리고 하나이와 이야기하던 남자. 그뿐만이 아니다. 백발노인도, 술 준비 때문에 노인에게 혼난 남자도, 좌우지간 이 방에 있던 사람들 전원이 나를 일제히 돌아보았다.

이쯤 되면 나도 중대사라는 것을 알겠다. 하나이가 눈을 부릅떴다.

"뭐라고?"

놀라 말하더니 키 큰 남자에게 소리쳤다.

"시게! 너 이놈, 확인은 했겠지?"

시게라고 불린 남자는 횡설수설했다.

"무라이 선생님께 재차 다짐을 받았는데요. 그렇지만 맡기라고 하시는 걸 제가 업자 쪽에 연락할 순 없잖습니까."

"거기 너."

이번에는 나를 돌아보며 "그게 사실이냐?" 하고 따지는데, 내게 그런들 곤란하다.

"여기 올 때 통행금지 간판이 있었습니다. 작업원이 있기에 지나가게 해 달라고 부탁해서 지나왔는데요."

"간판만 있었냐?"

"네. ……그렇지만 트럭이 한 대 더 와서 공사를 시작하면 지날 수 없단 말을 들었습니다."

어수선하던 방이 순간 섬뜩할 정도로 조용해졌다. 주방 쪽인지 새된 목소리가 들려온다.

백발노인이 말했다.

"소노 군, 미안하네만 경트럭으로 확인하고 와 주겠나. 다니모토는 무라이한테…… 아니, 나카가와 토목에 전화하고."

보아하니 키 큰 남자가 다니모토 시게인 듯했다. '시게루'인지 '시게지로'인지는 알 수 없지만. 하나이가 고개를 끄덕였다.

"그래, 그럼 부탁하네."

그러더니 왜 그런지 나를 노려보았다. 이러다 만약 조큐 다리가 멀쩡하게 통행 가능 상태라면 린치라도 당하는 게 아닐까 모르겠다.

그러나 불필요한 걱정이었다.

십 분쯤 지나, 소노라고 불렸던 남자가 가쁜 숨을 몰아쉬며 돌아와 큰 소리로 보고했다. 이쪽은 살집이 투실투실해서 핏피가 터질 것 같다.

"정말이야! 공사가 시작됐는데."

어째서 그게 중요한지는 짐작이 갔다. 요컨대 행렬 코스 중에 조큐 다리가 있는 것이리라.

하나이가 체면이고 뭐고 부르짖었다.

"시게! 그러니까 네놈은!"

다니모토 시게에게도 할 말은 있었다. 그는 하나이의 박력에 주춤하면서도 똑똑히 말했다.

"그게 이상합니다. 나카가와 토목엔 분명히 축제날 공사를 중지해 달라고 무라이 선생님한테서 연락이 간 모양입니다."

"그럼……."

"그런데 그저께 역시 예정대로 진행해도 된다고 들었다지

뭡니까."

땀 흘리는 다니모토를 소노가 거들었다.

"시게 말이 맞아. 지금 나카가와 토목 사람이 이리로 오는 중이네. 분명히 그렇게 들었다고 하던걸."

누가 나지막이 어째서 그런 일을, 하고 중얼거리는 게 들렸다.

방 안 분위기가 워낙 심각하다 보니 영 불편하다. 나도 미간이라도 찌푸릴까. 그러나 공교롭게도 나는 난처하지 않은데 난처한 표정은 짓지 못한다. 그저 멍하니 지켜보고 있었다.

현실적인 판단을 한 사람은 이번에도 백발노인이었다.

"그쪽은 일단 됐네. 무슨 착오가 있었겠지. 지금은 그보다 경로를 어떻게 하느냐가 문제야."

무덤덤하게 생긴 둥근 시계가 상인방에 걸려 있다. 10시 반을 눈앞에 두고 있었다.

원래 경로는 지극히 단순했다.

신사 앞길을 개울을 따라 내려간다. 조큐 다리를 건너 방향을 바꿔서 이번에는 상류 쪽으로 돌아온다. 신사 직전에 가야 다리라는 다리가 있는데, 그곳으로 건너 신사로 돌아온다. 그게 전부다.

그런데 현재 조큐 다리를 건널 수 없다.

긴급 사태 발생에, 준비를 위해 사방으로 흩어져 있던 남자들이 돌아왔다. 널찍했던 대기실은 바야흐로 비좁은 회의실이 되었다. 멍하니 난롯불을 쬐고 있을 수 없어졌으므로, 나는 다시 트렌치코트를 벗고 제일 구석진 곳에 정좌하고 있다. 제삼자와는 본격적으로 무관한 이야기가 된 듯한 터라 실은 밖으로 나가고 싶었지만, 일어설 타이밍을 놓치고 말았다.

먼저 누가 말했다.

“어떻게 공사를 중지하게 할 순 없나? 행렬이 지나는 데 오 분이면 족한데.”

그게 가능했다면 처음부터 문제는 없다. 하나이가 고개를 흔들었다.

“행렬은 그렇다 해도 취재하는 사람도 와 있겠다, 통행금지를 한 다리에서 누가 다치기라도 했다간 시공사 책임이 되네. 저쪽에서 일단 공사를 시작한 이상 무리한 부탁은 할 수 없어. 그런 일이 안 생기게 사전 교섭을 부탁한 건데…….”

그러면서 시선을 얼핏 돌린다. 그 끝에는 물론 다니모토가 있을 것이다.

“하는 수 없군. 조큐 다리까지 내려갔다 돌아올까.”

하나이가 턱을 문지르며 말한 순간, 여기저기서 노성이 날아들었다.

“그런 게 어디 있나!”

“갔던 길을 돌아온다고?”

“서쪽은 그래도 될지 몰라도 그럼 동쪽은 어쩌란 말인가? 산 히나 없이 하라고?”

어렴풋하게나마 사정을 알겠다. 개울을 사이에 두고 동쪽과 서쪽이 협력해서 축제를 하고 있을 텐데, 행렬이 한쪽만 돈다면 그야 화도 날 것이다.

반론에 부닥친 하나이는 다음 안을 내놓았다.

“그럼 일단 조큐 다리까지 내려갔다가 돌아와서 가야 다리로 동쪽으로 건너가 조큐 다리까지 내려갔다가 돌아오지.”

갔다가 오고, 또 갔다가 온다는 말인가. 방법은 방법이지만…….

이번에는 나서서 반론하는 사람이 한 명뿐이었다. 조금 전까지 방에 없었던 남자다.

“그럼 시간이 두 배로 걸리잖나. 걷는 거리도 두 배로 늘 테고.”

“어쩔 수 없어.”

“어쩔 수 없다니. 그다음 일정도 전부 틀어진단 말이야. 방송국에서도 올 텐데 그렇게 엉터리 같은 일을 하란 말인가.”

다른 남자가 끼어들었다.

"게다가 산 히나는 그래 봬도 제법 중노동이라고. 두 배로 걸으라고 하면 잔인하지."

훌륭한 견해다. 우산 무게가 어느 정도 되는지는 알 수 없지만 나도 두 배로 걷고 싶지 않다.

손해 보는 역할을 맡게 된 하나이는 코끝뿐 아니라 뺨까지 벌게졌다.

"그래 봤자 어쩔 수 없잖나. 달리 방법이……."

그때 한 젊은 남자가 말했다.

"도지 다리까지 내려가는 방법이 있죠. 도지 다리를 건넜다가 가야 다리로 돌아오면 두 배까진 아닐 겁니다."

이야기의 흐름으로 보건대, 공사중인 조큐 다리보다 하류에 다리가 하나 더 있는 모양이다. 아까 개울을 따라왔는데 다리가 있었던가? 뭐, 있었겠지. 신경 쓰지 않았으니까 기억에 없는 것뿐.

그런데 그 제안이 나오자 하나이는 묘한 표정으로 입을 다물고 말았다. 하나이뿐이 아니다. 어째 거북한 분위기가 흘렀다.

행렬 개시까지 시간이 별로 남지 않았다. 정체를 깨뜨릴 사람은 과연 누굴까!

정체는 그렇다 치고 침묵은 금세 깨졌다. 별안간 장지문이 열리더니 포동포동한 중년 여자가 의아한 목소리로 말했다.

"저…… 말씀중에 죄송합니다. 오레키 씨라는 남자분이 여기 계신가요?"

"아, 네."

무릎을 세우고 일어섰다.

"제가 오레키인데요."

여자는 나를 보더니 더욱 알 수 없다는 표정을 지었다. 어쩐지 실례되는 생각을 하고 있는 것 같다.

"무슨 일입니까?"

"아, 네. ……지탄다 씨 댁 따님이 불러요. 와 달라는데요."

지탄다가?

침입자가 떠나기를 기다리는 것이리라. 아무도 입을 열지 않는 가운데 무거운 공기만 흐르는 방을 나는 서둘러 뒤로했다. 지탄다의 용건은 알 수 없었지만 아무튼 고마운 호출이었다.

3

그러나 지탄다와 대면하는 것은 허락되지 않았다.

남자들이 모여 있던 대기실과 비슷한 크기의 방. 석유난로가 많은지 이쪽이 더 따뜻하다. 두꺼운 커튼 같은 천으로 방에 장막을 쳐 놓았다. 흰 장막 저편에 누가 있는지, 얼마나 있는지 전혀 보이지 않는다. 또, 보려 하면 안 될 것 같았다. 등유가 타는 냄새와 더불어 화장품 냄새가 방 안 가득했다.

장막 저편에서 조용하고 침착한 목소리가 들렸다.

"오레키 씨죠?"

지탄다의 목소리일 것이다. 그 밖에 달리 없다.

그러나 나는 순간 당황했다. 지탄다가 온화한 목소리로 말하는 것은 곧잘 있는 일이다. 그런 말씨로 이야기하는 것도 들어 봤다. 하지만 방금 장막 저편에서 들려온 목소리는 그보다 훨씬 단정하고 냉랭한 느낌이 들었다. ……격식 차린 목소리라는 느낌이다.

"이런 형태라 죄송합니다. 옷을 입는 중이라서 말이죠."

장막의 의미를 생각하고 있었는데, 역시 그런가. 이곳은 여자들이 옷을 갈아입기 위한 방이다. 나는 모호하게 "그래"인지 "어"인지 알 수 없는 대답을 했다. 얼마나 마음이 불편한지 조금 전 심각했던 회의실이 낮잠 자는 방으로 여겨질 지경이다. 어깨에 걸치고 온 트렌치코트를 접어 내려놓았다.

"와 주십사 부탁드린 건 다름 아니라 여쭤 볼 게 있어서예요. 무슨 문제가 생겼다죠?"

"……그래."

"중대한 일인가요?"

"그런 모양이다."

"그렇군요."

잠시 침묵이 흘렀다. 장막 저편에 있는 것은 지탄다뿐일까. 아니, 그럴 리 없다. 산 히나로 행렬에 참가하는 사람은 지탄다만이 아니다. 무엇을 입는지는 알 수 없지만 의상도 혼자서는 못 입을 것이다. 이쪽에서 먼저 말할 수는 없었다. 이윽고 목소리가 들렸다.

"그럼 무슨 일이 있었는지 말씀해 주세요. 이제 시간이 별로 없어요."

맞는 말이었다. 11시 반에 출발한다면 나도 슬슬 옷을 갈아입어야 할 시간이다. 서두르는 것은 알겠고, 지탄다가 사태를 파악하고 싶어 하는 것도 모르지는 않는다. 다른 남자가 아니라 나를 부른 것은 동년배라 편하기 때문이리라.

하지만.

얼굴을 보지 않고 이야기하는 것은 전화로 늘 하는 일이었다. 그렇게 생각은 하는데 어째 혀가 굳는 것 같다. 아마 추운 데 있다가 갑자기 따뜻한 데로 와서 그럴 것이다.

괜찮다. 이야기 못 할 정도는 아니다. 입술을 축이고 입을 열었다.

"조큐 다리란 곳에서……."

공사가 시작되었다는 것.

공사는 원래 중지될 예정이었다는 것.

그렇건만 건설업자에게 공사해도 된다는 연락이 간 모양이라는 것.

그 결과, 조큐 다리를 쓸 수 없게 돼서 경로를 어떻게 변경할지를 놓고 이야기가 심각해졌다는 것.

그런 것들을 간추려서, 그러면서도 너무 서두르지 않고 이야기했다.

장막 저편에서는 기침 소리 하나 들리지 않는다. 맞장구 정도는 쳐 주어도 되지 않나. 아니, 어쩌면 지탄다는 맞장구를 치고 있을지도 모른다. 두꺼운 장막에 가로막혀 들리지 않을 뿐. 어떤 식으로 듣고 있을지 그것도 알 수 없다. 정좌하고 다른 사람의 빗질에 머리를 내맡기며 듣고 있을지도 모른다. 어쩌면 물구나무서기를 하고 듣고 있을지도 모른다.

……아니, 듣고 있기는 한가?

문득 불안해져 도중에 물어보았다.

"도지 다리를 지나는 경로가 제안됐는데…… 듣고 있냐?"

그 즉시 대답이 들려왔다.

"듣고 있어요."

냉담한 것과도 다르다. 도무지 느껴 본 적이 없는 낮은 온도다. 내 머릿속에서 지탄다는 어느새 부채로 입을 가리고 있다. 한 팔을 사방침에 얹고 하품을 참으며 듣고 있다. 나는 가볍게 한숨을 쉬고 남자들 사이의 거북한 분위기까지 설명한 다음 이야기를 마쳤다.

내가 입을 다물자 난로가 등유를 태우는 나지막한 소리만이 방 안에 남았다.

……아니다.

자세히 들어 보니 들린다. 소곤소곤 나지막한 말소리가. 어떤 사람과 어떤 사람이 이야기하는 소리가. 지탄다가 이야기하나? 아니면 지탄다 근처에 있으면서 내게는 한 마디도 하지 않은 누군가가?

먼저 평가부터 내려졌다.

"아주 잘 정리된 이야기였어요."

고맙다.

하지만 다음 말은 지금까지와는 조금 달랐다. 숨을 들이쉬는 듯한 기척에 이어 목소리 톤이 약간 높아졌다.

"무라이 씨라는 분은 가미야마 시 의회 의원이세요. 공기를 늦추겠다는 거야 그냥 하신 말씀이겠지만, 무라이 씨를 경유해 교섭했다면 나카가와 토목에서 거절했다고 생각하기는 어려워요. 그렇다면 오늘 공사를 해도 된다고 한 전화는 실제로 있었다고 봐야겠죠."

말끝에서 귀에 익은 느낌이 묻어났다. 청초한 외모 그 깊은 곳에 언제나 있었던 열기. 지탄다를 떠올릴 때 내가 맨 먼저 연상하는 것. 작년 사월 처음 만난 이래로 이미 여러 번 나와 사토시, 이바라를 휘말리게 했던 그것. 호기심이다.

그렇다면 지탄다는 부채 따위 들지 않았다. 누가 어째서 그런 일을 했는지 알고 싶어서 어쩌면 장막 바로 앞까지 다가와 있는지도 모른다. 하품이라니 당치도 않다. 그 커다란 눈동자에 이루 형언할 수 없는 힘을 담고 있을 게 틀림없다. 그것이 지탄다다.

"어째서 그런 일을……."

장막 저편에서, 지탄다는 신경 쓰고 있다.

그러나 거기까지였다.

얼핏 드러났던 열은 금세 그런 것은 처음부터 없었다는 양 무시되었다.

다다미에 정좌한 내게 지탄다가 한 말은 "신경 쓰여요"가 아니었다. 지탄다는 말했다.

"그렇지만 안심했어요. 보아하니 그리 심각한 문제는 아닌 것 같네요."

하고 싶은 말이 두 가지 있어서 순간적으로 대꾸하지 못했다. 하나는 '그것뿐이냐?' 그렇지만 그것은 물론 해서는 안 되는 말이었다. 나는 헛기침을 한 번 하고 물었다.

"그러냐? 저쪽 방은 꽤나 심각했다만."

"그럴지도 모르지만, 그건 해결책이 없기 때문이 아니에요. 간단히 설명드리자면, 저희는 신사神事로 조큐 다리보다 더 하류 지역에 들어가는 걸 주저하기 때문이랍니다."

가르치는 듯한 어투다. 별로 관심이 있는 것도 아니건만, 무심코 '좀 더 자세히'라고 하고 싶어진다.

잠시 생각하는 듯했다.

"오레키 씨, 남자분들께 말씀을 전해 주시겠어요?"

"어, 그래."

"……그럼."

그렇게 서두를 떼더니 목소리는 한층 의연해졌다.

"저쪽 신관분께는 제가 말씀드리겠습니다. 신도 총대표분께는 아버지가 연락드리도록 부탁해 보겠습니다. 그렇게 전해 주세요."

지탄다의 나쁜 버릇이 나왔다, 순간 그렇게 생각했다. 설명이 모자라다는 생각이 들었기 때문이다. 지탄다는 부탁을 할 때 설명을 건너뛰는 버릇이 있다. 하지만 지적하면 그때는 정확하고 자세히 보충해 준다.

그러나 지금은 내가 "그렇게만 말하면 되는 거냐?" 하고 확인해도 두꺼운 장막 저편에서는 싸늘하고 메마른 말이 돌아올 뿐이었다.

"그렇게만 말씀드리면 아실 거예요."

그리고 실제로 그 말만으로 전달되었다.

남자들 방으로 돌아와 이쪽은 촙군, 하고 생각하며 메시지를 전하자, 그때까지도 결론이 내려지지 않았던 자리에서 하나이가 노골적으로 안도한 표정을 지었다.

"그래, 그럼 부탁할까. ……좋아, 다들 됐지? 도지 다리를 지나는 거네."

잘은 몰라도 어쨌거나 경로가 결정된 모양이다.

그때부터는 의문 따위 느낄 여지도 없을 만큼 질풍노도의 시간이었다. 행렬 개시까지 이제 시간이 얼마 남지 않았다.

4

옷은 순식간에 갈아입었다.

바깥에는 봄 햇살이 비친다. 입고 온 두꺼운 티셔츠는 벗어야 했다. 트렌치코트도 당연히 못 입는다. 속옷 위에 검은 하오리와 하카마처럼 생긴 것을 입었다. 소매는 괜찮은데 바지 기장이 전혀 맞지 않았다. 정강이가 3분의 1쯤 보인다.

"이거 사이즈가 안 맞는데요."

옷 입는 것을 도와주는 사람에게 물었다. 사이즈가 맞는다고 불러 놓고 이래도 되나. 그런데 이제 스무 살 될 듯 말 듯한 남자는 웃으며 말했다.

"원래 그런 거야."

"원래 이런 건가요."

이래서는 발쪽이 춥다. 정월 생각이 난다. '지탄다'와 '전통 복장'을 더하면 자동적으로 '춥다'라는 답이 나오겠다는 생각까지 든다.

"그 정도가 딱 좋아. 기장이 좀 더 길었으면 내가 우산을 들어야 했을 거다."

남자가 말했다. 아닌 게 아니라 키가 나보다 상당히 크다. 머리도 밝은 갈색으로 염색했지, 꽤나 세련된 형이다. 그나저나 젊은 사람이 있으면서 왜 구태여 나까지 부르는지. 이제 곧 시작된다는 생각에 어울리지도 않게 긴장해 투덜대고 말았다.

"바지 기장 정도로 딴 사람까지 부를 건 없지 않나요."

남자는 내게 검은 버선을 주며 어깨를 으쓱했다.

"좀처럼 볼 수 없는 행렬이라 일부러 내려온 거야. 역할을 맡으면 구경할 수 없잖냐."

하기야 나는 내내 지탄다의 등만 보고 있게 될 것이다.

옷은 신경 쓰이지 않는데 남이 사용했던 버선을 신으려니 거부감이 느껴진다. 그렇지만 이제 와서 싫다고 할 수도 없다. 에잇, 모르겠다, 하고 신었다.

이로써 위아래 검정 옷에 검정 버선 차림이 완성되었다.

정강이가 보이는 게 역시 꼴불견이다.

"자, 다음은 이거."

이어서 건네준 것은 위아래가 붙은 흰옷이었다.

"입고 나서 허리를 묶어."

시키는 대로 허리끈을 나비매듭으로 묶었다.

바짓부리는 고무줄을 넣어 오므라뜨렸고, 소매는 통이 넓어 속에 입은 검정 옷이 슬쩍슬쩍 비친다. 측면은 허리에서 무릎 언저리까지 옆트임을 넣어 그 사이로 하카마의 주름이 보인다. 전면은 밋밋하고 목둘레는 여밈이 없다. 다만 목 언저리만은 검은 옷깃이 겉으로 드러나 흰색과 검은색이 대비를 이룬다.

옷이 날개라더니 그런대로 축제 관계자처럼 보인다.

"그리고 이걸 쓰면 끝."

마지막으로 준 것은 검은 모자다. 원통을 옆에서 찌그러뜨린 듯한 형태다. 건巾의 일종이리라.

막연히 불길한 예감이 들었다. 여기까지는 괜찮다. 그러나 이것을 쓰면…….

써 보았다.

거울에 온몸을 비추어 보았다. 물끄러미 보고 있으려니 남자가 중얼거렸다.

"……안 어울리는군."

내 생각도 그렇다.

오레키 호타로에게 전통 복장이 어울리건 말건 축제는 시작된다.

다리 문제는 해결된 모양이지만, 역시 시작이 늦어졌다. 예정보다 십오 분 늦게 출발한다는 전갈이 왔다.

나는 먼저 뒷문으로 나간다. 산 히나들은 우선 사무소 현관으로 나와 배례전 앞에 모이는 모양이다. 그때는 내가 할 일이 없다. 산 히나들이 대열을 지을 때 슬그머니 끼어 그다음부터는 행렬에 섞여 지탄다 뒤를 따라다니면 된다.

좋아, 준비는 완벽하다.

익숙지 않은 버선에 어색함을 느끼며 사무소 복도를 지나 뒷문으로. 준비된 조리를 신는다. 이 조리로 약 한 시간, 경로가 변경되었으니 조금 더 오래 걸어야 한다. 현관 안에서 잠깐 걸어 보았는데, 딱히 쓸리거나 아픈 데는 없다. 편하지는 않지만 어쨌거나 걸을 수는 있을 것이다.

밖으로 나오자, 핫피가 터질 듯한, 소노라는 이름이었다고 기억하는 남자가 우산을 준비해 기다리고 있었다. 붉은 자줏빛 종이를 바른 우산은 생각보다 훨씬 컸다. 서양 우산에 비해 펴지는 각도가 훨씬 커 T 자 형을 이루다시피 하는 터라 더욱 커 보이는 것이리라. 소노는 기가 꺾인 나를 격려하듯 말했다.

"뭐, 산 히나 축제는 그렇게 격식 차리는 행사는 아니니까 편히 하려무나."

"그럼 다른 축제도 있습니까?"

"그렇지. 봄 축제는 따로 있어."

그런가, 힘들겠다, 하고 생각하며 우산을 받아 들었다. ……눈으로 보면 큰데 별로 무겁지 않다. 보통 우산보다 무게가 조금 더 나가는 정도다. 이것을 두 손으로 드는 것이니 한 시간쯤은 너끈히 버틸 수 있을 것이다.

후우, 하고 깊은 숨을 내쉬자 소노가 물었다.

"긴장되냐?"

……약간은.

산 히나가 모였다.

우선은 다이리. 내 것과 다른, 긴 꼬리 같은 장식이 붙은 건을 썼다. 온통 검정 옷을 입었고 발치에만 흰색이 보인다. 귀족 복장이라면 귀족 복장이겠지만, 요컨대 히나 인형 장식단의 다이리 님이 입은 의상이다. 검정이라고 해서 새카맣지는 않고, 미묘하게 색조가 다른 검정으로 문양을 수놓았다.

멀리서는 무슨 무늬인지 똑똑히 알 수 없지만 언뜻 보면 줄무늬 같기도 하다. 다이리를 맡은 것은 늠름한 분위기의 꽤나 잘생긴 남자다.

그렇게 생각했더니만 완전히 잘못 봤다. 나는 내 눈을 의심했다. 남자가 아니다. 산 히나는 모두 여자였다. 게다가 저 다이리는 분명 아는 얼굴이다. 날카로운 눈과 뾰족한 턱 선. 머리를 올린 정도로 누가 속을까 보냐. 가미야마 고등학교 2학년 이리스 후유미다!

이리스와는 학교 축제 문제로 연이 있었다. 도와줬고 또 도움을 받았다. 나는 이리스를 잘 아는 것은 아니지만, 이리스의 집이 이 근처는 아닐 것이다. 나처럼 외부에서 소집된 걸까. 똑바로 앞을 바라보는 이리스는 쑥스러워하는 눈치도 없다. 시선이 움직이지 않는 것을 보면 내가 있는 것도 모르는 것 같다.

다음 순서가 히나.

배례전 앞 경내는 어디서 이렇게 많이 모여들었나 싶을 만큼 사람이 꽉 들어차 있었다. 가미야마 시 밖에서도 오지 않았을까. 산 히나 축제는 생각보다 관광 자원으로서 손님을 많이 모으는 모양이다. 과연 지탄다가 '나름대로 유명하다'고 생각할 만하다.

경내를 메운 인파가 웅성거렸다. 여러 사람이 카메라를 들었다. 햇살이 화창한 봄날이 아니었으면 플래시가 쉴 새 없이 터졌을 게 틀림없다.

히나 인형의 다이리는 귀족들이 입던 검은 옷을 입는다. 따라서 이리스는 귀족의 검은 옷을 입었다. 그런데 히나는 어떤 옷을 입었더라?

지탄다는 주니히토에•를 입고 나타났다.

가장 겉이 주황. 그다음이 분홍. 연두. 기품 있고 차분한 노랑. 하양. 무늬는 수레바퀴. 살포시 포갠 손에는 부채. 부채에 오색 끈을 달았다. 지탄다는 화장하고, 눈을 내리깔고, 살며시 경내로 발을 내디딘다. 몇 걸음 걷지 않아도 알겠다. 지탄다가 이런 때 아름답게 보이게 걷는 법을 터득하고 있음을.

아아.

좋지 않다. 이런 차림은 좋지 않다. 실수했다. 나는 이곳에 절대로 오지 말았어야 했다.

그 말은 즉, 무슨 뜻인가 하면.

그러니까…….

•여러 겹의 겉옷을 겹쳐 입는 중세, 근세의 궁중 여성 복장.

나 오레키 호타로는 비교적 일본어를 능숙하게 구사하는 편이라고 자부한다.

더불어 논리적이라고 할 것까지는 아니지만, 논리 정연한 방식으로 사고를 정리하는 타입이라고 생각한다.

그러나 그날 가미야마 시 미즈나시 신사 경내에서. 어느 봄날 오전 11시 45분 전후, 주니히토에를 입고 걷는 지탄다를 봤을 때.

내가 왜 실수했다고 생각했는지 적당한 말을 찾을 수 없었다.

여러모로 생각해 봤지만 설명은 할 수 없었다. 안 해도 되는 일은 안 한다. 해야 하는 일은 간략하게. 이런 에너지 절약주의가 치명적으로 위협받고 있다는 예감만 들고, 어째서 그런지는 말로 표현하지 못하겠다.

그저 한결같이 실수했다, 좋지 않다, 그런 생각만 들었다.

지탄다는 주니히토에의 뒤로 옷자락을 길게 늘어뜨리고 있었다. 전통 복장을 한 여자 둘이 천이 땅에 끌리지 않게 들고 있다. 등에 머리를 길디길게 늘어뜨렸다. 금빛 일본 종이로 머리를 하나로 묶었다. 모르는 사람이 보면 주니히토에를 입은 애는 머리가 긴가 보다고 생각할 수도 있겠지만, 나는 지탄다의 머리가 그렇게 길지 않다는 것을 안다. 저 머리는 가발이다.

분명히 그 뒤로 우대신 좌대신, 3인 여관이 나왔을 것이다. 아쉽게도 나는 그들을 보지 못했다.

어느 틈엔지 자줏빛 우산을 지탄다에게 씌워 주며 자분자분 걷는 행렬에 끼어 있었다. 순서는 이리스, 지탄다, 지탄다의 옷자락을 드는 두 여자, 그리고 나.

좁은 보폭으로 걸으며 내가 생각한 것은, 저 옷자락이 거치적거리는군, 하는 것이었다. 지탄다가 보이지 않는다.

관광객뿐 아니라 보도진도 꽤 많이 온 모양이다. 번듯한 삼각대와 커다란 렌즈를 가진 카메라가 우리를 향하고 있음을 깨달았다. 조금 더 가니 텔레비전 카메라도 기다리고 있다. '혹시 언젠가, 어쩌다가 텔레비전에 나올 일이 생긴다면 꽤나 긴장하겠지'라는 생각을 했던 적이 있다. 하지만 실제로 카메라 앞에 서 보니 별것 아니었다. 거의 의식되지도 않았다.

하기야 물론 내가 그저 들러리고 주역이 아니었기 때문이겠지만.

행렬은 생각보다 길었다. 의상을 똑같이 맞춰 입은 남자들이 횡적을 불며 따라왔다. 모습은 보이지 않지만 쿵쿵 하는 소리도 섞이는 것을 보면 일행 중에 북재비도 있나 보다.

자전거로 왔던 개울가 길로 하류를 향해 나아간다. 아침에는 트렌치코트를 껴입고도 얼어 죽을 것 같았는데, 지금은 포근한 햇살이 기분 좋다. 작은 개울이라지만 물 위로 바람이 분다. 그리고 사월의 바람은 역시 아직 차다. 하지만 불쾌한 차가움은 결코 아니었다.

좁은 길 양옆으로 관객이 주르르 늘어서 있다. 이렇게 많은 사람의 시선을 받는 것은 태어나서 처음이다. 하기야 히나 뒤에서 우산을 들어 주는 사내 따위 아무도 눈여겨보지 않을 것이다. 나로 말하자면 그저 앞만 바라보고 있었다.

문제가 됐던 조큐 다리는 벌써 지나친 모양이다. 뿐만 아니라 어느새 도지 다리까지 건넜다. 행렬이 상류를 향해 나아가는 것을 보고 비로소 깨달았다.

시야에 분홍색이 비쳐 불현듯 얼굴을 들었다.

지탄다는 꽃이 흐드러지게 핀 벚나무 밑을 걷고 있었다. 꽃잎이 반쯤 벌어진, 그래도 분명히 꽃을 피운 벚나무 옆을 지나간다. 이제 곧 탐스럽게 피어날 꽃 아래, 주니히토에를 입은 지탄다는 조용히 나아간다. 따스하고 포근한 햇살, 우연히 그곳에 서 있던 오래된 기와집, 논에 듬성듬성 보이는 눈, 눈 녹은 물을 담고 흘러가는 개울물의 투명함과 졸졸 흐르는 소리. 이곳에는 무엇 하나 추한 게 없다. 문득 그런 생각마저 들었다.

그러나 내게 보이는 것은 머리를 길게 늘어뜨리고 옷자락이 받쳐진 지탄다의 뒷모습뿐이다.

지탄다가 이따금 품는 호기심에 나는 좀처럼 친화감을 갖지 못하고 있었다. 하지만 이때, 어쩌면 지탄다는 늘 이런 기분이었을까 하는 생각이 들었다. 지탄다의 표정을 보고 싶었다. 지금 이 자리에서 연지를 바르고 눈을 내리깔고 있는 지탄다를 정면에서 볼 수 있다면 얼마나…….

"호타로."

나를 부르는 목소리에 퍼뜩 정신이 들었다.

관객 중에 사토시가 있었다. 그 곁에는 이바라도.

나는 시침 뚝 떼고 시선을 앞으로 되돌렸다.

5

술 준비는 결국 늦어졌던 모양이지만, 경로 변경으로 일정이 지체되면서 결과적으로 시간에 댈 수 있었다. 신사로 돌아온 행렬을 따뜻한 식사와 데운 술이 맞아 주었다. 여러 가지 일이 있었지만 이럭저럭 무사히 끝났다. 그 뒤는 뭐, 뒤풀이 같은 것이다. 점심 식사는 아주 화기애애하고 웃음이 가득한 자리였다.

지탄다를 비롯한 산 히나들은 식사도 하지 않고 바로 배례전으로 들어갔다. 부정을 씻어야 한다고 했다.

히나는 본래 인간의 부정을 대신 받아 주는 인형이다. 쌓인 부정은 어떻게든 처리해야 한다. 미즈나시 신사의 히나 축제가 언제부터 시작된 것인지는 모르지만, 원래는 인형이 맡을 역할을 인간이 하는 셈이니 기묘한 제사다. 주술이라 생각하면 위험하다는 생각마저 든다. 산 히나들이 잠시도 지체하지 않고 바로 불제를 받는 것은 무의미한 일이 아니다.

그런 이야기를 한 것은 쓸데없는 일이라면 모르는 게 없는 후쿠베 사토시…… 아니, 이바라였다. 평상복으로 갈아입고 트렌치코트를 입은 나와 이바라, 사토시, 셋이서 경내 구석에서 경단 꼬치를 먹었다. 그나저나 이바라가 주술에 밝은 줄 몰랐다.

사토시가 해 준 것은 다른 이야기였다.

"호타로, 기적이었어."

"축제에 늦지 않은 게?"

"아, 맞아, 그것도 기적이었어. 설마 축제 스케줄이 늦춰질 줄이야."

보충 수업이 끝나고 전속력으로 자전거를 달려 경로 후반, 도지 다리를 건넌 시점에 행렬을 따라잡았다고 한다. 녀석은 끈 달린 마 주머니에 손을 넣더니 일회용 카메라를 꺼냈다.

"도구에 불만은 있지만 어쨌거나 못 찍은 것보다야 훨씬 낫지. 만에 하나 시간에 댈 수 있을 경우를 생각해서 준비한 보람이 있었어. 그걸 못 봤을지 모른다고 생각하면 오싹하지만, 사진을 못 찍었으면 발을 동동 굴렀을걸.”

“사진을 찍었냐?”

“벚꽃도 넣어서 완벽하게 찍었지.”

내가 잠자코 있자 사토시는 히죽거리며 말했다.

“네 취향을 생각하면 ‘기념으로 나도 한 장 줘라’ 같은 말은 하기 힘들겠지. 걱정 안 해도 돼. 말 안 해도 줄 테니까.”

“넌 하나도 안 어울렸지만.”

이바라가 쓸데없는 한마디를 덧붙였다.

미즈나시 신사에서는 결국 마지막까지 지탄다와 얼굴을 마주할 기회가 없었다. 신사가 언제 끝나는지 알 수 없는 상태에서 축제는 끝났다고 관광객들이 떠나자 사토시와 이바라도 남아 있기 불편해진 모양이다. “그럼 지탄다에게 안부 전해줘” 하고 가 버렸다.

나로 말하자면 언제까지 관계자 노릇을 해야 하는지 알 수 없는 채, 점심을 얻어먹은 뒤 적극적으로 뒷정리를 거들었다. 볼일이 있는 남자들은 일찌감치 떠났으나 열 명쯤은 끝까지 남아 지게미에 절인 채소 등을 안주로 술자리를 계속했다.

지탄다를 만난 것은 해가 서쪽으로 기운 뒤 초대받아 간 지탄다가 저택 툇마루에서였다.

안내받은 응접실에서 얌전히 기다리다가 화장실에 갔다 오는 길에 딱 마주쳤다.

"아, 오레키 씨, 인사드리러 가려던 참이에요."

미소를 띠며 그렇게 말하는 지탄다는 화장을 지운 맨 얼굴이었다. 여느 때와 같은 지탄다다. 지금까지 자세히 뜯어본 적은 없다고 생각했는데, 역시 이쪽 얼굴이 더 익숙하다. 주니히토에는 이미 오래전에 벗은 것 같았지만, 칼라 달린 셔츠에 차분한 색상의 치마 차림은 평소 집에서 입는 옷치고는 고급 같다. 이제부터 또 사람들 앞에 나가야 하는 것이리라.

그런 생각을 하며 보고 있으려니 지탄다의 볼이 부풀었다.

"왜, 왜 그러냐?"

숨을 후 내쉬고 기합을 넣어 한마디.

"오레키 씨!"

"……."

"저 오늘 힘들었어요. 내내, 내내 참았어요. 저, 오늘만은 제가 아주 대견해요."

"아, 히나 말이냐."

그런데 아니었다. 지탄다는 고개를 흔들더니 한 발짝 다가섰다. 반들반들 잘 닦인 툇마루 바닥에서 삐걱 소리가 났다.

"그건 참는 게 아니에요. 참은 건 물론……."

지탄다는 두 손을 가슴 앞에 모으고 온 마음을 담아 말했다.

"누가 왜 나카가와 토목에 전화했는지, 저, 내내 신경 쓰였어요!"

……그거냐.

"그 방에서 오레키 씨는 분명히 뭔가 알고 계실 거라고 생각했어요. 하지만 여쭤 볼 수는 없고, 그렇게 생각하니까 꼭 오레키 씨가 장막 너머에서 혀를 내밀고 있는 것처럼 느껴지지 뭐예요."

"혀는 내밀지 않았다."

"그럼 뭘 내밀고 계셨나요?"

그런 물음이 돌아올 줄은 몰랐다.

"이것저것 생각해 봤어요. 조큐 다리가 통행금지 되면 누구에게 어떤 좋은 점이 있는지. 그렇지만 오늘 전 맡은 역할이 있었어요. 이 생각만 할 순 없었고, 다른 사람에게 물어볼 수도 없었어요."

표정은 거의 변하지 않았지만 분한 심정은 느껴졌다. 툇마루에는 장막이 없다. 그러니 지탄다의 호기심을 상징하는 눈동자가 가까이 있다.

"오레키 씨, 계속 사무소에 계시면서 뭐 알아차린 거 없으세요?"

그런 것은 없다고 하고 싶지만.

실은 있었다. 평소 나라면 다리가 어떻게 되든 마음에도 두지 않았을 것이다. 그러나 오늘은 특수한 사정을 감안할 때 지탄다가 궁금해하지 않을까 싶었다. 그래서 그만 다른 사람들 이야기를 주의 깊게 듣고 말았다.

그 방에서 '신경 쓰여요'라는 말을 하지 않기에 이미 끝난 일이라고 생각했는데. 설마 저물녘이 되어 지탄다의 집에서 채근받을 줄이야.

반 발짝 물러나 대답했다.

"그러게. ……오늘 꽤 많은 사람을 만났지. 솔직히 말해서 죄 이름도 모르는 사람들뿐이었어."

"전 아마 전부 알 거예요."

"넌 수상하다 싶은 녀석 없냐?"

반대로 물었다. 지금까지 호기심에 반짝이던 눈이 이번에는 놀라 크게 벌어졌다.

"네? 저요?"

자기를 가리킨다. 그러고 보니 이런 동작은 최근 들어 보게 된 것 같다. 고개를 갸웃하며 생각한다.

"……글쎄요. 근거가 있는 건 아니지만, 실은 혹시나 싶은 사람이 한 명 있어요."

"나도 딱 한 명, 처음부터 알고 있었던 게 아닌가 싶은 녀석이 있다."

지탄다가 쿡 웃었다.

"그럼 이건 어떨까요? 어디 적어서 동시에 보여 주는 거예요."

말이 그렇지, 이곳에는 종이도 없고 펜도 없다.

하지만 지탄다는 불가능한 말은 하지 않는다. 치마 주머니에 손을 넣더니 사인펜을 꺼냈다.

"여기 펜이 있어요."

"웬 거냐?"

"아까 우편물에 주소를 썼거든요. 그런 건 아무래도 상관없고요."

"어디에 쓰고?"

지탄다는 순간 난처한 듯 눈썹을 모았으나 결론은 빨랐다.

"손바닥에 쓰면 되죠."

……나는 상관없다만, 너는 지금부터 연회에 참석해야 하는 게 아니었냐?

지탄다는 뚜껑을 벗기고 서슴없이 흰 손에 사인펜을 놀렸다. 다 쓰고는 펜의 방향을 바꿔 내민다.

"자요, 오레키 씨."

하는 수 없이 나도 썼다. 왼손이 간지럽다. 괴상한 웃음이 날 듯한 것을 애써 참았다. 애써 참느라 표정이 더 괴상했을지도 모른다.

두 개의 주먹. 툇마루의 덧문은 열려 있으니 밖에서 누가 보고 있을지도 모른다. 아니, 괜찮겠다. 지탄다의 집 마당은 넓고 담장은 높다.

"셋 세면 보여 주기예요. ……하나, 둘, 셋!"

지탄다의 왼손에는 '고나리 씨 아드님'.

내 왼손에는 '갈색 머리'.

두 손을 번갈아 보던 지탄다는 이윽고 가볍게 고개를 끄덕이더니 만족스레 말했다.

"고나리 씨 아드님은 머리 색깔이 갈색이에요."

"처음엔 소노란 남자가 수상하다고 생각했어. 상중이라고 들었는데, 축제를 거들러 오나 싶어서."

"아아, 소노 씨요……. 그 댁 할머니, 벌써 백 살 가까우셨는걸요."

"그렇지만 꼭 이상하다고 할 순 없겠단 생각이 들더라. 이 촌락에 '소노'란 성을 가진 집이 두 집 있으면 문제없지."

지탄다는 고개를 끄덕였다.

"소노가는 두 집 있어요. 친척지간이지만요. 성씨가 같은 집, 꽤 많답니다."

"그래, 그렇겠지. 그래서 소노는 제외했다. 다음, 술 준비를 맡았던 나카타케. 1시에 도착하도록 수배해서 백발 할아버지한테 혼났어. 다리를 건널 수 없게 되는 바람에 행렬이 멀리 돈 결과, 술은 식사 시간에 댈 수 있었어.

하지만 술이 식사 시간에 늦지 않게 하려고 공사를 시켰다는 건 아무리 그래도 너무 바보 같지. 게다가 건설업자 쪽에 전화가 간 건 그저께였고 말이야. 그보다 단순히 일 처리가 깔끔하지 못했다고 생각하는 편이 자연스러워."

"나카타케 씨…… 나쁜 분은 아니에요."

모호한 말씨다. 미루어 짐작하자.

"그리고 나카가와 토목, 무라이 시 의원, 무라이에게 청탁한 다니모토. 이 중 누가 거짓말을 했는지도 모른다고 생각해 봤어. 건축업자가 공기를 우선해 하루도 아깝다고 공사를 시작했다든지 무라이가 다니모토한테는 큰소리쳐 놓고 나카가와 토목엔 '이러이러한 이야기를 지어내고 실제로는 공사를 시작해라'라고 할 이유가 있었나, 그렇게도 생각해 봤어.

하지만 공사는 실제로는 아무것도 시작되지 않은 상태였거든. 오늘 아침엔 멀쩡하게 다리를 건넜을 정도야. 그렇다면 공사는 이제 막 시작된 참이지. 비 올 때를 대비한 예비일도 있을 텐데 과연 그렇게까지 서두르겠나, 의문이 들더군. 시 의원이란 것도, 뭐랄까, 가설로서도 너무 수상쩍어."

지탄다는 살짝 웃음을 터뜨렸다. 뭐가 우습나 했더니 이런다.

"아닌 게 아니라 좀 수상쩍긴 해요, 무라이 씨는."

나는 시 의원 따위 한 명도 모른다.

"이거다 싶은 사람이 아무도 없는 가운데, 조큐 다리를 못 건넌다는 걸 전제로 행동하는 녀석이 딱 한 명 있었어."

"그게 고나리 씨 아드님인가요?"

"이름은 지금 알았다만."

계속 서서 이야기하기도 뭐해서 우리는 툇마루에 걸터앉아 있다. 석양이 눈부시다. 여기에 얼룩 고양이에 녹차가 있었다면 딱이었겠다.

"그 남자는 '좀처럼 볼 수 없는 행렬'을 보러 '일부러 내려왔다'고 했어. 이상하지 않냐? 넌 중학교 때부터 매년 산 히나가 된다며? 그럼 축제도 매년 한다는 뜻이지. 일 년에 한 번 하는 걸 자주 한다고 말할 순 없지만 아무리 일 년에 한 번이라도 매년 하는 걸 '좀처럼 볼 수 없다'고 말하는 건 묘해."

"……좀 이상하긴 하네요."

지탄다는 신중하게 고개를 끄덕였다. 옆얼굴을 얼핏 보니 유난히 붉게 물들어 있다. 석양빛을 받아서 그렇다. 시선을 하늘로 되돌리고 말을 이었다.

"그런데 금년에 한해선 '좀처럼 볼 수 없는 행렬'을 볼 수 있었던 거다."

"네?"

어리둥절해하는 지탄다.

나는 떠올리고 있었다. 사토시가 한 말. '기적이었어'.

"개울가 벚나무 중 하나가 꽃이 흐드러지게 피어 있었어. 그리고 조큐 다리는 교체 공사로 건널 수 없게 돼. 고나리가 지금 어디서 사는지는 모르겠다만, 본가가 여기 있으면 얻을 수 있는 정보겠지.

행렬이 도지 다리를 돌아서 간다면 '산 히나 행렬이 벚꽃 아래를 지나는' 풍경을 금년에 한해 기적적으로 볼 수 있는 거야. 이거야말로 '좀처럼 볼 수 없는 행렬'이고 '일부러 내려올' 가치가 있는 광경 아니겠냐."

"겨……."

지탄다는 입에 손을 갖다 댔다.

"겨우 그런 것 때문에!"

그렇지만. 나도 '겨우 그런 것'이라고 생각하지만.

뇌리에서 이시카와 고에몬이 춤추고 있다. 절경이로세, 절경이로세. 봄 경치 값어치 천 냥이라니 작구나, 작아•.

벚꽃과 히나의, 지탄다의 조합에는 뒤에서 보고 있었던 것뿐인 나도 탄복했다. 찬찬히 볼 가치는 있었다. 또는 꼼수를 쓸 가치.

그런 말은 하지 않지만.

고개를 다른 데로 돌리고 이번에는 내가 물었다.

"넌 왜 그 녀석이라고 생각한 거냐?"

그러자 지탄다는 살짝 얼굴을 숙였다.

"저, 근거가 없다는 말씀은 처음에도 드렸죠."

"그래, 그랬지. 안 웃을 테니까 말해 봐."

그래도 지탄다는 한참 망설이더니 겨우 말했다.

"무라이 씨 체면을 구기고도 아무렇지 않을 속 편한 사람이, 고나리 씨 아드님밖에 생각나지 않았거든요."

그렇군.

하지만 그렇다면 후쿠베 사토시도 유력한 용의자였겠다.

•이시카와 고에몬은 16세기 일본의 유명한 도적 두목. 그가 등장하는 가부키 작품의 유명한 대사를 변형한 것.

한없이 수상쩍기는 해도 확인은 할 수 없는 발언 하나로 고나리 뭐시기를 고발할 마음은 애초에 없다. 진상을 밝혀내려면 얼마 동안 여기 머물면서 조사해야 할 부분도 있을 것이다.

하지만 거기에 얼마만큼 의미가 있겠나. 방해는 있었을지 모르지만 축제는 무사히 끝났다. 우리는 단순히 서로 손바닥을 보여 주며 기뻐한 것뿐. 다행히 지탄다도 그것으로 만족한 듯했다.

날이 어두워지니 아직은 공기가 차다. 그러나 '추워졌으니 방으로 들어가자'라고 하기 전에 지탄다가 말했다.

"오레키 씨. 제가 그 방에서 저쪽 신관분께 연락드린다는 말씀을 드렸죠?"

나는 고개를 끄덕였다. 지탄다가 신관에게, 지탄다의 아버지가 신도 총대표에게 연락할 것이다. 그렇게 전했을 뿐인데 조큐 다리의 통행금지에 따른 혼란은 마법처럼 수습되었다.

"재미없으실 수도 있지만, 제 이야기를 들어 주세요."

사토시라면 드물 것도 없는 일이지만, 지탄다가 그런 식으로 서두를 떼는 것은 처음 듣는다. 춥다는 말을 꺼낼 수 없었다.

지탄다의 눈은 자신의 집 마당, 마당을 둘러싼 담장을 넘어 황혼 녘의 촌락을 감싸는 산들에 고정된 듯 보였다.

"지금이야 토지 개량이 진행돼서 그렇게 보이지 않지만, 예전에 이 주변은 습지대에 의해 남북으로 나뉘어 있었어요. 조큐 다리가 있는 부근이 습지고 거기서부터 북쪽이 저희 마을, 남쪽은 다른 마을이었다고 해요. 지금은 전부 합해서 가미야마 시 진데이지만요."

무슨 이야기인지 알 수 없어 그저 잠자코 들었다.

"그래서 저희 마을에는 미즈나시 신사가 있어요. 남쪽 마을에도 사코 신사라고, 신사가 따로 있고요. 지금은 토지 싸움이며 물싸움이 있는 건 아니에요. 하지만 그래도 신사神事로 조큐 다리 남쪽으로 넘어가는 건 어쩐지 타인의 집 부지에 발을 들여놓는 것 같아서 서로 껄끄럽답니다.

이번엔 사정이 사정이었으니 사코 신사 신도분들도 이해해 주시리라고 생각해요. 하나이 씨도, 다른 남자분들도 그건 알고 있었어요. 그렇지만 무단으로 들어가면 싸움이 날 수 있거든요. 사전에 알리고 양해를 구하고 싶은데 그런 채널은 가진 사람이 별로 없는 거예요.

제가 아까 심각한 문제가 아니라고 말씀드렸죠. 그건 제가 사코 신사에 연락드리겠다고 하면 다들 안심하고 조큐 다리 남쪽으로 넘어갈 수 있으리란 걸 알고 있었기 때문이에요."

나는 감탄했다.

"……과연 사토시가 명가라 부를 만하군."

그러자 지탄다는 조금 목소리 톤을 높였다.

"그럴까요?"

"……."

"작은 세계잖아요. 가미야마 시 북쪽, 동네 지명으로 말하자면 진데의, 기타北진데와 미나미南진데의 사이를 조정한 것뿐이에요. 오레키 씨, 전 그게 보잘것없는 일이라고 생각하진 않아요. 그렇지만 대단한 일이라고 생각하지도 않아요."

태양이 산 끝자락에 걸리고, 석양빛으로 가득한 주변이 차차 밤에 가까워진다.

"고나리 씨 아드님은 사진작가가 되는 게 꿈이래요. 그 때문에 오사카에서 전문학교를 다니세요. 진기한 경치를 보려고 했다는 오레키 씨 설은 저도 수긍이 가요. 그랬다면 아마 보기만 하지 않고 사진도 찍었을 테죠. 저도 고등학교를 졸업하면 분명히 대학에 갈 거라고 생각해요.

……그렇지만 고나리 씨 아드님은 아마 아니겠지만, 전 언젠가 여기로 돌아올 거예요. 어떤 경로를 거치든 제 종착점은 이곳, 이곳이에요."

그러더니 지탄다는 내게 미소를 지었다.

"오레키 씨, 문이과 선택, 어떻게 하셨어요?"

별안간 '문이과 선택'이라는 말을 듣고 무슨 뜻인지 이해하지 못했다. 학교에서 1학년에서 2학년으로 올라갈 때 문과와 이과 중 선택하는 것임을 깨닫고 가까스로 대답할 수 있었다.

"아아, 문과."

"왜요?"

"과학 네 과목 중 제일 좋아하는 게 화학이고, 사회 네 과목 중 제일 좋아하는 게 일본사거든. 그런데 화학보다 일본사가 더 좋으니까."

지탄다는 입가에 주먹을 갖다 대며 웃었다.

"합리적이시네요."

"내가 원래 한 합리 하지."

"……저는 이과를 선택했어요."

지탄다의 성적은 학년에서 다섯 손가락 안에 드는 모양이다. 본인은 명확히 말하지 않고 학교에서도 등수를 붙여 놓는 것도 아닌 터라, 그런 것 같더라 하는 추정이지만. 어쨌거나 이 녀석이라면 선택할 수 있는 진로의 폭이 넓을 것이다.

하지만 지탄다가 생각하는 것은 그런 게 아니었다.

"저는 여기로 돌아오는 걸 싫다고도, 슬프다고도 생각하지 않아요. 기타진데에서 나름대로 주도적 입장에 있는 지탄다가의 딸로서 어느 정도 역할을 다하고 싶어요. 전 고등학교를 다니면서 그러기 위한 방법을 생각하고 있었어요.

하나는 보다 상품 가치가 높은 작물을 다른 곳보다 앞서 재배함으로써 모두가 풍요로워지는 방법.

또 하나는 경영 전략에 대한 안목을 길러 생산을 효율화함으로써 모두가 가난해지지 않는 방법.

전 전자를 택하기로 했어요. 그래서 이과를 선택한 거예요."

아무 말도 하지 못하는 내게 지탄다가 또다시 물었다.

"그런 결심을 한 가장 큰 이유를 아시겠어요?"

"아니……."

그러나 하나 알 듯한 이유가 있었다.

"다만 나중 건 너한테 별로 안 맞는다 싶다."

지탄다는 조그맣게 고개를 끄덕였다.

"정답이에요. ……직접적인 계기는 학교 축제랑 문집을 둘러싼 그 소동이었어요. 오레키 씨께 갖은 폐를 끼치면서 안 거예요. 전 아마 회사 경영과 맞지 않는 것 같아요."

그래, 내 생각도 그렇다.

툇마루에 걸터앉은 채 지탄다는 하늘을 향해 두 팔을 벌렸다. 밤하늘이 다 된 하늘에 별 몇 개가 보인다.

"보세요, 오레키 씨. 여기가 제 장소예요. 어떠세요, 물과 흙밖에 없죠? 사람들도 점점 나이가 들고 지쳐 가고 있어요. 산들엔 질서 정연하게 나무가 서 있지만 상품 가치로 따지면 어떨까요? 전 이곳이 최고로 아름답다고 생각하진 않아요. 가능성으로 가득 차 있다고 생각하지도 않아요. 그렇지만……."

팔을 내리고, 그 김에 눈도 내리깔고, 지탄다는 중얼거렸다.

"오레키 씨께 소개드리고 싶었어요."

이때 나는 전부터 품고 있었던 의문에 관해 한 가지 답을 얻었다.

나는 이렇게 말하려 했다. '그런데 네가 포기한 경영 전략에 대한 안목 말이다만, 내가 길러 보면 어떻겠냐?'

그러나 어째선지 도무지 말할 수 있을 성싶지 않았다.

이런 일은 처음이었다. 그리고 처음 하는 경험은 지금까지 풀 수 없었던 의문을 풀어 주는 큰 열쇠가 된다.

나는 알았다.

후쿠베 사토시가 어째서 이바라의 초콜릿을 부수었는지.

요컨대 이런 것이었다.

지금 어둠이 밀려오는 여기 지탄다가 저택에서 내가 한 말이, 하고 싶었던 말이 아닌 다른 한마디였던 것과 아마도 같은 이유에서였을 것이다.

무뚝뚝한 태도를 한껏 가장하며 이렇게 말했다.

"추워졌다."

지탄다는 조금 놀란 듯 눈을 크게 뜨더니 부드럽게 미소 짓고 천천히 고개를 내저었다.

"아뇨, 이젠 봄이랍니다."

작가 후기

안녕하세요, 요네자와 호노부입니다.

시리즈 네 번째 작품을 보내 드립니다. 이번에는 단편집입니다.

저 자신의 학창 시절을 돌이켜 보면, 오늘 있는 것은 내일도 있고 3학기 다음에는 1학기가 오는 루프가 무한히 계속되리라고 믿고 있었던 것 같습니다. 학창 시절이 좋은 것이라는 생각은 전혀 없었지만, 그에 시간제한이 붙어 있다는 사실을 두려워하며 외면하려 했던 것일지도 모릅니다. 그것은 즉, 시간에 대해 너그럽지 않았다는 뜻이겠죠.

이야기에 있어서도 일단 고정됐던 시간이 움직여 구축된

관계성이 변화하는 종류는 선호하지 않았습니다. 삼장법사 일행은 요괴의 습격을 받는 여행을 영원히 계속하면 좋겠다고 생각했고, 야지키타는 즐겁고도 바보 같은 여정을 영원히 계속하면 좋겠다고 생각했습니다. 저는 그들이 각각 천축과 이세에 도착하는 것을 바라지 않았습니다.

하지만 이 책의 주역은 시간입니다. 등장인물들이 처음 만난 직후 아직 어색했던 무렵을 따로 빼고, 1학기, 여름 방학, 2학기, 겨울 방학, 3학기, 봄 방학에 각각 이야기를 분배했습니다. 심경 변화의 이유를 자세히 쓰면 후기가 아니라 자작自作 해설이 될 겁니다. 단적으로 말하자면 시간과 화해했다는 뜻이겠죠. 일 년을 더불어 보내다 보면 등장인물들의 거리감은 계속 똑같을 수 없습니다. 지금의 저는 이 책에 그런 변화가 그려졌기를 바랍니다.

하기야 그들의 거리감 변화는 격변이라 하기에는 조금 완만합니다. 그 때문에 이 책 제목은 『멀리 돌아가는 히나』가 됐습니다.

또 이번에는 단편집인 덕분에 다양한 시추에이션을 사용할 수 있었습니다. 그 때문에 미스터리 취향도 이것저것 시도해 보았습니다. 이 시리즈와 미스터리 양쪽을 잘 아시는 분이라면 「수제 초콜릿 사건」이 도서倒敍 미스터리라고 해도 될 구조라는 것을 눈치채셨을지도 모릅니다.

만약 이 책을 계기로 미스터리를 폭넓게 읽고 싶어진 분이 계시다면, 「기억이 있는 자는」이 해리 케멀먼의 『9마일은 너무 멀다』로, 「새해 문 많이 열려라」가 자크 퓌트렐의 『13호 독방의 문제』로 들어가는 입구가 된다면 기쁘겠습니다.

2010년 6월

요네자와 호노부

권영주
서울대 외교학과를 졸업하고 대학원에서 영문학을 전공했다. 옮긴 책으로는 헬렌 매클로이의 『어두운 거울 속에』, 요네자와 호노부의 『빙과』와 『개는 어디에』, 『삼월은 붉은 구렁을』부터 『달의 뒷면』까지 온다 리쿠의 작품 다수와, 미쓰다 신조의 『잘린 머리처럼 불길한 것』 등이 있다.

멀리 돌아가는 히나 - 고전부 시리즈 4

1판 1쇄 2014년 9월 19일
1판 18쇄 2023년 12월 13일

지은이 요네자와 호노부
옮긴이 권영주

책임편집 지혜림 | **편집** 임지호 이송
아트디렉팅 이혜경 | **본문** 정연화 | **표지그림** 빨간고래
저작권 박지영 형소진 최은진 서연주 오서영
마케팅 정민호 서지화 한민아 이민경 안남영 왕지경 황승현 김혜원 김하연 김예진
브랜딩 함유지 함근아 고보미 박민재 김희숙 박다솔 조다현 정승민 배진성
제작 강신은 김동욱 이순호 | **제작처** 영신사
독자모니터 엄정현 윤현진

펴낸곳 (주)문학동네 | **펴낸이** 김소영
출판등록 1993년 10월 22일 제2003-000045호

주소 10881 경기도 파주시 회동길 210
문의 031-955-1901(편집) 031-955-2696(마케팅) 031-955-8855(팩스)
전자우편 editor@elmys.co.kr | **홈페이지** www.elmys.co.kr
인스타그램 @elixir_mystery | **트위터** @elixir_mystery

ISBN 978-89-546-2548-7 03830
978-89-546-2263-9(SET)